ハーフ・ブラッドの沸点

麻野 涼
ASANO Ryo

文芸社文庫

目次

ハーフ・ブラッドの沸点

プロローグ——海の見える森

　夕闇がすぐそこまで迫っていた。山の切り立った斜面からは木立のはるか向こうに、海岸へゆっくりと押し寄せる白波が真夏の残光にかすかに見て取れる。

　夏の山は絵の具のチューブから絞り出したような緑の木々に覆われているが、日が落ちると、すべての光を遮断した暗闇に変貌する。しかし、生まれて間もなくエリザベス・サンダース・ホームという混血児だけを集めた施設に預けられ、そこで育った子供たちには、その暗闇の山でさえ遊び場に変わる。

　木立の間には、子供たちが何度も歩き、踏み固められた細道が切り立った崖の際まで続いていた。エリザベス・サンダース・ホームから外に出る機会の少ない子供たちは、こっそりとホームを抜け出してはそこにやってきた。

　眼下は切り立った岩場で、打ちつけた波は沸騰した湯をぶちまけたように、白い飛沫を噴き上げながら再び海の中へと雪崩落ちていった。ホームの職員から危険だから近づくなと注意されているが、そこからの光景に子供たちは心を奪われた。

　砕け散る波濤を見ていると、スウーッと体ごと吸い込まれるような感覚に包まれる。岩場に無惨に叩きつけられ、波にもまれるなどとは想像しない。上昇気流に乗り、空を滑空するカモメのように、空を浮遊できるのではと、根拠のない万能感に心が満たされる。

水平線の彼方に大型船が航行しているのが見える。横浜港から出港した貨物船かもしれない。そんなことを思いながら相模亜矢子は、数メートル先は崖というところに腰を下ろし、もう三十分近くも同じ風景を眺めていた。

あと二十分もしないで、日は完全に落ちる。物心つく頃から何百回、何千回と暗闇の中を踏み固めた道を辿ってホームに戻った。帰り道は足が感覚的に記憶していた。日が没しても、亜矢子は焦ることはなかった。

断崖の縁から見た四季折々の風景は亜矢子の心に深く焼き付いている。しかし、今度見られるのは数年先か、あるいは生涯見られないかもしれないと思うと、その風景が急に懐かしく愛おしく感じられた。

気がつくと辺りは闇に覆われて、虫の音だけが聞こえてきた。もう少し待って来なければ、亜矢子はホームに戻ろうと思った。

「もう帰ってしまったかと思ったよ。途中で方角がわからなくなってしまった」

背後から聞き覚えのある男の声がした。

エリザベス・サンダース・ホームから崖縁まで小さな道ができている。しかし、それ以外の場所から上がってくるには、山の麓を走る国道から頂上を目指して、斜面に鼻が付きそうなほどの急勾配をひたすら上るしかない。

「こんな時間に用って何だ」男がぶっきらぼうな口調で言った。

「あなたに伝えておきたいお話があります」

亜矢子は落ち着き払った声で言った。周囲は暗闇で男の表情まではっきりとはわからない。

「何の話なんだよ」男が苛立ちながら聞き返した。

亜矢子は男に告げるべきことを、淡々とそして冷徹に伝えると、ゆっくりと立ち上がった。

「そんな作り話を誰が信じるというんだ」

「作り話でないのはあなたがいちばんわかっているでしょう。誰も信じてくれなくてもいいのです。あなたにだけは事実を知ってほしいから、ここに来てもらいました。お会いするのはこれが最後です」

「どういうことだ」

「私は近いうちに日本を離れ、ブラジルに移住します。それでは失礼します」

男はふいにみぞおちに拳を食い込まされたような短い呻き声を上げた。

亜矢子はサンダース・ホームに続く道を下り始めた。

背後から突然肩をつかまれ、引き止められた。羽交い締めにされ、抱きかかえられてしまった。両足をばたつかせたが虚しく空を蹴るばかりだった。男は亜矢子を抱えたまま断崖に向かって歩いて行く。亜矢子を岩場に突き落とす気だ。

「止めて」

亜矢子は、張り裂けるような声で助けを求めた。

「あいの子のくせして、余計なことを考えるからだよ」

暗闇の眼下に砕け散る波の白さだけが異様に浮かび上がる。

「助けて」

亜矢子は男の腕に爪を立てて、力の限り引き裂いた。男の手から一瞬力が抜けた。足が地に着いた。亜矢子は男の手を振り払った。しかし、その弾みに男に左手首をつかまれてしまった。男は両手で亜矢子の左手を握り、崖縁に迫っていく。

「人殺し」

亜矢子は喉が張り裂けるような叫び声をあげた。

「亜矢子、どこにいるの」

暗闇から女性の声がした。

声が届く距離に誰かがいる。

「ここよ、早く来て」

そう叫んだ瞬間、亜矢子は地面に叩きつけられ、男の手で口を塞がれた。亜矢子はその手を思いきり嚙んだ。男の手が口から離れた。

「亜矢子、どこにいる」

聞き覚えのある男性の声だ。亜矢子を探しに来てくれたのだろう。声が近づいてくる。

叫び声をあげようとした刹那、男の両手が亜矢子の首に回された。苦しさのあまり、亜矢子は男の手といわず、顔といわず、手に触れるものすべてを力いっぱいかきむしった。

しかし、長くは続かなかった。

探しに来てくれた仲間の声もすぐに聞こえなくなった。

1　コロナウイルス

誰がこんな事態を予測しただろうか。中国の武漢から発生した新型コロナウイルスは瞬時に世界へと広がった。武漢に通じるあらゆる道路がブルドーザーによって掘り返され、その土砂によって道路の上には小さな山が築かれていく。武漢に入ることもできなければ出ていくこともできなくなった。

そんなテレビニュースが流れていた。それから一週間もしないでコロナウイルスは日本にも入ってきた。安川首相はその対応に遅れた。日本の基幹産業のサプライチェーンは、安い人件費を求めて中国に工場を設けている。中国への出国、中国からの入国、これらに規制を加えれば、日本経済が大きな打撃をこうむるのは明らかだ。新聞、テレビは安川首相の判断の遅れを盛んに問題にしたが、経済を優先事項に考えれば仕方のない判断だったともいえる。

しかし、その判断の遅れによって次々とコロナウイルスの感染者が死亡していた。経済活動が一時滞っても、国民の命を守るためには中国からの入国を止めるしかなかった。日本のマスコミ報道はコロナウイルスのニュースで埋め尽くされた。

一強を誇っていた安川政権だが、各新聞社が行った世論調査では、あらゆる新聞が支持率は三〇パーセントを割り込んだと報道していた。支持率の低下を見て取ると、次期総裁候補は誰なのか、マスコミ各社はそれを報道するようになった。

民主連合党内部でも安川政権をあからさまに批判する議員が出てきた。河崎晋之介もその一人だ。河崎は神奈川県選出の衆議院議員だ。七十三歳になり総裁選に出馬するのも、最初で最後の機会だと周囲から思われている。

父親の栄之進も国会議員だった。父親の引退と同時に選挙基盤を引き継ぎ、国会議員に初当選し、それ以後今日まで落選の憂き目を見ることもなく議員活動を続けてきた。父親が地元に築いた選挙基盤は盤石だ。しかも河崎家は横浜港から輸出される荷物、輸入された物資の輸送、倉庫、コンテナ管理を一手に握る河崎倉庫の経営にあたり、グループ企業は建設業界、ホテル経営と多岐にわたり、経済界への影響力は大きい。

しかし、河崎晋之介自身、政治家としての業績に注目すべきものはなく、ベテラン議員の一人として民主連合党内部で認知されているにすぎない。何故、急に河崎が注目を浴びるようになったのか。アメリカのトランプ大統領の台頭に関係しているように見られていた。

とにかく河崎は、トランプに似せようとしたわけではないのだろうが、以前からトランプと同じような発言を繰り返していた。

横浜港の荷役作業員には、多くの外国人労働者がいる。その中には悪名高い外国人技能実習制度を使って採用した実習生も多かった。大型船舶への輸出用貨物の積み込み、船舶からの荷揚作業にどのような技能が必要なのかわからないが、河崎グループには外国人労働者が多かった。安い賃金で外国人を雇用できるのだから、河崎グループにとっては魅力的な制度なのだろう。

外国人技能実習生の滞在期間は三年から五年と限られている。そのために安川政権は移民ではないと言い張り続けた。しかし、家族の帯同を認めずに若い世代を労働力として導入すれば、日本で生活する間に日本人と恋愛をする者も出てくれば、結婚に至るケースも当然出てくる。そうすれば査証は永住査証に切り替えられる。移民ではないと言ったところで、かなりの割合で日本に定住していくだろう。

実際、出入国管理法が改正された一九九〇年以降、ブラジル、パラグアイ、ペルーから三十二万人近い日系人が「デカセギ」に来日した。ブラジルでは出稼ぎが一大ブームとなり、現地のメディアにもポルトガル語でデカセギと表記されるようになった。

二〇〇八年のリーマンショックの時に仕事を失い、半数近くの日系人が母国に帰国した。しかし、景気の回復とともに、製造業での人手不足は深刻で、外国人労働者抜きには日本の経済は立ちいかなくなっている。百六十六万人もの外国人労働者が働いているのが現実だ。

そんなことは十分理解しているはずだが、河崎晋之介は外国人労働者の定住化に反対していた。

「開発途上国の若者に支払われる給料は、日本人の平均給与と比較すれば安いかもしれないが、日本で研修を受けることによって、母国に戻った時には、その経験を活かした仕事に就くことができる。いってみれば働きながら、日本の高度な生産技術、流通輸送システムなどを学び、農業や漁業でも質の高い技術を習得できる。そうして帰国してもらうことが日本の国際貢献だ」

本気なのかと問い質したくなるような内容を、支持者を集めた講演会では堂々と話していた。リベラルを標榜する新聞社が、河崎議員を批判しても、本人は歯牙にもかけないといった様子で、取材に対しても、

「自分の信条を述べたまでで、問題があるとは思っていない」

と平然としていた。

インターネット上では、河崎を支持する若い連中の書き込みで溢れていた。

外国人技能実習生の低賃金、劣悪な労働条件、待遇などを批判した新聞社に対して河崎を支持する連中は、左翼を揶揄して「パ翼」新聞と嘲り、そうした新聞の主張を支持したり、自分でも主張したりする知識人も、彼らからは「パ翼」と呼ばれていた。

〈河崎先生、よくぞ言ってくれました。パ翼新聞など気にせずに、これからも堂々と

ご自分の信条を曲げずに、ご活躍ください。先生を応援しています〉

河崎が発言する度に、ＳＮＳでこんな書き込みが拡散していった。ほとんどのマスコミは河崎が次期総理候補に挙がってくるなどとは予想もしていなかった。国会に向かって石を投げつければ、二世議員に当たるといわれるくらいだ。河崎もその中の一人だ。

その河崎の勢いが止まらなかった。「パ翼」新聞と揶揄される毎朝新聞も最初は無視していたが、世論の支持をバックに国会内での影響力を拡大していく河崎を看過できなくなった。その背景にあるのは選挙法の改正だった。二〇一六年から十八歳以上に選挙権が与えられた。若い世代はそれほど深く考えずに、その時々の雰囲気で河崎を支持した。

もちろんそれだけで国会での勢力が拡大できるわけではない。河崎本人というより、河崎グループの持つ資金力に魅せられてにじり寄ってくる国会議員、県会議員も多いのだろう。しかし、現実的には河崎を代表とする派閥勢力は衆参合わせてわずかに九人だ。実際には他の派閥に属し、河崎の政策、方針に共感できる時には協力を表明するといった程度の議員がほとんどだ。

そうした連中を河崎がどう束ねていくのか、藤沢譲治には政治の世界などわからないが、テレビに映し出される河崎の顔を見るたびに、胃液が込み上げてくるような不快感を覚える。

排外主義的な発言をすれば、マスコミが騒ぐということが想像できないのか、あるいは騒ぎになるのを承知で、世間の注目を引くために意識的にやるのか、その日の国会答弁も大きな波紋を投じた。

きっかけは野党の枝川真澄議員が河崎議員に対して行った外国人労働者問題についての質問だった。その様子はネット中継され、藤沢は自宅で見ていた。

「現在、多くの外国人労働者が働き、生活をしています。一九九〇年の入国管理法改正以降、出稼ぎにやってきた中南米の日系人、そして外国人技能実習制度で来日している東南アジア出身の若者たちが日本で多数暮らしています。彼らは日本の土を踏み、各地で様々な軋轢を生んだ。そうした事態を受けて、各地方自治体によって外国人集住都市会議が二〇〇一年に設立されました」

外国人集住都市会議は、「地域で顕在化しつつある様々な問題の解決に積極的に取り組んでいく」ことを目的としている。この会議に参加しているのは外国人労働者の多い群馬県太田市、大泉町、長野県上田市、飯田市、静岡県浜松市、愛知県豊橋市、豊田市、小牧市、三重県津市、四日市市、鈴鹿市、亀山市、岡山県総社市だ。

「こうした都市を中心に不穏なビラが撒かれています。事前に河崎議員にも読んでいただきたいので事務方を通じてお渡ししておきました。お読みになっているでしょうか」

「資料は届いています。読んでいます」

河崎は煩わしそうに席を立ち答えた。

枝川議員が問題にしているビラはいくつかのマスコミが取り上げたので藤沢も知っていた。ビラは外国人労働者を排斥するものだった。

〈あなたがたは日本政府の発行した労働許可査証を持っていますか？　又はそれを持っていても有効なものですか？　日本では労働許可査証がないと仕事が出来ません。仕事がなければ住まいや生活環境、特に毎日の食費なども困るようになり犯罪を犯すようになるのです。日本は今不景気の最中です。労働許可査証を持たず仕事をしている外国人に対して、今後ますます警察の摘発や政府機関の圧力が強くなってきます。これ以上日本固有の文化、歴史、生活習慣を脅かされてあなたがたのような理解のない人が増え続ければ、私たちも公共的なレベルだけではなく、民間レベル、各個人的にも攻撃的な手段を取るしかなくなる状態に追い込まれようとしています。以上のようなことを踏まえて速やかに自分の母国へ帰国することを警告致します。また労働許可査証を持って働いている外国人（日系ブラジル、ペルーその他）の方も日本にいるからには、ただ単に稼ぐのではなく、労働許可査証を持っていれば何をしてもよいわけではないのですから日本の法律はもちろん、地域に合った生活マナーを守って少し

でも早く母国へ帰国できるよう一生懸命頑張ってください〉

「このようなビラが横浜市にも撒かれているのを河崎議員はご存じでしょうか」

「知りません」

河崎はつっけんどんに答えた。

街を歩いている時間などない。そんなものを手にするはずがないだろうといわんばかりの答弁だ。

「ビラが撒かれたのは横浜市中区北方町ですが、ご存じありませんか」

そこには河崎倉庫本社の自社ビルがあり、横浜港で取り扱われる積み荷のほとんどが河崎輸送を通して行われる。枝川があえて具体的な地名にまで言及したのは、河崎に対する皮肉だったのだろう。

「知りません」

河崎の苛立ちが心からはみ出たような答弁だ。その表情を映されたくないと思ったのか、椅子に座ると腕を組み天井を見つめた。

「それでは本題に入らせていただきます」

河崎に対するそれまでの質問は軽いジャブだったようだ。枝川議員の表情も変わった。

「厚生労働委員会理事として、特に外国人技能実習制度の実質的なプランナーであり、人手不足に苦しむ経済界の要請を受けて、河崎議員がご尽力されたのは周知の事実であります。こうした不穏なビラが撒かれること自体、ＥＵ諸国でみられる外国人労働者の排斥がすでに日本でも始まっていると私には思えるのですが、河崎議員はこのビラについてどのようなお考えをお持ちなのか、それをお答えください」

「このビラがどのような経緯で、どこにどれほど撒かれたのか知りませんが、暴力的な記述が少々みられる程度で、このビラがＥＵで起きている外国人労働者の排斥と同じものだと思いません」

「このビラにはポルトガル語版まであって、日系ブラジル人の多い地区で、撒かれていました。リーマンショック以後も日本に残っている日系人は、定住化傾向にあります。そうした日系人に対してこうしたビラが撒かれること自体、日本の外国人労働者の受け入れには多くの問題が潜んでいると思うのですが、河崎議員はどのようにお考えでしょうか」

「先ほど申し上げたように、ビラの内容に問題があるとは考えていないし、ビラに記載されている通り、日本は永住する移民を受け入れているわけではなく、所期の目的を達成したら帰国してもらうというのは、最初からの前提です」

　河崎の素っ気ない答弁が続く。

「これらの方々を在留資格別にみると、永住者や日本人との結婚による配偶者としての在留資格を持つ人たちが全体で三二パーセントを超えています。つまり最初はどのような査証で入国しても、何年かすれば三分の一は日本への永住資格を持つことになります。これは移民ではないのでしょうか」

「ご承知の通り、日本は移民を受け入れてはいません」

二〇一五年に日本に流入した外国人数は約三十九万人。ドイツ、アメリカ、イギリスに次ぎ、先進国では四番目に多い。政府の公式見解では移民は受け入れていないことにはなっているが、現実的には日本は隠れ移民大国なのだ。移民の国といわれるブラジルは、ベネズエラ人移民だけで六万人も受け入れるなど、依然として移民大国というイメージが強いが、実態としてはとっくに移民大国を卒業している。

「ブラジルの総人口二億七百万人に対して、外国人人口は七十五万人。外国人比率はたったの〇・三パーセント、日本の七分の一です。こうした数字に照らし合わせても日本は移民大国と言わざるを得ません。移民ではないとおっしゃるが実態は移民です。移民を外国人労働者と呼ぶか、定義はひとまず置いとくとして、このままの状態を放置し、受け入れ態勢を抜本的に見直さないと、いずれ排外主義の動きが活発化し、社会問題を引き起こしかねないと思います。現在の受け入れ政策を根本的に見直す考えはないのか、見解をお聞きしたいと思います」

「政策を見直す考えはありません」

木で鼻を括るような答弁だ。

それでも枝川議員は平然として質問を続けた。

「そうですか。このままの状態でいいとお考えになっているんですね」

枝川議員は意味ありげな笑みを浮かべて続けて言った。

「外国人労働者に対して『攻撃的な手段』、暴力が振るわれるような事態が起きてもかまわないということでしょうか」

河崎は感電したように椅子から立ち上がり答えた。

「私は外国人労働者に暴力が振るわれてもかまわないなどと、ひとことも申し上げておりません。暴力があれば、それは刑事事件で警察が適切に対応してくれるものと確信しています。誤解のないように繰り返しますが、日本は外国人の資格外活動は認めてはいないし、査証期限が切れる前に本国に戻り、日本で学んだ技術を活用してもらうというのが、外国人技能実習制度の目的であり、中南米の日系人労働者も日本の生活習慣に従ってもらうというのも、ごく当たり前の話で、目的のお金を貯めたら母国に帰られるのが自然なことと考えています」

河崎は大きく息を吸い込み、ゆっくりと吐き出すと意を決したように言い放った。

「日本は説明するまでもなく、二〇〇〇年にわたって単一民族国家であり、天皇という王朝が続いている国家で、こんな国は日本以外にありません。私はこの伝統は守られるべきだと考えていることだけは、はっきり表明しておきます」

枝川議員は念を押すように質問した。

「日本は単一民族国家と、河崎議員はお考えになっていると理解してよろしいのですね」

「私の出身は神奈川県ですが、実家の近くにエリザベス・サンダース・ホームがございました。日本人女性とアメリカ兵との混血児がそこで暮らしていました。創設者の沢田美喜さんのご尽力で子供たちはアメリカやオーストラリアに養子縁組で渡っていきました。その現実を子供ながらに見ていて、やはり日本は外国から移民は受け入れるべきではないと考えております」

「私の質問の時間は限られているのでこれを最後の質問とします。日本は単一民族国家というお考えを改めるお気持ちはありますか」

「ありません。これは私の信念です」

これで枝川議員の質問は終わった。枝川は満足げな表情を浮かべている。河崎から引き出したかったのは最後のひとことだったのだろう。

予想通り新聞各社は河崎の「単一民族国家」発言を問題にした。

枝川議員はそうなることを予期していたのだろう。枝川議員にしてみれば、してやったりという気持ちだったのだろうが、河崎の方が一枚上手で、騒ぎになるのを期待していたのではないか。藤沢にはそう思えた。騒ぎになればなるほど、河崎への注目度が高まり、若年層の支持者が増えていった。

河崎は枝川議員の挑発に乗っているように見えるが、実際はマスコミ報道を計算の上で答弁しているのだろう。マスコミも最初のうちは、河崎がトランプ大統領を模した発言を繰り返していることから、神奈川のミニトランプと揶揄していた。しかし、その勢力は日ましに増大し、マスコミも無視できない勢力に拡大していた。

藤沢はモニター画面をシャットダウンさせると、ソファから立ち上がりキッチンへ入った。冷蔵庫から缶ビールを取り出し、よく冷えたビールを一気に飲みほした。それでも苛立ちは収まりそうにもない。

テーブルの上に無造作に置いてある携帯電話を取った。鬱憤を誰かに話さずにはいられない心境だった。

藤沢は群馬県大泉町に住む小栗勢子に電話を入れてみた。

「今あなたに電話しようと思っていたところよ」

勢子は藤沢の声を聞くのと同時に答えた。

「あなたも見たの」

「ああ、見た」

「人でなしは何年経っても人でなしね」

勢子は投げつけるような口調で言った。

「近いうちに時間が取れるか」

「日曜日ならいつでもいいわ」

藤沢は次の日曜日に大泉町に行ってみることにした。

二人ともエリザベス・サンダース・ホーム出身だ。

エリザベス・サンダース・ホームは、終戦から二年目の一九四七年、沢田美喜によって設立された。終戦の翌年には肌や髪の色の違う混血児たちが次々に生まれていた。日本に進駐してきたアメリカ兵と日本人女性との間に生まれた混血児たちだった。

「混血児とは敗戦恥辱のシンボルだ」

こうした視線が母親とその子供に向けられた。

鋭い視線に耐えられず多くの母親が混血児を遺棄せざるをえなかった。

当時は「ハーフ」などという呼び方はなく、混血児は「あいの子」と侮蔑的な言葉で呼ばれた。「ハーフ」という言葉が定着するのは、テレビのバラエティー番組にアイドルグループ「ゴールデン・ハーフ」が出演し、人気者となってからだ。これ以降、混血児を意味する「ｈａｌｆ ｂｌｏｏｄ（ハーフブラッド）」の「ハーフ」だけが広く流布していった。

沢田美喜は三菱財閥の岩崎弥太郎の孫娘として生まれた。岩崎家は財閥解体で多くの資産を失っていた。しかし沢田美喜は売却できるものはすべて売却して神奈川県大磯町の家を買い戻し、そこに混血児のための施設を建設したのだ。

一九四八年二月に二人の子供が入所した。それから一年三ヶ月間に入園者は百人を超えていた。終戦から五年目に朝鮮戦争が起きた。この時にも日米の混血児が生まれ、沢田はそうした混血児たちを育ててきた。エリザベス・サンダース・ホーム出身の孤児は二千人に及ぶとも言われている。

エリザベス・サンダース・ホームの入園者が学齢に達すると、大磯町では混血児たちをどう扱うかが取りざたされた。町立小学校の父兄たちは学校内に別校舎を建設し、サンダース・ホームの児童たちをそこで学ばせるという提案をしてきた。差別的な提案に対し、沢田はエリザベス・サンダース・ホームの中に聖ステパノ学園を設立し、そこで子供たちに教育を受けさせることを決意した。

混血児の多くはアメリカやオーストラリアに養子として引き取られていった。

その一方で沢田美喜は人種差別のないブラジルで、子供たちに自分の将来を切り開いていかせるという夢を抱いていた。

一九六二年、ブラジル・パラー州のトメアスに先遣隊が聖ステパノ農場の建設に着手した。トメアスは戦前の日本人移民が切り拓いてきた移住地だ。パラー州の州都でもあるアマゾン川河口の街ベレンから、当時はアマゾン川支流を一昼夜遡らなければならなかった。沢田美喜はそこに混血児のための新天地を開こうとした。

一九六五年、第一陣十人は移民船さんとす丸に乗り込んだ。その一人が勢子だった。勢子はそこで日系二世の小栗太郎マルコスと結婚し、二人の子供を産んだ。

勢子は二人の息子と一緒に小さなアパートを借りて暮らしていた。夫はトメアス移住地に残り農園を経営している。現在はベレンから車で五、六時間ほどの道のりだ。子供たちの夢をかなえるために勢子と二人の息子は日本にデカセギにやってきたのだ。

小栗親子は東武線西小泉駅からタクシーで十分ほど走ったアパートで暮らしていた。勢子の話では、ブラジルの農業は規模を大きくすればそれなりの収入は得られるが、リスクもそれだけ大きくなるらしい。トメアス移住地では、日系人は胡椒やカカオ、アセロラを栽培しているようだ。

胡椒栽培は安定収入につながるようだが、病虫害を防ぐには広大な土地を購入し、畑と畑の間に密林を残しておく必要がある。万が一病虫害に襲われても、密林が緩衝地帯になって全滅を防ぐことができる。しかし、一家にはそれだけの広い土地はなく、胡椒とカカオを栽培していたが、胡椒畑に病気が入り全滅したこともあった。新たな土地の購入資金をためるために勢子と二人の子供が来日した。二人の子供も父親の農業を継ぐつもりでいる。

「資金がたまったら、一日も早くブラジルに戻りたい」

勢子は藤沢に会うたびに言っていた。

結婚が遅かったせいか、勢子の二人の子供は三十代半ばといったところだ。二人ともパラー州立ベレン大学の農学部を卒業している。土地さえあれば自分たちが思い描く熱帯農業を手広くやれるという自信があるらしく、自動車の生産ラインに入って黙々と働いているようだ。

そんな話を勢子から聞いていただけに、河崎の不快な国会答弁の話を勢子にはしない方がいいかと思った。しかし、勢子も河崎の動向については気にしていたのだろう。

コロナ騒ぎで生産ラインは一時ストップしていたが、勢子の二人の子供が働いているのは、カーエアコンの下請け工場で、そこでは空気清浄機も生産していた。カーエアコンの生産量は減少していたが、空気清浄機は工場を二十四時間稼働させても生産が追い付かない状態のようだ。一人とも日曜日返上で生産ラインに立った。

子供たちがいないので、藤沢も気がねをすることなく率直に勢子と話をすることができる。

住んでいたのはエレベーターのない四階建ての建物で、同じような造りの集合住宅がマッチ箱を並べたように、八棟並んでいた。勢子の部屋は三階にあった。部屋の間取りは2ＤＫで、六畳の部屋は二人の子供の寝室で、四畳半を勢子が使っていた。ダイニングキッチンに丸いテーブルが置かれ、椅子が四脚並べられていた。

勢子の旧姓は新橋で、戦後間もない頃、新橋駅前には闇市が立っていて、そこに勢子は捨てられていた。手足をばたつかせて勢いよく泣いていたことから、新橋勢子と名付けられた。彼女の父親は白人のようで、容貌は日本人と言ってもわからないぐらいだが、肌は白人そのものだった。

エリザベス・サンダース・ホーム出身の子供たちには、捨てられていた場所や、発見された時の様子からつけられた名前が多い。藤沢自身も、藤沢駅の女性用トイレの中で、毛布にくるまれ泣いているところを発見された。それで藤沢という名前がつけられ、譲治はアメリカ兵の父親が発見された時、呼びやすいようにと沢田美喜がつけてくれた名前だ。

「狭いところでごめんね」勢子が言った。

勢子が来日してから会ったのは、三度目か四度目だが、エリザベス・サンダース・ホームでずっと一緒に育ってきたせいか、久しぶりに会った姉と弟といった雰囲気だ。

藤沢は椅子を引き、そこに座った。

「今すぐコーヒーを淹れるわ」

キッチンで勢子がコーヒーを用意しながら、藤沢に話しかけてきた。

「あのろくでなしの国会答弁だけどさ、アメリカの連中にも知らせてやった方がいいのでは……」

「勢子もそう思うだろう」

「このままあいつを放っておくわけにはいかないでしょう」

　コーヒーを淹れる手を休め、勢子が振り向きながら言った。

「河崎はついこの間までは引退が囁かれていた老いぼれ議員だったが、本人ももしかしたら総理になれるのではと、派手なパフォーマンスをしている。あの問題の国会答弁はアメリカでも流れたらしいから、彼らも見ていると思う」

　勢子が淹れたコーヒーをトレイに載せて運んできた。

「コーヒーは亭主が定期的に送ってくれるのよ」

　部屋中に香りが広がる。

　勢子はコーヒーを二、三口飲むとカップをテーブルに戻して言った。

「私たちも皆いい年になったし、できることも限られている。でも力を合わせれば、何かできそうな気がするのよ」

「俺もそう思う」

「このまま人生を終えてしまったのでは、いくら天国に行けたとしても、いちばん大切なものをこの世に残していくような気がするの。だから一度皆で集まって何ができるのか、話し合ってみたいのよ」

「俺は独り身で自由に動ける。でも勢子にしろ、アメリカに渡った連中はそれぞれ成功して、それなりの生活がある。どうするのか直接俺が確かめてみる」

勢子との話はそれで終わった。

藤沢はアメリカに移住した連中とも頻繁に連絡を取り、日本の状況を事細かに報告していた。

その後は、ブラジルに渡った他の連中の消息を勢子から聞いた。


エリザベス・サンダース・ホームでは移住に備えてアマゾン教室が開かれ、そこで熱帯の農業について学んだ。岩手県にあった小岩井農場で農業実習も積んできた。しかしどれ一つ取っても、アマゾンの過酷な自然に立ち向かうにはあまりにも無力過ぎた。

熱帯気候の中での重労働、少ない娯楽、彼らの心は次第にとげとげしくなっていった。不平に不満、仕事の能率低下、ささいなことでの衝突、聖ステパノ農場から一人また一人と抜けて、彼らはそれぞれ自分の生きる道を求めて、ブラジル各地へと散っていった。

それぞれが自分の道を歩き、家庭を築き、サンパウロやリオデジャネイロで暮らしているようだ。

「ブラジルではさ、肌の色などまったく問題にならないのよ。モレーノと呼ばれる茶褐色の肌をした人たちが圧倒的に多い。それは何代にもわたって白人、黒人、黄色人種が混血した結果生まれた肌の色。ブラジルに行ってから、肌の色で嫌な思いをしたことは一度もないわ」

勢子の話を聞きながら、ブラジルに移住していたら自分にはどんな人生があったのだろうかと藤沢は思った。

藤沢は勢子の七歳年下だ。藤沢は朝鮮戦争が勃発し、その時に日本に駐留した黒人米兵との間に生まれた。

藤沢もブラジルに移住する予定で、沢田美喜は渡航の準備を進めていた。しかし、その計画は、聖ステパノ農場の崩壊などもあって挫折した。

ブラジル移住を断念し、日本で生きてきた。沢田美喜の後ろ盾がある時は、アパートを借りるにも、就職口を見つけるにも困ったことはない。藤沢の周囲には、差別があっていいはずがないと考える善良な人がいつもいた。しかし、それは沢田が存命で、彼女に影響力があった時代の話だ。

沢田が他界すると、それまでは藤沢が希望するアパートを見つけては仲介していた不動産屋が「外国人に部屋を貸すオーナーはいない」と手のひらを返す対応を取るようになった。沢田から依頼されて藤沢の就職口を世話してくれた人も、仕事の紹介に難色を示した。

彼らの理解と慈愛に満ちたあの視線は、どこに消えてしまったのか。その変貌ぶりに藤沢は激しく動揺した。

しかし、すぐに藤沢はすべてを理解した。沢田の前で見せる彼らの理解と慈愛に溢れた視線は憐憫でしかなかったのだ。差別を同情というオブラートに包んでいただけで、一皮むけばエリザベス・サンダース・ホームの子供たちに石と差別的な言葉を投げつけてきた多くの人たちと、何も変らなかった。

その視線から逃れる手段がブラジル移住だが、藤沢にはその選択は許されなかった。

2　海外メディア

枝川議員の質問に答えた一週間後だった。神奈川県大磯町にある自宅から二時間ほどのドライブで第一議員会館に入ると、秘書の蓼科道夫が話しかけてきた。議員室の窓を背にして、河崎晋之介の机が置かれている。机の上には陳情関係の書類がいまにも崩れ落ちそうなほど高く積まれていた。

議員会館にはもう一人女性の秘書がいた。葛西みなみは地元後援会の役員の推薦で三年前に採用した。早稲田大学政経学部を卒業した三十代後半の才媛でしかも美人だ。政治家を志望していた。葛西が淹れたてのコーヒーを運んできて、机の上に置いた。葛西はいつも地味なスーツを着ているが、豊かな胸のふくらみがスーツに浮かび出ていて、河崎の視線は自然にそこへ行ってしまう。コーヒーを置いたはずみで一瞬葛西の胸の谷間が見えた。それとなく書類に手を伸ばしているが、河崎の視線は胸に注がれたままだ。

葛西が部屋から出るのを待って、蓼科が言った。蓼科はまだ葛西を秘書として信頼していないようだ。

「例の国会答弁でマスコミは騒いでいますが、ネット上では先生を支持するコメントで溢れかえっています」

蓼科の説明に自然に笑みがこぼれる。蓼科は河崎が国会議員選挙に立候補した頃から、参謀役を務めてくれている政策秘書だ。選挙区にも秘書は二人いるが、採用したり辞めたりで、出入りが激しかった。理由は河崎の人使いの荒さと、パワーハラスメント、セクシャルハラスメントと囁かれている。しかし、河崎自身はそんなことを反省する気など毛頭ない。嫌なら辞めればいいのだ。代わりはいくらでもいる。

蓼科がずっと秘書を務めてくれているが、河崎への忠誠心からでないのは十分にわかっている。河崎には子供がいなかった。引退後、地盤は蓼科に譲ると、河崎が体調を崩した時に言ったことがある。それがあるから蓼科はいつも無理難題を引き受けてくれるのだ。

しかし、長年の付き合いから、葛西みなみに対して河崎が抱いている男の欲望に気づいているのだろう。蓼科を後継者にと言った頃に葛西を秘書として採用した。葛西は女性ならではの細やかな配慮を河崎に見せた。

いざ引退という段階になったら後継者として葛西を指名するのではと、そんなことを心配しているようにも感じられた。政治家になろうとする者は、男でも女でも、権力を手にしたいと思っている者がほとんどで、どんなに高邁な理想を掲げても内心では権力への欲望をたぎらせているものだ。

「このあいだの答弁の様子が、アメリカのＣＮＮでも流れました。アメリカのメディアも先生の動向には関心があるのでしょう」

蓼科が河崎の関心を引くように言った。

河崎の外国人に対する発言を支持するのは、若い世代だけかと思っていたが、幅広い層で共感が得られていることがわかってきた。リタイアした団塊の世代にも、移民は決して受け入れるべきではないといった河崎の意見を支持する者が少なくない。それは新聞やテレビの行った世論調査に顕著に表れた。そうした事実が海外のメディアにも伝わっているようだ。

「放送の影響だと思いますが、アメリカのメディアから取材依頼が来ています」

蓼科がワシントンポストの記者、オサム・ウィリアムズの名前を出した。

「何者なんだね」

河崎は日本語の新聞でさえも読もうとはしなかった。ましてや英語の新聞など広げたこともない。書籍もほとんど読まない。というよりここ数年書籍を読んだという記憶もない。

「すでに現役の記者は引退しているようですが、アメリカのコラムニストとして有名です。名前からすると日系人だと思われます」

蓼科がオサム・ウィリアムズについて説明した。

アメリカのメディアに批判されることは何度もあったが、直接ジャーナリストから取材依頼を受けたのはそれが初めてだった。

「いよいよ俺の時代がやってきたかな」

河崎はまんざらでもなかった。ポスト安川としてアメリカでの知名度を上げておくことは決してマイナスではない。

「その取材を受けてみよう」

承諾したとオサム・ウィリアムズに連絡させた。

二十四時間後にはオサム・ウィリアムズから返信メールが届いた。一週間以内に東京に向かう、日本に着く日時が決まれば早急に連絡する、取材日時は日本到着の翌日から五日以内に設定してほしい、取材時間は三時間程度、とオサム・ウィリアムズは用件だけを伝えてきた。

新型コロナウイルスによって、日米の往来が今後どうなるか不透明だ。先方はそうしたことを考え、早急に取材を進めたいのだろう。

オサム・ウィリアムズは一月末に成田空港に到着と連絡してきた。

蓼科にオサム・ウィリアムズのプロフィールを調べさせた。七十三歳になるようだ。

二月二日の午後三時から議員会館で取材を受けると連絡を入れた。

来日までの間、蓼科にメールを入れさせて、どのような取材内容なのか、あらかじめ用意しておく資料が必要なのか、それらを尋ねさせた。しかし、取材内容については会った時に話をする、資料に関してはワシントンポストにすでにあるので、特別に用意してもらう資料はないと言ってきた。

どのような質問をされるのか前もってわかっていた方が都合いいが、相手は河崎の本音を探るために、あらかじめ質問内容を伝えるのは避けたいのだろう。いずれにせよ移民を拒絶する理由と、現在受け入れている外国人労働者について聞いてくることは予想できる。

「通訳はこちらで用意する必要があるのか」

蓼科に聞いた。

「それはインタビューする方が用意するでしょう。ワシントンポストの東京支社もあるし、日本語の達者な記者もいるでしょう」

「そうだな」

それにオサムという日本名からしても、日系二世か三世だろう。多少の日本語は理解するのかもしれない。

「アメリカのメディアの取材も大切ですが、議員の健康状態はどうなんですか。私はいちばんそれが心配です」

蓼科が不安そうな表情で聞いてきた。去年の夏は確かに最悪だった。倦怠感に襲われて、議員を辞めなければならないかと思った。しかし、今はそれが嘘のようだ。この状態ならば、総裁選に立候補することも可能だ。政治の世界は一瞬先が闇だとよく言われるが、その逆もあるのだ。太陽が燦々と輝く世界が広がることもある。今の河崎晋之介がその状態だ。

総裁選に立候補し、総理の座を手中に収めることができるかどうかわからないが、河崎にとっては一花咲かせる最後のチャンスかもしれない。そう思うと精神的にも充実してくる。

枝川議員との質疑応答など、枝川議員本人は河崎からヘイトスピーチを引き出し、社会的な批判にさらしたと思っているようだが、河崎本人は自分の本心を国会で披瀝できたと、精神的には充足感を覚えていた。それより何より若い世代が河崎を支持してくれた。

病は気からというがその通りだと思う。精神的に充実すると、これほどまでに強くなれるものかと、自分でも不思議に思えてくる。体調が落ちるところまで落ちた去年の河崎だったら、これほど堂々と外国人移民を拒否する考え方を表明することはできなかっただろう。

トランプ大統領はメキシコ国境に高い壁を建設することを約束し、移民受け入れを拒否している。河崎も同じように、移民拒否の姿勢を強烈にワシントンポストのコラムニストに伝えようと思った。

約束の二月二日、議員会館の受付から来客を知らせる電話が入った。ワシントンポストのコラムニスト、オサム・ウィリアムズが議員会館にやってきた。

「迎えに行ってきます」

こう言い残して蓼科は来客を迎えに受付へ向かった。数分で蓼科は部屋に戻ってきた。秘書室と議員室を隔てるドアが控えめにノックされた。

「どうぞ」河崎が答えた。

オサム・ウィリアムズが最初に入ってきた。日本語に自信があるのか、通訳はなく一人だった。河崎は椅子から立ち上り、机の前に置かれているソファに座るように勧めた。通訳がいなくても取材が可能なのか、心配になり蓼科に目配せをした。

「河崎先生、ご多忙中にもかかわらず取材を受けてくださりありがとうございます」

オサム・ウィリアムズは流暢な日本語で挨拶してきた。

白髪で彫りの深い端正な顔立ちをしている。肌は白く、父親なのか母親なのか、どちらかが白人なのだろう。アルマーニのスーツと純白のワイシャツ、ブルーのネクタイという姿で、背も高く、シニア世代のモデルといっても通用するようなファッションセンスを醸し出している。

「ずいぶん日本語がお上手なんですね」

「母親が厳しい人だったので、家庭の中では日本語を使うように教育されてきました」

「なるほど、それで……」

河崎は安心したように言った。

「母は戦前生まれで、私が使う日本語は古い日本語かもしれません。その点はお含みおきください」

オサム・ウィリアムズは最近の日本人でも使わないような丁寧な日本語を話した。ソファに腰掛けると、葛西がコーヒーを運んで来てセンターテーブルの上に置いた。

「私は隣の部屋にいますので、何か必要な資料があればすぐに声をかけてください」

こう言って蓼科は議員室から出た。

センターテーブルをはさんで二人は向き合うように座った。オサム・ウィリアムズはジャーナリストというよりも、むしろ学者といった風情を漂わせている。日本の新聞記者を見なれている河崎にはそう感じられた。アメリカの新聞記者に会ったことがないのでわからないが、アメリカの新聞記者は皆オサム・ウィリアムズのような雰囲気を放っているのかもしれない。抜いた抜かれた、切った張ったを日常にしている日本の新聞記者とは明らかに違う。

「どんなことをお聞きになりたいのでしょうか。できる範囲でお答えするようにします」

「ありがとうございます」

　返事の仕方も発音も、日本人と変わるところはない。日本語に対してはかなり厳しい躾の中で育ってきたことがうかがえる。敬語の使い方は日本人そのものだ。

「河崎先生の経歴や国会でのご発言については事前に調べてきています。その上で質問させていただくようにします。私たちから見ると、現在、日本で働く外国人労働者は、日本政府は否定していますが、日本への永住を決意した外国人労働者、つまり移民に見えるのですが、具体的には何が違うのか、その点についてまずご意見を聞きたいと思います」

　オサム・ウィリアムズの質問は予期していたものだった。

「そんなに難しいことだとは思っていません。外国人労働者はまさに労働者として来日し、日本で働き、目的の金を貯めたら母国に帰っていく。外国人技能実習制度で日本に来られる若い方には、働きながら日本の優れた技術を学んでもらう。いずれも母国に帰国することが前提になっています。移民は最初から日本に住むことを前提に入国してくる外国人を差しますが、最初から永住査証を発給するような制度は日本にはないということです」

「日本の入管法、正確には出入国管理及び難民認定法と呼ぶようですが、その入管法ではそのように運用されています。しかし、現実には中南米からの日系人は査証も更新可能で、定住化傾向を示しているのは明確です。すでに日系人が大量に入国し、デカセギ第一世代は高齢化し、第二世代が台頭してきています。母国に帰国することが前提ということですが、前提そのものが崩れてしまっているのではないでしょうか」

オサム・ウィリアムズは淡々とした口調で質問を続ける。

「それは日本の労働力不足が招いた結果であって、彼らにお願いをして日本にいてもらったわけではありません。できることならほどほどに稼いだところでお引き取り願うのが、日本にとっても、そして日系人にとっても、双方にとってそれが理想的なのではないでしょうか。日本の人手不足がいつまでも続くわけではなく、実際にはリーマンショックの時は、雇い止めが多発、日系人は職を失いました」

リーマンショックによってアメリカでも失業率は上がった。世界的に景気が後退し、あらゆるところにそのしわ寄せが出た。

「ホームレスに身をやつす日系人もいましたが、困窮した方たちに日本政府は旅費を出してまで、母国に帰っていただきました。本来なら、送り出した母国がそうした人たちの帰国に経済的な支援を行うべきだと思います。日本のマスコミは日系人を景気の調整弁に使っているとか、技能実習生を低賃金で利用していると勝手なことを書いていますが、でもそれは承知の上で来日しているわけで、そうしたリスクを背負ってでも、母国で働くよりはいいから来日しているのが現実でしょう。景気の調整弁に使っているという批判は的外れだと思います」

河崎は自分のコメントがワシントンポスト紙に掲載された時のことを想像してみた。それを見た日本の多くの新聞、あるいは週刊誌、テレビが騒ぎたてるだろう。それも計算の上だ。とにかく好意的な記事ではなくても、マスコミを騒がせることが支持者の獲得につながるのだ。

「日本は失業に追い込まれた外国人労働者に帰国の費用を立て替え、人道的な対応をとっているとでもおっしゃりたいのでしょうか」

「その通りです。世界中どこを見ても、職を失った外国人に帰国旅費を出すような国が、日本以外にあったでしょうか。日本のマスコミは、外国人労働者をモノのように扱っていると報道していますが、もしほんとにそうであるならば、そんなことまでしないですよ」

「それはどうでしょうか。日本には生活保護という制度があります。文化的で最低限度の生活を営む権利があると憲法には記されています。それをデカセギ日系人に適用するよりは、帰国費用を立て替えた方が安上がりだと判断したためではないのでしょうか」

「あなたは外国人労働者にも生活保護が適用されるのが当然だという視点に立って質

問をされているようですが、果たしてそれが正しいことなのかどうか、きっちりと論議しなければならないことだと私は思っています」

「実際に日系人には生活保護が適用されています。それを見直す必要があると河崎議員はお考えになっているというふうに理解してよろしいのでしょうか」

「そうです。憲法には日本人は文化的な最低限度の生活を営む権利を有すると確かに記載されています。外国人にまでそれを適用するとは記載されていません」

さらに河崎は日頃から思っていることを、オサム・ウィリアムズに伝えておこうと思った。

「外国人労働者の多い自治体では、デカセギ子弟を小、中学校で受け入れている。ご存じだと思いますが、日本は小学校、中学校を義務教育にしています。しかしそれは日本国籍の子供たちであって、外国籍の子供に対してまで義務教育を課しているわけではありません。それは地方自治体の裁量によって行われています。現場の教育関係者は、多くの負担を抱え込むことになります。そうした子供たちが日本で教育を受ければ、母国語の喪失につながります。様々なことを勘案すると、日系人労働者もある程度の歳月を日本で働いたら、やはり帰国された方がいいのではないかと考える所以です。ついでに申し上げておくと、外国人技能実習生も家族の帯同を認めていません。それはどちらつかずの、日本語も中途半端、母国語も喪失したつまりダブルリミテッドの子供が生まれてしまうからです」

「外国人労働者を受け入れる限り、そうしたところまでケアして受け入れるのが、受け入れ国の責務ではないでしょうか」

「そこまでして外国人労働者を受け入れ、永住化を促進するようなことは、日本はすべきではないと、私は考えています。日本社会の秩序が根底から崩れる恐れがあります。日本は絶対に移民を受け入れるべきではないのです」

オサム・ウィリアムズはそれまでは河崎と目を合わせようとしなかった。意識的にそうしていたのか、あるいは河崎の証言をノートに書きしるすために、顔を上げなかったのか、それはわからないが、初めて河崎とオサム・ウィリアムズの視線が絡み合った。

「今、日本社会の秩序は根底から崩れると言いましたが、先日の国会での答弁の中にも同様の発言がありました。この点についてもう少し詳しくお話をしていただきたい」

「いいでしょう」

河崎は身を乗り出した。

「アメリカ合衆国には、アングロサクソンが移民として渡る前は先住民が暮らしていました。アングロサクソン、スペインをはじめとするヨーロッパからの移民、あるいは中南米諸国から流入したヒスパニック系の移民、中国人、日本人、韓国人とアジアからの移民も多い。いわゆる多民族国家として成立しています。トランプ大統領が登場してからは、世界的に批判を浴びていますが、移民を拒絶する方向に舵を切ろうとしています。それはもっともな話で、多くの民族が一つの国に集中すれば、文化、言語、価値観、あらゆるところで混乱がおきます」

河崎は冷たくなってしまったコーヒーを一気に飲んだ。喉を潤してから再び話し始めた。

「オサムさんは、大変失礼ですが漢字は理解されるのでしょうか」

「簡単な漢字なら書くこともできますが、それが何か……」

「例えば混じるという漢字を使った熟語を二、三上げてみてくれますか」

オサム・ウィリアムズは訝る表情を浮かべ、メモ用紙に達筆な文字を書いた。メモ用紙には混乱、混雑、混迷という熟語が書かれていた。オサム・ウィリアムズがメモ用紙を河崎の方に向けた。

「こんな文字が思い浮かびました」

「そうですね。その通りです」

オサム・ウィリアムズは河崎の返事が理解できずに、次の言葉を待っていた。

「混じると乱れる、混じると雑になり、混じると迷いが発生する。混じるという漢字が入った言葉は、ネガティブなものばかりです。最近は多文化共生だの、グローバリズムだのと、わけのわからない主張をする文化人やマスコミが幅を利かせていますが、私はそうした流れに反対です」

「それが単一民族国家、天皇を頂点とした二〇〇〇年に及ぶ天皇制国家という歴史認識になるわけですね」

「その通りです。ただし天皇制といっても、戦前の天皇制とは違い現在は民主的国家の象徴としての天皇です。あえて言うなら日本はアメリカのようになってはいけないし、EUの混乱ぶりから学び、単一民族を死守すべきだと、私は考えているのです」

「河崎議員は、私のような混血児をネガティブな存在としてお考えになっているということですね」

さすがにワシントンポストのコラムニストだ。混血児をぶつけてくるとは予想していなかった。

「多文化共生を主張する人たちは、様々な民族が共存することによって、国境の壁を低くし、民族間の緊張を和らげることができると思っています。しかし、実際はどうでしょうか。先住民と移民、白人と黒人、いわゆるアメリカ人とヒスパニック、アジア系移民、アメリカは説明するまでもなく多文化共生を進めてきた国家です。共生どころか、対立と分断はますます激しくなっています。そこに宗教がからみこんできます。アメリカ合衆国の社会状況は混沌としている。共生が理想的な形で進んでいるのであれば、ハーフの方たち、最近ではダブルとかミックスと呼ぶらしいですが、二つの文化を背負って生きやすいのかもしれません。しかし、混沌とした社会では、そういった人たちは息苦しさを覚え、生きづらい思いをしているのではないでしょうか。それならば、二つの国にルーツを持つような人々は、なるべく少なくした方が社会生活は円滑に進むのではないかと思っています」

　オサム・ウィリアムズは反論してくるのではないかと河崎は思ったが、何も言葉をはさまずに、丹念にメモを取っていた。自分の存在を否定するようなことを言われたのだから、内心は穏やかではないと思うが、表情一つ変えずにメモを取り続けていた。

　不快な思いをしているのだろうが、アメリカの現実を熟知しているために反論できないのかもしれない。

「南米からの日系人労働者、それこそブラジルのような多民族国家で日系人は様々な人種と結婚し、白人との混血もいれば黒人との混血も生まれていると聞いています。そうした日系人が来日しています。さらには技能実習生もいる。具体的な数字を把握しているわけではありませんが、日本の労働市場を支えている人たちと日本人の結婚は増えているし、今後も増加すると思います。だからこそ配偶者として日本に永住していくことになるのでしょう。現実的にはこうした外国人労働者と日本人の間に子供が誕生しています。この子供たちも河崎議員はネガティブな存在として考えているのでしょうか」

「ネガティブな存在として考えるかどうかは別にして、現在の日本では、先ほどお話ししたように、生きづらさを感じているのではないでしょうか」

「昨日は一日中、ホテルの部屋でテレビを見ていました。いわゆるハーフといわれるタレントさんたちがテレビコマーシャルや、バラエティー番組にたくさん出演していました。生きづらさを感じているというよりも、ハーフであることを自分のセールスポイントにしているような印象を受けましたが、そういうことではないのでしょうか」

「一見すればそのように見えるのかもしれませんが、注目されるのは芸能界あるいはスポーツの世界に生きている一握りのハーフだけです。残りの方たちは、私が今も説明した通り、現実には肩身の狭い思いをしているのではないでしょうか」

「河崎議員の考えはだいたい理解できました。そうした考え方というのはどなたかの影響なのでしょうか。例えば議員だった父親の……」

「オヤジは戦前、八紘一宇の理想に燃え、五族協和を唱えていました。八紘一宇、五族協和を簡単に言ってしまえば、現在の多文化共生社会をアジアに築こうとする考え方です」

　メモを続けるオサム・ウィリアムズの手が止まった。視線を河崎に向けてきた。唇にはかすかな笑みを浮かべている。嘲笑をかみ殺しているような微笑で、決して好意的なものではないのは、河崎にもわかった。

「こうした私の考えは父親の影響もありますが、私の実体験も大きく影響しています。あなたはエリザベス・サンダース・ホームというのをご存じですか」

オサム・ウィリアムズは取材メモに目を落としながら答えた。

「戦後間もない頃、アメリカ兵と日本人女性との間に生まれた混血児を育てるための施設ですね」

「その通りです。私は神奈川県に住んでいたので、その子供たちがどのように扱われたのか、実際に自分の目で見ています」

「そうした子供たちはどんな暮らしをしていたのでしょうか」

「三菱財閥の血を引くお嬢さんが運営していたので、おそらくは食糧事情は一般の日本人よりは良かったと思います。しかし、子供たちには好奇な視線が注がれ、時には石ころさえ投げつけられていました。そんな光景を見て育った私は、多文化共生などというのは、夢物語にしか思えないのです」

「エリザベス・サンダース・ホームの子供たちというのは、現在はどうされているのでしょうか」

「混血児たちは、ほとんどが母親に捨てられ、施設に預けられました。父親であるアメリカ兵にとって、日本人女性は遊び相手として付き合っていただけで、子供を育てるという気持ちは最初からありませんでした。施設を創設した沢田美喜さん自身もそうした子供たちは日本では生きられないだろうと考えて、アメリカやオーストラリアに養子に出し、中には差別のない国、ブラジルへ移住したものもいます。日本に残ったのは少数だったと認識しています」

「日本に残ったサンダース・ホームの子供たちは、今どうしているのかご存じでしょうか」

「そこまでは私は知りませんが、時折、テレビのドキュメンタリーで報道されるのを見るくらいですね。ほとんどの人たちが経済的にも苦境に立たされているのではないでしょうか。日本が高度成長期を迎える頃、歌謡界でヒット曲を飛ばして注目された女性歌手がいましたが、その方も今は生活保護で細々と暮らしていると報道されていました」

「そうした経験から、日本は単一民族国家の道を進んだ方がいいとお考えになっているということですね」

「そうです」

河崎は自信に満ちた声で答えた。

オサム・ウィリアムズが取材中、反論なり、河崎の話を批判、否定することはなかった。それが不気味に思えた。しかし、何を書かれても、河崎は気にも留めるつもりはなかった。その方が注目度を上げるのには好都合だからだ。

三時間の取材は、河崎がほぼ一方的にしゃべるだけで終わった。

3　政治資金パーティー

二月、乗客の感染が確認されたクルーズ船が横浜港に入港した。その夜、河崎晋之介議員の政治団体、大河会が主催する政治資金パーティーが、港区六本木にある東亜国際ホテルで開催された。

中国の武漢で原因不明の肺炎が発生したと、厚労省が注意喚起を促したのが一月六日だった。

一月十六日、ＷＨＯ（世界保健機関）は、中国当局から情報提供を受け、患者から新型のコロナウイルスが検出されたことを確認したと発表した。「今のところ大規模に感染が広がっている状況ではない」とし、「家族間など限定的だがヒトからヒトに感染する可能性もある」としていた。

秘書の蓼科はパーティーを延期した方がいいのではないかと、河崎に相談を持ちかけてきたが、昨年秋から決めていた政治資金パーティーで、かなりの出席者が見込まれる。

「今からパーティーを中止するといっても、その情報が全員に届くのか。それに大ごとにはならないとＷＨＯも言っているんだろう」

ＷＨＯの発表では世界的な規模での流行にはならないとしていた。

河崎は予定通り政治資金パーティーを開催することにした。

ところがその二週間後だった。「緊急事態にはあたらない」としていたが、記者会見したＷＨＯのテドロス事務局長は、「国際的に懸念される公衆衛生上の緊急事態」だと宣言した。感染は中国以外でも拡大する可能性があるのだ。

「もうどうにもならんな」

河崎は蓼科に確認を求めた。

蓼科が東亜国際ホテルに状況を確かめてみると、すでに酒や食材をパーティー用に準備しているという返事だった。

「中止した方が混乱は大きくなる。来るか来ないのかは、参加者の判断に任せることにして、このままパーティーは開催する方向で進めよう」

河崎はそう判断した。

予定通りパーティーは開催された。

パーティー当日。欠席者は予想していたほどいなかった。ほとんどの出席予定者がパーティーに参加した。それまでマスコミには河崎に対する批判記事で溢れていたが、最近の記事には河崎が次期総裁の有力候補だと書かれていた。そうしたことが影響して欠席者が少なかったのだろう。

マスコミ各社も河崎が支持者を前にして、どんな話をするのか取材のために顔を見せていた。政治資金パーティーで講演した内容がニュースになることは珍しい。それだけ河崎は注目されているのだ。

パーティー会場には料理が並び、出席者は小皿に取り分けて、それぞれに食事をしたり、グラスを傾けたりして、河崎晋之介の登場を待っていた。立食パーティーなので出席者は二千人を見込んでいたが、ざっと見た感じでは二千人以上入っているように思える。河崎はその夜もヘイトスピーチと取られようが、自分の思っていることを話すつもりでいた。また出席者もそれを期待して集まってきているのだ。

出席者の一割は世界霊命教会の信徒だ。世界霊命教会は新興宗教の一派で、会員は国内外に二百万人、河崎を支える有力団体の一つだ。大河会を通してパーティー券二百枚以上を購入してくれている。パーティーには教団トップの末松国吉会長も出席すると蓼科から聞いていた。

末松会長に会ったら、今後の支援も含めて依頼しておかなければならない。蓼科の情報によると、河崎の健康をことのほか心配していたようだ。世界霊命教会が公に支持を表明している国会議員は河崎だけだった。しかし、河崎の体調が悪くなると、末松会長は密かに河崎に代わる国会議員を探したらしい。末松に直接会ったら、改めて健康ぶりをアピールしておく必要がある。

河崎がパーティー会場に入ると、一斉に拍手が沸き起こった。司会進行はFテレビを定年退職したアナウンサーに依頼した。会場にはテレビによく出演するタレント、映画俳優、女優も姿を見せている。多くは世界霊命教会の会員で、彼らを目当てにパーティーに参加する者も多い。末松会長もそのあたりを承知の上で、有名人の会員にパーティーに参加を呼び掛けているのだ。

司会者が河崎の到着を告げ、河崎の挨拶が始まるので、会場前方を注目してほしいと出席者に呼びかけた。「河崎晋之介議員を励ます会」と横断幕が会場前方に掲げられていた。

会場の喧騒が次第に収まり、二千人以上の出席者が河崎に注目する。用意されたマイクの前に河崎は立った。

「皆さん、今晩は。中国の武漢から発生した新型コロナウイルスですが、どうも中国だけでは収まらずに世界的な流行に発展するようです。横浜に入港したクルーズ船にも感染者が出ているようです。そうした厳しい状況下にもかかわらず、『励ます会』にご列席を賜り心から感謝申し上げます」

河崎は出席者に向かって頭を深々と下げた。

「今回の新型コロナウイルスですが、私は世界的に広まっていくような気がします。ご承知の通り中国は日本の領土である尖閣列島に中国船を航行させ、フィリピン、ベトナムが領有権を主張しているミスチーフ環礁に建造物を建て、三千メートル級の滑走路を建設しています。中国の覇権主義は明らかです。今回の世界を騒がせているウイルスですが、武漢にはウイルス研究所があり、ここでは生物兵器の開発研究が進められているというのが、中国ウォッチャーの意見です。今回のウイルスもこの研究所から漏れ出したと囁かれています。私は単なる想像ではなく、おそらくこれは中国ウォッチャーが指摘している通り、研究所から誤って漏れ出したウイルスが拡散しているのだろうと思っています」

二千人の出席者は新聞やテレビニュースでも報道されないことを、河崎が堂々と述べていることに驚きの声を隠さない。

どよめきが静まるのを待って、さらに河崎が続けた。

「中国の覇権主義は留まるところを知らず、WHOもその影響下にあると言ってもいいでしょう」

テドロス事務局長は中国の対応策を「素早い検査、隔離、ウイルス解析を行い、それをWHOや世界と共有してくれた。言葉にならないほど感銘を受けている」と高く評価した。しかし、何故、緊急事態宣言が二週間も遅れたのか。中国当局はその二週間でウイルスを抑え込めると判断し、WHOにも事実を伝えていなかったのではないか。伝わっていたとしてもテドロス事務局長は、中国の意向に沿って発表を遅らせたのではないか。

アメリカのトランプ大統領は早い時期から懸念を表明していた。

「アメリカの動きはさすがに早く、トランプ大統領は中国寄りのＷＨＯを厳しく批判しています。残念ながらわが国の安川政権は一歩も二歩も遅れを取っていると言わざるをえません。ことは国民の生命にかかわる大問題です。皆さんこのままでいいのでしょうか」

河崎のスピーチも次第に熱を帯びてくる。

「日本の経済界は十三億人という巨大マーケットに欲の皮を突っ張らせ、日本のマスコミも中国のタブーを報道しません。昨年、私の事務所にイギリスに亡命したウイグル自治区の元医師が訪ねてこられました。その方から直接うかがった話を皆さんにも聞いていただきたいと思います。いかに中国が人権を侵害する国であるか、自分たちに都合の悪い事実は伏せて、人権弾圧をする国であるか、これを知ればＷＨＯを通じて、武漢から発生したウイルス情報の発信を遅らせるくらい、なんとも思っていない国家であることがわかります。私がイギリスに亡命したウイグル人のエンヴァー・トフティさんから聞いたのは、臓器移植の話です」

突然、河崎が臓器移植の話を持ちだしたのが、意外だったのだろう。会場がざわついた。

「中国の移植はウイグル地区から始まったと言われています。それをトフティさんの話を聞き、私は実感しました」

トフティはまだ生存していた死刑囚から臓器を取り出した経験を持つ。

一九九五年六月、当時のトフティはウルムチ中央鉄道病院の外科医だった。ウルムチは、新疆ウイグル自治区の首府だ。

「彼は反体制派グループを銃殺する処刑場に、救急車を用意してくるように命令されたようです」

険しい丘の手前でトフティを乗せた車は待機するように言われた。しばらくすると複数の銃声が響き渡った。

「一斉射撃のようで、何発もの銃声が聞こえたそうです」

その直後、処刑場に救急車は乗りつけた。

そこには射殺されたばかりの遺体が転がっていた。十体なのか二十体なのか、それを数えている余裕はトフティにはなかった。武装警官が声を上げた。

〈こいつだ〉

三十歳ぐらいの男で、他の囚人はすべて坊主頭だったが、彼だけは長髪だった。外科医であるトフティはもう一点、その男には他の囚人とは異なるところがあるのに気づいた。

〈その男だけは、右胸を撃ち抜かれていました〉

「手術しろと処刑場の責任者から命令されたそうです。その命令というのが、まだ息をしていた死刑囚から肝臓と腎臓を摘出しろというものでした。お食事中の方には、不快な話ですが、中国の現実を知ってもらった方がいいと思い、このまま続けさせてもらいます」

トフティが死刑囚の身体にメスを入れた。男の身体が大きくのけぞった。命令されるままにトフティは肝臓と腎臓を摘出した。

それでも男の心臓はまだ動き、脈打っていた。トフティに残された仕事は、遺族のために開腹部を丁寧に縫合することだけだった。

「後にトフティさんはイギリスに亡命しますが、まだ生存していた死刑囚から臓器を取り出した事実を語るには、十五年以上の歳月が必要でした。西側の価値観を知り、事実を明かさなければいけないと考えるようになり、それで私にもこの事実を打ち明けてくれたのです」

こうした経験を積み重ねながら、中国の移植手術は発展を遂げてきた。中国の移植医療レベルは、アメリカや日本とほぼ同じ水準に達していると言われている。

「中国での移植は世界的に非難されています。死刑囚、良心の囚人から臓器を摘出しているとされ、人権上大きな問題を抱えているからです」

カナダの人権派弁護士として知られるデービッド・マタス、閣僚経験のあるカナダの元国会議員デービッド・キルガーの二人は中国で行われている臓器移植について調査を行った。

二人は中国で行われている移植は死刑囚、良心の囚人、ウイグル人、さらに気功の一派でもある法輪功の学習者から摘出された臓器が、国内だけではなく外国人レシピエントに高額な価格で取り引きされ、移植されている事実を告発し、二〇一〇年ノーベル平和賞候補者にノミネートされている。

このレポートを受けてアメリカ下院議会は、二〇一六年六月、「すべての良心の囚人からの臓器狩りを即刻停止することを中華人民共和国政府と中国共産党に要求する」など六項目からなる決議案343号を採択している。

二人の調査によると、中国政府が公式に発表する年間移植件数は一万件だが、実際には年間六万件から十万件と推定されるとしている。

「中国政府はマタス弁護士らの調査を否定していますが、二人の調査結果を否定するということは、中国の移植病院が発表している数値を否定することでもあるのです。二人は中国国内の移植病院の数値を丹念に調べ上げ、六万から十万件という数値を導き出しているのです」

二千人ものパーティー参加者が、河崎のショッキングな話に聞き入っている。しかし、中国の移植はこれから河崎が話そうとしているテーマの導入部に過ぎない。

「そろそろ本題に入りましょう」

河崎は目で蓼科に合図を送った。蓼科がすぐに冷たい水の入ったコップを運んできてくれた。それを一気に飲みほした。コップを蓼科に戻し、河崎は正面を見据えた。何が語られるのか、参加者が河崎に注目した。

「中国というのは、人権などまったくないに等しい国家なのです。しかし、国力を増大させアジア各国でトラブルを起こしています。新型のウイルスは武漢のウイルス研究所から漏れたと思われますが、中国はその事実を隠蔽しようとした形跡さえあります。間もなくその真実がわかると思いますが、中国は恐ろしいことに生物兵器を開発している最中で、新型ウイルスはその一つではないかと思われています」

武漢では感染が急激に拡散し、中国全土への感染を防ぐには武漢を封鎖し、人の出入りを止めるしか術がなかった。

「おそらく夥しい数の武漢市民が犠牲になっていると思われます。武漢が閉鎖される前は当然中国の人々は自由に移動していたはずです。そこで私たち日本人が真剣に考えなければならないことが一つあります。現在、日本で働く外国人労働者の問題です」

会場の後ろの方で河崎のスピーチを聞いていたマスコミの連中が前の方に出てきた。これから河崎が述べることを記事にしたいのだろう。

「今日本で働く外国人は約百六十六万人です。そのうち中国人はどれくらいだと皆さんはお考えですか」

河崎はクイズ番組の司会者のように問いを投げ掛け、しばらく沈黙した。

「約四十二万人です。さらに中国からの観光客は昨年だけで約九百六十万人。日本に一千万人を超える中国人が出入りを繰り返しているのです。今日、横浜港にクルーズ船が入港したと報道され、船内には新型ウイルスに感染した患者がいるようです。しかし、その感染者などは氷山の一角でしかないと私は思います。すでに日本の中には多くの感染者がいると見た方がいいでしょう」

新型ウイルスがいつ発生したのか、中国当局は事実を伝えていない。日本に滞在する中国人労働者、そして観光客の数字を考慮すれば、感染者がいないはずがない。

「現在の日本は人口の減少に歯止めがかからず、限界集落が日本全国至る所で見られるようになっています。だからと言ってですよ、無制限に外国人労働者を受け入れていいものなのか、一度立ち止まってよく考えるべきだと私は思うのであります」

会場から拍手が沸き起こった。

「安川政権は移民を認めていません。しかし、外国人労働者の受け入れに大きく舵を切りました。私はとんでもない愚策だと思います」

二〇一八年、安川政権はさらなる外国人労働力の受け入れ拡大に踏み切った。法務省はこれまで日系三世までに限っていた就労可能な査証を、条件付きで四世にまで拡大する方針を示した。ブラジルやペルーからの受け入れが中心となると見られている。また「経済財政運営と改革の基本方針二〇一八」、いわゆる「骨太方針」を閣議決定した。一定の技能水準と日本語能力を身につけた人を対象に、最長で十年間の滞在を認める内容だ。これにより外国人技能実習生の受け入れ枠も拡大されることになった。

「日本が人手不足だからといって、どこの国でもいいから労働力を導入するというのはいかがなものかと思います。例えば、北朝鮮などは中国、ロシアに労働者を派遣しています。きっと安く働かせることができるのでしょう。安いからといって、北朝鮮から出稼ぎ労働者が来日した時のことを想像してみてください。とんでもない混乱が起きます。テロリストを招き入れるようなものです。

中国だって同じ穴のムジナ、わかりますよね、皆さん。民主化の活動家を死刑にして、その死刑囚から臓器を取り出して移植に使うような国家です。武漢の市民を見殺しにしてでも、細菌兵器の秘密が外に漏れないようにする国から、安川政権は労働者を受けて入れているのです。あまりにも恐ろしい話ではありませんか」

二千人以上もいるのに、会場は静まりかえっている。

「私は日本の労働力不足は深刻で、経済界からの要望が大きいのはわかっています。しかし労働力を受け入れるにしても、やはり慎重にその国の民度、日本との関係、親日的な国かどうかを十分に検討した上で導入すべきだと思うのであります。こういったことを言うと、マスコミに叩かれるのですが、これは私の信念であり、曲げるつもりはありません。今日もマスコミ関係の人たちが来られていますが、今から明日の朝刊にどんな記事が載るのか楽しみです」

河崎の皮肉めいた言葉に会場からクスクスと笑う声が聞こえる。笑みを浮かべる河崎にいくつものストロボが光った。

「リベラル派の文化人が、あるいは一部の地方自治体が多文化共生、外国人との共生を叫んでいるのは周知のとおりです。ですが私は外国人が日本に定住することに反対です。移民の受け入れには身を挺して反対します」

河崎の前に集まっている新聞記者の視線を感じる。決して好意的なものではない。それでもひと際大きな声を張り上げた。

「いいですか、日本は一民族一国家、天皇を中心とした体制を二〇〇〇年にわたって維持してきた国家です。労働力が不足しているのであれば、制限を設けて労働力として外国人を入れ、その方たちも目的の金を貯めたら、祖国に戻られるのが自然なことだと思います。滞在年数にきちんとした枠を設定すべきなのです。

世界中見渡して、どこに多文化共生を実現した国があるというのですか。移民の国アメリカでさえ、様々な移民を受け入れ過ぎて混乱が生じているではありませんか。

ＥＵもしかり。移民を導入して、安定した国情を維持している国家がどこにあるというのですか。混乱した国家を見ているのだから、そうなるのをどうしたら避けられるのか、日本人は真剣に考えるべきです」

会場からは待っていましたとばかりに大きな拍手が起きた。鳴り止まない。これでいい。河崎はほくそ笑んだ。

「人権などまったく無視している中国です。方法は誤っていますが、この国で一つだけ正しい政策があります。中国も多民族国家なのですが、その弊害を知っているだけに、他民族には様々な弾圧を加えています。それがウイグル族です。宗教弾圧の意味合いもあり、彼らへの弾圧は熾烈を極めています。もはやジェノサイドと言ってもいいくらいです。そうです、中国は民族の抹殺を進めているのです。

先ほど紹介させていただいたトフティさんですが、彼は臓器移植の件で西側に亡命したのではありません。ウイグル自治区で核実験が行われ、その周辺でがん患者の発生率が異常に高くなっている。そのことを西側のマスコミに発表したために命の危険を感じて亡命したのです」

最後はマスコミを挑発するように、口調は穏やかだが、本心を述べることにした。

「本来なら自治区などではなく、中国はウイグル族の独立を認めるべきなのです。私は一つの民族が一つの国家を形成することこそが、世界の平和と安定をもたらすと信じているのです。今後も命の続く限り、この思いを貫きながら政治家生命を全うしたいと考えております。これからもご支援をよろしくお願いします」

河崎は腰を折り、頭を下げてスピーチを終えた。

司会者にマイクを渡した。

「これから河崎議員が皆さまのところに回っていきます。しばらくの間ご歓談ください」

河崎は会場を歩き始めた。すぐに蓼科が後ろに付いた。

「世界霊命教会の末松会長がお待ちになっています」

背後から蓼科が河崎の耳もとで囁いた。河崎は黙ったまま頷き、握手を求めてくる参加者の方に近づいた。

「河崎先生頑張ってください」

地元の後援会のメンバーだ。しかし、名前が思い出せない。背後から蓼科が呟く。「山内建設の山内社長です」

「山内さんですね。いつもお世話になります」

河崎が山内の手を握り返した。山内の手を離すと、次の参加者が握手を求めてくる。末松会長がその五、六メートル先にいる。握手を求めてくる参加者に一人一人河崎は握手で応えた。

ようやく末松会長のところに辿り着いた。

「なかなか盛況のようですね」

末松が握手を求めながら言ってきた。

「いつも変らぬご支援ありがとうございます」

河崎は深々と頭を下げた。世界霊命教会の信徒が投じてくれる票だけでは議席は確保できないが、組織票でおおよその投票数は選挙前には計算することができた。議席を確保するためには必要な票田だ。

末松会長の横には見知らぬ男が寄り添っていた。

「紹介したい会員がいます」

末松会長の横にいた男が一歩前に出た。濃紺のスーツに純白のワイシャツ、紺と臙脂色のストライプの入ったネクタイで身を固めている。僧侶なのか、五分刈りの坊主頭だ。日本人のようにも見えるが、色白で白人のようにも見える。男は胸のポケットからケースを出して、名刺を河崎に渡した。

「私どものロサンゼルス支部長で、大変優秀な男です」

末松会長がその男を紹介した。名刺には「世界霊命教会　ロサンゼルス代表　蜂須賀静怒」と記載されていた。

「蜂須賀といいます。静怒は僧侶名です」

流暢な日本語で言った。

「日本語がお上手なんですね」

「ありがとうございます。ロサンゼルスの信徒の中には、もちろんアメリカ人も多いのですが、日系人や日本からの進出企業の駐在員、その家族の中にも信徒がいるので、日本語が自然と身についてしまいました」

「蜂須賀家はアメリカの日系社会の中でも、成功者として知られています。彼はその一族の一人で、アメリカの有力議員とも太いパイプがあります。河崎先生もアメリカの議員とのコンタクトが必要な時は、蜂須賀君に頼まれたらいいでしょう。きっと力になってくれるはずです」

「そうですか。いい人を紹介していただきました」

「今日のスピーチは大変興味深いもので、アメリカに住む私たちにとっても非常に有意義で、考えさせられるテーマでした」

蜂須賀が言った。

河崎は蜂須賀から受け取った名刺を蓼科に渡した。蓼科はそれを受けとり、「秘書の蓼科です」と自己紹介し、自分の名刺を蜂須賀に渡した。

「河崎議員の片腕と言ってもいい方です。何か必要なことがあれば、本部を通さなくてもいいですから、蜂須賀君の方から蓼科君にお願いすれば、彼が動いてくれると思います」

末松が言うと、

「片腕なんてとんでもない。河崎議員の活動に共鳴して、お手伝いをさせてもらっているだけです」

と蓼科が謙遜してみせた。

「票数としてはそれほど多くはないと思いますが、神奈川県出身の有権者もいます。在外邦人にも選挙権があり、投票権を行使する方も増えています。アメリカから河崎先生をご支援したいと思います」

蜂須賀がにこやかな表情で言った。

「ありがたい話で、心から感謝します。末松会長、今日は本当にいい人を紹介してくれました。ありがとうございます」

握手を求める人が、末松会長の後ろに数珠繋ぎになって待っていた。

「それでは失礼します」

と言って河崎は次の出席者と握手を交わした。

4　パンデミック

坂田法律事務所の本社はニューヨークにあるが、ワシントン、ロサンゼルスにも支社を置いている。アメリカに進出している日本の企業は、五千社以上ある。クライアントはそうした日本の企業だが、日本の基幹産業や日本を代表する商社が多い。

坂田法律事務所が多くの進出企業から信頼を得ているのには理由がある。事務所代表の坂田真弁護士は、アメリカの弁護士資格だけではなく日本の弁護士資格も持っていた。日米の法曹界に顔が利くし、アメリカの経済界要人とも交流がある。

中国武漢から発生した新型コロナウイルスの拡大は、アメリカ経済に大きな影響を与えそうで、在米の日系企業もどのように対応すべきか、明確な方針を出せずにいた。日本からアメリカに進出している製造業は約六百社。

日本の基幹産業といってもいい自動車産業は、サプライチェーンを中国に依存し、もはや日米だけでは対応できない事態へと発展していた。中国からの自動車関連部品の供給が止まれば、アメリカでの自動車製造にも多大な影響が出る。部品が輸入できないからと生産ラインで働く従業員の賃金カットや安易な解雇は、「アメリカ・ファースト」を掲げるトランプ大統領のもとでは、日米間の国際問題に発展しかねない。

事態を憂慮した日本企業の本社は、今後の対応策について坂田弁護士から助言を得たいと、来日を要請していた。それは一社だけではなく、東京に一泊してトンボ返りでアメリカに戻るというのは困難な状況だった。

坂田弁護士は、コロナの拡大によっては、しばらくアメリカに戻れないことになるかもしれないが、クライアントの要望に応えるには、訪日するしかないと決断した。ニューヨーク本社の代表代理、ワシントン、ロサンゼルス支社長に、その後の業務を任せ、東京に向かった。宿泊先はいつもの帝国ホテルだ。クライアントの本社は港区や千代田区に集中していて、会議に出席するには交通の便がいちばんよかった。

坂田弁護士が成田空港に着いた翌日、横浜港にコロナの感染者を乗せたクルーズ船が入港したと、マスコミ各社がニュースを流していた。場合によっては一ヶ月以上ホテル住まいになるかもしれないが仕方ない。

ニューヨーク・成田間は十二時間以上の空の旅だが、ファーストクラスのフルフラットの座席で、数時間は眠ることができた。ホテルにチェックインし、早めにベッドに入ったが時差があり、午前五時頃には目が覚めてしまった。

坂田は顔を洗い、キャビンケースから愛用のノートパソコンを取り出し起動させた。メールが入っていたが、メールを送り返さなければならない案件はなかった。

クライアントとは関係がない日本の友人に連絡を入れたいが、まだ眠っているだろう。

坂田はクローゼットにしまったスーツの胸ポケットから手帳を取り出した。手帳には英語でスケジュールがびっしりと記載されている。

日本の司法試験にパスするためには日本語を十分に理解する必要があるが、坂田は司法試験のために特別に日本語を勉強したという記憶もない。弁護士をしているくらいだから、人との付き合い方もうまいと思われがちだが、坂田はどちらかというと一人でいる方が好きだった。

子供の頃から、本があれば、どんな本であろうとも片っ端から読んでいた。読書の楽しさを教えてくれたのは母だった。母は外交官だった夫とともに、ヨーロッパで暮らしていた。母も夫の赴任先の国で読書三昧の生活を送っていた。その習慣が坂田にも引き継がれたのかもしれない。

その日は四社のクライアントと会議をしなければならなかった。午前十時、正午に昼食を兼ねて一社、午後三時と午後五時に、それぞれ一時間から二時間程度の会議を持つようになっていた。同じようなスケジュールが十日間続くようになっている。新型コロナウイルスの状況いかんによっては、さらに会議を重ねる必要がある。

アメリカのトランプ大統領の動きは、ニューヨーク事務所から逐次報告されるようになっている。「アメリカ・ファースト」などと唱えてはいるが、典型的なポピュリズムを背景に勢力を拡大してきた政治家で、坂田自身、トランプ大統領の政策には吐き気がするほど、嫌悪していた。

日本からアメリカに進出していた日本の企業も、トランプ大統領の気まぐれと人気取りの政策に翻弄されていた。こんな人間をよくも大統領にしたものだと、日本側の経営者は誰もが思っているはずだ。しかし、大統領に就任した以上、人気取りの政策にうまく合わせながら、アメリカでのビジネスを継続させていくしかない。

坂田法律事務所の役割は、日本側の収益を可能な限り維持しつつ、トランプ大統領の政策に寄り添っているように見える、経済活動を行うための助言だった。経営コンサルタントのような業務だが、トランプ大統領は強引とも思えるビジネスを日本側の企業に押し付けてくる傾向が強く見られた。

坂田はルームサービスを頼み、早めに朝食をすませた。友人はまだ寝ているかもしれない。成田空港に到着する日時はメールで知らせてある。

携帯電話を取り出すと、坂田はリストにＢＪという名前で登録してある友人に電話を入れた。呼び出し音が三回ほど鳴って相手が出た。

「起こしてしまったかな?」

坂田が聞くと、「大丈夫だ」と相手は答えた。

「それで今日の夜、時間は作れるか」坂田がＢＪに尋ねた。

「ああ、今日の夜は空けてある」

「では八時に帝国ホテルのロビーで待ち合わせよう」

坂田は電話を切った。

ＢＪの本名は藤沢譲治だが、ブラックジョーという愛称で、いつの頃からかＢＪと呼ばれるようになった。仲間内でもＢＪの愛称で呼ばれていた。

その日一日、坂田弁護士はスケジュール通りにクライアントとの会議を消化した。帝国ホテルに戻ってきたのは午後七時過ぎだった。部屋に戻り、ニューヨーク事務所からメールが届いていないか、チェックした。その日のクライアントとの会議内容をニューヨーク事務所に報告し、坂田はロビーに下りた。

すぐにＢＪが声を掛けてきた。

「坂田、ここだ」

ＢＪの声が背中から聞こえた。後ろを振り返ると、人なつっこい顔で微笑んでいた。

「元気そうだな」坂田は握手を求めた。

「よく日本に来る時間があったな、コロナの影響はないのか」

「コロナが大ごとになりそうなので、日本のクライアントから東京に来て相談に乗ってほしいと依頼が相次いでいる。コロナでもなければ、今ごろはニューヨークでパソコンに向かっているさ。ＢＪの方はどうなんだ」

「相変わらずバーでベースを弾いているが、早くもコロナの影響は出ている。客が引き潮のようにいなくなって、バーはライブ演奏どころか、客が一人もいない状態だ」

ＢＪが半ば諦め顔で言った。

「日本の企業は、トランプ大統領が思いつきでどんな政策を打ち出してくるか、戦々恐々としている。自分の思い通りにならなければ、悪いのはすべて中国や日本のせいにする。『アメリカ・ファースト』と叫ぶ以外に具体的な政策を持たなくても、大統領になれるのだから、アメリカンドリーム、まさに夢の国だ」

坂田はアメリカ国内でも敏腕弁護士として知られる。愚策を連発するトランプ大統領のおかげで、さらに依頼案件は増えている。

坂田はＢＪをオールドインペリアルバーに誘った。時間がまだ早いせいか客はまばらだった。二人はカウンター席に座った。バーテンダーが坂田の顔を見ると、軽く会釈した。会議が終わった後、クライアントと食事までは付き合ったが、酒を飲むのは一人の方がリラックスできた。日本で一緒に酒を飲むのは、兄弟付き合いをしてきた特別な友人だけだ。

日米を何度となく往復してきたが、酒を飲むのはインペリアルバーと決めていた。自然とバーテンダーとも顔見知りになった。

「いつものでよろしいでしょうか」バーテンダーが坂田に聞いた。

坂田は黙って頷いた。

「そちらの方は、何にされますか」

「俺も同じものを」

バーテンダーはジョニーウォーカーのブルーラベルをオンザロックで用意した。クライアントが世界の高級ウィスキーを土産に坂田法律事務所を訪れる。世界中の高級ウィスキーを飲んでみたが、坂田にはブルーラベルがいちばん口に合った。

隣に座るBJはオンザロックを一気に飲みほしてしまった。

「ダブルで頼む」BJがオーダーした。

「相変わらず強いな」

「客が勧める安い酒に付き合っていたら、いつの間にか強くなってしまった。もっともこんな高いウィスキーをそんなに飲む機会はないから、かえって今晩は悪酔いしそうだ」

BJは白い歯を見せながら笑った。店内の照明は暗く落とされ、BJの肌はアメリカの黒人とほとんど同じだ。

日本人がカウンター席に座る二人を見れば、黒人が並んで酒を飲んでいるようにしか見えないだろう。坂田弁護士の肌も黒人そのものだ。BJと同じで母親は日本人、二人の会話も日本語だ。

「酔う前にヤツの動きを聞かせてくれ」

坂田は胸のポケットから手帳を取り出し、グラスをずらし、そこに手帳を広げた。モンブランのボールペンを握った。

BJは手帳もメモ用紙も何も持っていなかった。昔からBJの記憶力はすぐれていた。

「あのヤロー、本気で総理の座を狙っているようだ。あいつもあいつだが、あんなヤツをかつごうとする日本人もどうかしている」

「おかしいのは日本人だけではない。トランプが大統領になるかと思えば、ブラジルでも同じようなやからが大統領に就任してしまった」

ボルソナロ大統領は軍政を支持するような言動が就任直後から止まらなかった。政治的混乱が続くベネズエラから流入してくる移民も拒否する姿勢を鮮明に打ち出していた。

BJはここ数年の河崎晋之介の動きを時系列に従って詳細に語り出した。坂田はいっさい質問をせずにBJにすべてを語ってもらった。

「それで河崎が総理総裁に就任する可能性を、お前はどのくらいの確率だと思っているんだ」

「一〇〇パーセント」

ＢＪはグラスを一気に飲みほした。口の中が粘るような不快感があるのだろう。カウンターにグラスを置くとバーテンダーに差し出した。バーテンダーは何も言わず、ダブルのオンザロックを作った。

聞いている坂田も口の中に無理やり岩塩を突っ込まれたような気分だ。

「他の連中はどうしている？」

バーテンダーが差し出した三杯目のグラスを両手で包みこみながらＢＪが聞いてきた。

今度は坂田が説明する番だった。

坂田はアメリカで暮らす共通の仲間三人の動向を語りだした。

「すでに三人とも動き出しているということか」

「そうだ」

「他の連中も計画には同意しているのか」

「まあ多少の温度差はあるにしても、そう思ってもらってかまわない」

坂田もグラスを空け、二杯目をオーダーした。

「勢子はどうしている？」

ＢＪは来日している勢子一家の生活状況を説明した。

「アマゾンの土地を購入するのにどれくらいの金が必要なんだ」

「具体的な金額は聞いていないが、どうして知りたいんだ」

「場合によってはその金は俺が出す。子供二人をブラジルに帰してしまった方が、彼女も動きやすくなるだろう」

「わかった。後で聞いて連絡する」

この計画は失敗が許されない。いっさいの不安を取り除いて立ち向かう必要がある。家族にも計画は知られてはならないのだ。勢子の夫はブラジルにいるが、現在は二人の子供と一緒に群馬県で暮らしている。一人になった方が勢子も気がねなく動きやすくなるだろう。ＢＪは離婚し一人娘は妻と暮らしている。

「私はしばらくこのホテルに滞在する。何かあればいつでもいいから連絡をくれ。必ずコールバックする」

こういうと坂田は手帳を胸のポケットにしまい、封筒を取り出した。

「当面の活動費だ」

「遠慮なく受け取っておく」ＢＪが言った。

「遠慮なんかする必要はない。金は有効に使うためにあるんだ。不足したらいつでも言ってくれ」

その夜はＢＪと一時間ほど飲んで別れた。

翌日の夜、勢子から直接坂田の携帯電話に連絡が入った。

「ＢＪから聞いた。ありがとう」

「余計な心配はいらないから必要額を教えてほしい」

勢子によれば二万ドルあれば、アマゾンの土地が買えるようだ。坂田は勢子とトメアス移住地で暮らす夫の口座番号を尋ねた。

「明日、アメリカの事務所から一万ドルを亭主の口座に振り込ませる。三百万を君の口座にも振り込む。二百万円は今後の活動に、百万円は二人の子供の帰国費用に使ってくれ」

「わかったわ。ありがとう。これで私も自由に動けるわ」

それから一週間後、勢子から再び電話が入った。二人の子供はすでに会社を辞め、日本を離れていた。勢子の夫の口座にも二万ドルが振り込まれ、子供たちの帰国が待ち切れずに、どこの土地を購入するか、夫が一人で下見をしているらしい。

「夫も子供も、私が日本でどんな暮らしをしていたかまったく知らない。知らせるつもりもないわ。ブラジルで生まれ育った夫や子供は、私がどんな差別を受けていたかなんて想像もつかない。それでいいの。でも、私はこのまま何もなかったかのような顔をして生きてはいけない。これは神が与えてくれた最後のチャンスなんだわ」

　こう言って勢子は電話を切った。

その後、坂田はホテルの部屋でＣＮＮのニュースを見て過ごした。

ＷＨＯのテドロス事務局長は、中国寄りの発言を繰り返し、トランプ大統領の辛辣な批判を招いていた。批判はすぐに非難に変わり、エスカレートしていくばかりだ。さすがにこのままではまずいと思ったのか、テドロス事務局長は打開策を講じた。それがＷＨＯ職員を現地に送り、調査させるというものだった。その代表に選ばれたのが、日系アメリカ人医師のヒロカズ・デービスだ。

ヒロカズという日本名が付いているが、肌の色は黒人に近い。アメリカのジャーナリストのインタビューを受けて、客観性、透明性のある調査をすると答えていた。

ヒロカズ・デービスがＷＨＯの役員を離れてすでに三年が経っていた。しかし、テドロス事務局長とは親交が続いている。テドロスはヒロカズがトランプ大統領に対して、いい印象を持っていないのは知っていた。それでヒロカズを指名したのだろう。ヒロカズは迷うことなくテドロスの申し出を了解した。

ヒロカズは医師免許を取得すると、国境なき医師団に加わり、アフリカの難民の治療に貢献してきた。その時にテドロスと知り合ったのだ。テドロスもまたトランプ大統領には嫌悪感を抱いている。

テドロス事務局長は中国寄りだとマスコミは厳しく批判しているが、テドロスはアメリカが嫌いなのだ。特にトランプ大統領のやり方には、批判的だった。

ヒロカズの妻も黒人医師で、夫の生き方を認め、そして尊敬してくれている。二人の子供も医師の道を選び、二人とも救命救急医として活躍していた。ヒロカズは充実した良い人生を歩んできたと自分でもそう思っている。武漢への調査は自分に回ってくるべくして回ってきた使命だと思った。

コロナウイルスは未知のウイルスで恐怖感がないわけではない。しかし、これまでにもアフリカで正体不明の病気の治療に取り組んできた。病気の原因を突き止めて、その度に患者の命を救ってきた。しかもテドロスの頼みとあれば、中国に行かないわけにはいかない。

一日も早く武漢を調査し、結果を報告することがアメリカ国民のためであり、世界中の人が待っている情報でもある。ヒロカズは、中国行きの準備をすぐに整えた。妻はヒロカズがテドロスの指名を受けたことは、ヒロカズから直接聞かされる前に、ニュースで知っていた。

「行くんでしょう。気をつけてくださいね」

と言うだけで、それ以上、何も言わなかった。二人の子供もいつも通りで何も変わることはなかった。アフリカで内戦が起きれば、ヒロカズは、率先して紛争地に赴いていた。幼い頃から、それを見ていた二人の子供は、赴くのが中国だからといって、驚くこともなかった。幸いにもアメリカ政府はヒロカズが中国行きを表明したことを知ると、ウイルスの感染を防ぐ最高の防護服を何着も用意してくれた。

ヒロカズは特定の宗教を信仰しているわけではない。それでも人間の世界には神とか仏とか、人知を超えた存在があるような気がする。今回の一件がそうだ。コロナウイルスの流行は世界的な脅威だ。しかし、その脅威がヒロカズにとっては、長年心の奥底に秘めてきたわだかまる思いを払拭してくれる好機のように感じられる。

中国政府はヒロカズの受け入れを表明している。すでにアメリカでも、コロナウイルスの感染患者は出てきている。中国からコロナウイルスの侵入を防ぐために、ヒステリックなトランプ大統領は何をするのかわかったものではない。一刻も早くアメリカから出国し、中国に入る必要がある。その点は、テドロス事務局長も承知の上で習近平に話をつけているようだ。

ヒロカズは東京経由で北京に入った。中国政府はテドロス事務局長から詳しくヒロカズのプロフィールを聞いているのだろう。空港には迎えの車が待機していた。それに乗り込むと、そのまま北京市内のホテルに向かった。ホテルでは、コロナ対策に当たっている政府要人がヒロカズの到着を待っていた。

ロビーで待機していた周浩然（ヂョウハオラン）がどんな地位にいるのかわからないが、ヒロカズの中国での調査を補佐する役目を担っているようだ。

通常では歓迎されざる客だが、ヒロカズの対応を誤れば、トランプ大統領の態度をさらに硬化させてしまう。テドロスからも言われているのだろう。ホテルの最上階、北京市内が一望できるスイートルームに案内された。

部屋に入ると、山のような書類がセンターテーブルの上に積まれていた。

「これらは武漢から届いた調査報告書です。目を通していただいて、必要なものがあれば、可能な限り現地から取り寄せるようにします」

周浩然は流暢な英語でヒロカズに伝えた。

「まずは明日一日、ゆっくりと書類に目を通し、それからどうするかを考えてみたいと思います」

「ドクター・ヒロカズ、何か御用ができた時は、いつでもかまいません。秘書をこのホテルに常駐させますので、何なりとお申し付けください」

周はセンターテーブルの上の電話機を取り、秘書の待機する部屋に電話した。中国語で二言三言話すと、「少しお待ちください」と英語で言った。

三分もすると控えめにドアがノックされた。周がドアを開けると、四十代と思われる女性が立っていた。周がその女性をスイートルームに招き入れた。

「張静麗（チャンジンリー）と申します」

張は握手を求めてきた。黒を基調にしたシャネルのスカートスーツをそつなく着こなし、シャネルの5番がかすかに漂ってくる。シャネルはヒロカズの妻も愛用している。

張はやはりシャネルのバッグから名刺を取り出し、自分が滞在している部屋の号数を書き込み、ヒロカズに渡した。

「ここにいますので、ご用のある時は、お呼びください」

「わかりました」ヒロカズが答えた。

「お疲れだと思いますので、今日は、我々はここで引き上げます」周浩然が言った。

現地時間は午後五時だが、長旅と時差ボケで、温かいシャワーを浴びてベッドに横になりたい気分だった。

「お散歩や外出されたい時は、ＳＰをつけますので私にご連絡をください」張が部屋を出る時に言った。

ヒロカズは一人になると、山のような書類に目をやった。とても読む気力はない。窓際に行って、外の景色を眺めてみた。外はまだ明るい。しかし、曇りガラス越しに眺めているようで、風景はよく見えない。これが北京の大気汚染の現状なのだろう。とても外出する気分にはなれない。改めて部屋を見回すと、リビングに二台、寝室に一台、日本製の空気清浄機が置かれていた。

ヒロカズはバスルームに入った。コックをひねると温かい湯が勢いよく流れ出してくる。リビングに戻り、スーツを脱ぎクローゼットにスーツをしまった。トランクから下着を取り出し、バスルームに戻ると、湯船には温かい湯が張られていた。アメリカ人の多くはシャワーだけで湯船につかるということをあまりしない。しかし、ヒロカズは湯船に体を沈め、汗が噴き出るまでじっとしているのが好きだった。そんなヒロカズを見て、妻は「あなたは、日本人なのよ」と笑いながら言っていた。自分でもその通りだと思う。

ニューヨークから東京経由北京までの旅は長く、ファーストクラスとはいえ相当疲れていた。急に眠気が襲ってくる。

それでも、しばらく湯に浸かり適当なところで体を洗い流し部屋に戻った。バスローブをはおり、冷蔵庫を開けた。中国の青島ビール、日本のアサヒ、キリン、アメリカのバドワイザー、ブルームーンがそろっていた。ヒロカズは、キリンビールを取った。汗を流した後のビールは特に美味い。一気に胃に流し込んだ。

直ぐに二本目も空けてしまった。成田空港を飛び立つと、すぐに機内食が出た。それをほとんど平らげていた。食欲はまったくない。ヒロカズはグラスをセンターテーブルの上に置くと、ベッドに身を横たえた。すぐに深い眠りに落ちていた。

5　記　事

オサム・ウィリアムズは、河崎晋之介議員の取材をした後も、ずっと日本に滞在し続けた。ワシントンポストのコラムニストだが、毎日記事を書かなければならないという立場でもない。すでに退職しフリーランスだが、ワシントンポストからは、特別編集顧問という待遇を受けて、その時々にコラムを書けば、それなりの報酬が得られるようになっていた。

ワシントンポストにとっても、オサム・ウィリアムズが日本に常駐していることは、目前に迫っている民主連合党の総裁選に向けて、日本の動向を読者に伝えるためにも、そして日本のコロナウイルスの感染状況を知る上でも都合が良かった。オサム・ウィリアムズが滞在しているのは、新宿駅南口の近くにあるビジネスホテルで、宿泊費はニューヨークのホテルと比較するとはるかに安く、ワシントンポストが負担してくれた。それにそのホテルには、普段は中国からの旅行客が多く滞在するが、コロナ騒ぎで中国人の旅行者は激減し、空室が目立った。

河崎議員を取材したが、原稿はまだ書いていなかった。追加取材をしたいと本社には連絡し、最終的に原稿を完成させたのは二月末だった。その原稿をメールで送信し、記事になったのは三月に入ってからだ。

その記事を見て、日本のマスコミがオサム・ウィリアムズに取材を求めてきた。ワシントンやニューヨークに支局を置く各社の特派員からワシントンポスト本社に取材依頼が殺到したようだ。しかし、本人は東京に滞在していると知らされて、各社がオサム・ウィリアムズに会いたいと言ってきたのだ。

ワシントンポストに書いた記事は、河崎晋之介議員をレーシスト（人種差別主義者）だと断じていた。日本のメディアも、河崎議員は偏狭なナショナリストだと批判的な記事を掲載していたが、レーシストとまでは書いていなかった。

オサム・ウィリアムズの記事が目を引いたのは、河崎議員の最近の言動だけではなく、子供の頃の様子まで綿密に取材し、河崎の差別的傾向はすでに十代の頃から顕著に表れていたと書いたことだった。

しかし、そのくらいの記述で何故日本のメディアが驚くのか。オサム・ウィリアムズにはその方が意外だった。河崎晋之介の生まれ育った環境を丹念に取材すれば、それほど苦労することなく炙り出せる事実だった。

わかっていても、日本のメディアは次期総裁に選ばれそうな河崎に早くも気を遣って、書かないのかもしれない。それがひと頃話題になった忖度なのだろうか。それではメディアの役割を果たせないではないか。ワシントンポストには、アドレスを教えても滞在先のホテルは教えないでほしいとメールを入れておいた。

日本のメディアが驚くようなことは、実際何も書いていない。彼らが真剣に河崎議員の小、中、高校時代の同級生から話を聞けば、河崎の差別的傾向はすでに子供の頃から見られたと、オサム・ウィリアムズの記事よりも明確な事実を読者に提供できるはずだ。

自分たちの怠慢に気づかない、あるいはジャーナリストとしてすでに腰砕けの日本の記者とは会う気にはなれなかった。流暢な英語で次々に取材依頼のメールが入ってきた。しかし、オサム・ウィリアムズはそのすべてを無視した。

日本の新聞社がオサム・ウィリアムズを取材したいと活発に動いているのは、レーシストとはっきり書いたのだけが理由ではない。河崎議員が事実とは異なる内容が記事にされたと、ワシントンポストに抗議を申し入れ、訂正記事を求めていると主張したからだ。

各紙の記事にオサム・ウィリアムズは丹念に目を通している。河崎議員が抗議しているのは、二点だった。

日本は単一民族国家を維持、移民受け入れは断固として拒否し、外国人労働者の導入は限定的にすべきだというのは、河崎議員はこれまでに何度も発言している。「このままでは日本はＥＵと同じ道を歩むことになる」と危機感を煽って支持者を集めている。この点について河崎は何の抗議もしていない。

抗議しているのは、他の記述だ。しかし、ワシントンポストに抗議すると激しく息巻いているが、実はワシントンポスト本社にはまだ抗議のメール、手紙も届いていない。東京支局にも何の連絡もない。今のところ日本のメディアに対するポーズだけとみられる。

河崎議員が事実とは異なる、抗議すると言っているのは、子供の頃から差別的傾向が強かったという記述だ。オサム・ウィリアムズは河崎議員の子供の頃、どんな少年だったかを丹念に取材していた。

河崎は神奈川県大磯町で育っている。近くにエリザベス・サンダース・ホームがある。そこから多くの混血児が、アメリカ、オーストラリアに養子として渡っている。生まれて間もない頃、養子として渡米した子供たちには記憶として残っていないが、小学生の高学年になってから、養子にもらわれていった子供たちには、河崎晋之介の記憶は鮮明に残っていた。

オサム・ウィリアムズはアメリカに渡った養子の居所を突き止め、複数の養子から河崎から浴びせかけられた言葉を、ワシントンポストに書いていた。「KURONBO」「AINOKO」「JIBUN　NO　KUNIEKAERE」とローマ字で書き、その意味を英語で解説していた。

インタビューしたエリザベス・サンダース・ホーム出身の養子一人ひとりに、河崎晋之介の写真を見せると、小学校五、六年生まで日本で暮らしていた者は、「差別的な罵声を浴びせかけてきたのはこの男だ」と確信をもって証言した。

オサム・ウィリアムズはそのヘイト発言をされた場所や状況を可能な限り、取材相手から聞きだし記述していた。それを読み、戦後生まれの日本の新聞記者は衝撃を受けたのだろう。

戦争を体験した日本人は次々に亡くなり、戦後のベビーブームに誕生した団塊の世代もすでに定年退職を迎え、一線を去っている。しかし、新聞記者という職業は特殊で、実体験はなくても、戦後の日本の混乱期の様子くらいは知っていて当然だ。そのために書籍が存在するのだ。オサム・ウィリアムズの記事に衝撃を受けているということは、戦後七十五年、この年月に語り継がれなければならない事実が、忘却の彼方に葬り去られ、新聞記者にさえ伝承されていないからだろう。

オサム・ウィリアムズには、その方が驚きだった。そして、平然と取材を申し込んでくる記者たちを激しく嫌悪した。

取材相手の中には、石を投げつけられた黒人女性もいて、今は孫を持つ身となった彼女の額には、傷痕が残り、それを見せながら体験を語ってくれた。

オサム・ウィリアムズは、皮肉をこめて河崎議員は子供の頃からレーシストの才能に満ち溢れていたと書いた。

河崎はワシントンポストに書かれている内容は事実ではないと主張した。しかし、事実関係にはオサム・ウィリアムズは絶対的な自信を持っていた。

もう一点は、在日コリアンに関する記述だった。オサム・ウィリアムズは在日韓国、朝鮮人に言及した。

「単一民族国家というが、在日コリアンは戦前、戦後を通じて日本という国家を構成する重要な他民族ではないのか」

オサム・ウィリアムズが在日コリアンについて河崎に問い質すと、こう切り出した。

「あなたの国では、日本人移民は硫黄のように溶けないとされ、様々な迫害を受けてきた。ところがどうですか、今はあなたのように、日米双方の血を受け継いだ日系人が数多く誕生している。アメリカ人として様々な分野で活躍している。それが私は自然だと思うし、アメリカの素晴らしさ、偉大なところだと評価している」

河崎議員の話は矛盾している。単一民族国家を提唱しながら、その一方でアメリカに移住した日本人が日系アメリカ人というアイデンティティを確立したことを賞賛し、多民族国家アメリカに賛辞を送っている。

合点のいかないオサム・ウィリアムズの表情を見て取ったのだろう。

「アメリカにおける日系人と在日とでは明らかに違う点があります」

「違い、ですか」

訝る思いを引きずりながらオサム・ウィリアムズが聞いた。

「日系アメリカ人は当然のこととして、忠誠をアメリカに誓っています。しかし、在日は今もって国籍は韓国か、朝鮮籍の人たちばかりです。彼らは帰化という選択もあるのに、日本人になろうともせずに、特に朝鮮籍の多くは北朝鮮に忠誠を誓っている人たちです」

「そういう日本人も何一つ変わっていない。在日に向けて相変わらずヘイトスピーチを繰り広げています。足を踏んづけておいて、何故握手を求めてこないのかといったところで、その手を在日が握り返すわけがありません」

「そうですか……」

河崎議員はおどけるような口調で聞いた。口元に含み笑いが浮かんでいる。オサム・ウィリアムズの質問を予期していたのだろう。

「ではお聞きしますが、日系人は、戦争中強制収容所に入れられました。そんな経験をしていたにもかかわらずアメリカに忠誠を誓い日系アメリカ人という地位を確立しました。そうしたことを考えれば、在日が日本人になったとしても、決して不思議ではないでしょう」

「アメリカは、日系人を強制収容所に入れたことは過ちだったと大統領が謝罪しています。日本とは明らかに違うと思います」

一九八八年にロナルド・レーガン大統領は、「日系アメリカ人補償法」に署名し、「日系アメリカ人の市民としての基本的自由と憲法で保障された権利を侵害したことに対して、連邦議会は国を代表して謝罪する」として、強制収容された日系アメリカ人に謝罪した。

「日本の首相が朝鮮の植民地支配は誤りだったと、在日に公式に謝罪したことがありますか。謝罪はしない、相変わらず足を踏み続けていて、日本に忠誠を誓えといっても、しょせんそれは無理でしょう」

わが意を得たりとばかりに、河崎が身を乗り出した。

「いいですか。よく聞いてくださいよ。昭和天皇は、『今世紀の一時期において、両国の間に不幸な過去が存したことは誠に遺憾であり、再び繰り返されてはならないと思います。』と謝罪の意を表明しているし、歴代総理も表現はそれぞれ違っても、謝罪し、新たな日韓の歴史を構築しようと、努力してきました。それを逆手にとって、韓国は無理難題を日本に押し付けてきました。支持率が落ちて、竹島に不法上陸までして人気回復を図った大統領までいました。慰安婦問題でも、これが最終合意で二度と蒸し返すことはないと約束していたにもかかわらず、その約束を一方的に反故にしている国家です。戦争の賠償責任でも、日韓条約締結の時に、日本はそれ相応の賠償額を支払い、それで元徴用工問題も解決済みなのに、日本の最高裁にあたる大法院で不当な判決を下し、韓国に進出している企業から金を奪おうと画策している。恥を知れと言いたい」

河崎の嫌韓姿勢が若い連中に受けているのだろう。若い連中だけではなく四十代から五十代、あるいは団塊の世代にまで支持層が広がっているようだ。

河崎は自信に満ちた声で続けた。オサム・ウィリアムズは黙り込み、一方的に話し続ける河崎の話をメモした。

最後の極めつけは民度発言だった。

「日本人はアメリカに行っても、あなたのようにジャーナリストとして評価されるポジションに就くことができる。これはもはや日本人が優秀だということにつきる。民度というしか説明のつかないことだと思う。日本の血を引く人たちだからこそ、差別に満ちたアメリカでも現在の社会的な地位を築くことができた。しかし民度の低い国民はそうはいかない」

河崎議員は韓国人、あるいは朝鮮人は日本人よりも劣ると言っているのに等しい。

それだけに止まらず、在日コリアンの選挙権にも言及した。

「在日は日本国民と同じように税金を納めているのだから、選挙権を寄越せといっていますが、外国人に選挙権を与えている国なんて、どこにもないでしょう。それに時代を逆戻りさせるようなことを彼らは平然と主張する」

「逆戻りですか」

　オサム・ウィリアムズが聞き返した。

「そうです。日本は一九二五年に普通選挙法が制定され、それまでは納税額によって選挙権のあるなしが決められていましたが、日本国民であれば、選挙権は行使できるようになりました。その後、女性にも選挙権が与えられ、現在では海外の邦人に対しても選挙権は保障されています。在日も選挙権を主張するのであれば、日本国籍に帰化すればいいのです。国籍をそのままにして、選挙権を寄越せといっても、それは筋違いというものです」

　こうした河崎議員の発言をオリム・ウィリアムズは、詳細にワシントンポストに書いた。その記事が日本の新聞社にも流れたが、当然韓国の新聞にも、オサム・ウィリアムズのコラムは紹介された。

　韓国の新聞は一斉に反発し、河崎を非難する記事を書いた。河崎本人は、むしろ知名度と注目度が上がり満足している様子だった。しかし、コロナをいかに収束させるか、それで手一杯の安川政権も、韓国からの抗議に対応せざるを得なくなった。

　安川政権は余計なことをしてくれたと思っているだろう。しかし、河崎にしてみれば、安川政権を追い詰め、揺さぶりをかけ、安川政権の弱体化を世間に見せつける大きな材料となる。河崎は思想信条を曲げることはできない、発言を撤回するつもりはないと、日本と韓国のメディアに公言していた。

オサム・ウィリアムズのコラムに対する抗議は、「日本人の優秀性を強調したが、具体的に他の国名や民族名を挙げた事実はない」という点に尽きる。

その一方で韓国メディアの取材を受け、

「民族に優劣の差があるのは歴史的事実だ。他民族に侵略、支配されるような民族はやはり、その程度の民度だと自覚すべきだ」

と火に油を注ぐような発言をして、韓国メディアの集中砲火を浴びていた。

韓国、北朝鮮の名前は確かに出してはいないが、それは口実で、取材中の発言は韓国、北朝鮮を念頭に置き、朝鮮民族は劣っていると言っているのに等しかった。日本の歴史の上で、植民地支配したのは朝鮮半島と、台湾、それに中国東北部に満州という傀儡国家を建設していた。つまり河崎議員は、朝鮮人、中国人は日本人より劣っていると公言したのと同じなのだ。

ワシントンポスト本社には、河崎議員から抗議を受けているという認識はいっさいなかった。抗議をするのなら正式に書簡で抗議することもできるし、裁判で争うこともできる。それにメールさえも届いていない。

オサム・ウィリアムズとしては、事態の推移を見守るしかない。放っておけばいいと思った。しかし、民主連合党内部でも批判の声は上がっていた。韓国への発言は差別であり、野党の追及を受けかねない。安川政権の足を引っ張ることになると判断し、執行部は河崎議員に事態の沈静化を水面下で求めてきた。中には民主連合党の大物議員の名前もあると囁かれ、河崎議員もこのままではまずいと思ったのか、オサム・ウィリアムズに接触を求めてきた。

大物議員とは三階堂豪だ。総理の座に就いたことはないが、閣僚経験のあるベテラン議員、保守派リベラルで、三階堂派に所属する議員は衆参合わせても五十人足らず。しかし、総裁選では、三階堂派の支持を受けるか、受けないかでは勢力分布が変わった。そのために三階堂派からは新組閣の時は必ず二、三名の閣僚が誕生していた。

連絡してきたのは、秘書の蓼科だった。蓼科は低姿勢で時間を取ってほしいとオサム・ウィリアムズに懇願した。しかし、用件を聞いても、蓼科は河崎議員が会って直接説明したいというばかりで、会う目的を明らかにしない。オサム・ウィリアムズは、多忙を理由に会うことを拒否した。それでも蓼科は、電話を切ろうとはしなかった。

「河崎議員が誤解を解きたいといっているので、是非時間を取っていただきたい」

受話器を握ったまま蓼科が何度も頭を下げている様子が目に浮かんでくる。

「別に誤解をしているとは思っていないのでお会いする必要もないでしょう」

オサム・ウィリアムズは蓼科の申し出を突っぱねた。永田町の議員会館から電話してきているのだろう。電話のベルが時々聞こえてくる。対応に当たる他の秘書の声が受話器に流れ込んでくる。

いつまでも蓼科の懇願が続き、鬱陶しくなる。忙しいのでとオサム・ウィリアムズは電話を切ろうとした。

「少しお待ちください」

という蓼科の声がして、すぐに河崎本人の声がした。おそらく河崎は蓼科のすぐそばにいて、電話のやり取りを聞いていたのだろう。

「一度会ってはもらえないか」

電話は河崎本人に代わった。

「私も海外のメディアの取材を受けるのは、初めてで思い余って、口を滑らしてしまったこともある。政治家は話した言葉がすべてだと承知している。常に念頭に置いているが、しかし、なかなかその通りにはいかない時もある。私も人間なんだ。私の本心を聞いてほしい」

この期に及んで何を言っているのかと思った。韓国のメディアに対しては、オサム・ウィリアムズの取材以上に過激に本心を堂々と述べているではないか。

「では二人だけでという条件で、一時間というお約束でどうでしょうか」

オサム・ウィリアムズは河崎議員に会うと伝えた。安堵した声で河崎が答えた。

「場所と日時は蓼科と調整してもらえると助かる」

こう言って河崎は電話を切った。

十分もしないで蓼科が再び電話をかけてきた。オサム・ウィリアムズの都合のいい日を尋ねてきた。それを伝えると蓼科は「場所は後程お知らせします」と言った。

その日の夕方には、会う場所がメールで送られてきた。赤坂の有名な料亭だった。


その日、約束の午後八時少し前に指定された赤坂の料亭に着いた。そうした料亭で食事をするのは初めての経験だった。料亭は赤坂の商店街の裏手にあり、気をつけていないと通り過ぎてしまうような小さな門構えだった。しかも料亭の看板もなければ、門柱に表札もかかっていない。

門をくぐり、右手に十メートルほど行ったところに玄関があり、そこにはスーツ姿の男性が立っていた。オサム・ウィリアムズはその男性に近づき、

「八時に河崎議員と約束しているのだが……」

と伝えると、

「ウィリアムズ様ですね。河崎先生はすでにご到着され、お部屋でお待ちになっています」

と返事が戻ってきた。

案内され玄関に入ると、上り框があり、そこから廊下が真っ直ぐに伸びていて、奥の方から五十代と思われる和服姿の女性が小走りで出てきた。床に跪き、三つ指をついて挨拶をした。テレビや映画では見たことがあるが、実際に自分が日本の伝統的な方法で挨拶されたのは初めてだった。

女性は英語で自分がこの料亭の女将で、河崎議員が待っていると告げた。ゆっくりと立ち上がると、靴を脱いだオサム・ウィリアムズにスリッパを差し出した。それを履くと、女将が先を歩き、「こちらです」と案内した。河崎議員が待つ部屋は二階にあった。

オサム・ウィリアムズは和室に案内されたら、早めに用件をすませてしまおうと思った。畳の上に座るなど、胡坐をかいたとしても、拷問でしかない。一時間も耐えられそうにもない。

各部屋のドアは引き戸になっているが、中の声が外に漏れないように重厚な木材が使用されている。案内された部屋は二階の一番奥まった部屋だった。女将が引き戸を控えめに叩き、「ウィリアムズ様がご到着になりました」と告げた。

「どうぞ」と中からしゃがれた声がした。

女将が引き戸を開けた。内部は和室ではなく洋室だった。ペルシャ絨毯の上に円形のテーブルが置かれ、椅子が四脚置かれていた。河崎議員は山崎ヴィンテージモルトをオンザロックで飲んでいた。赤ら顔をしている。すでにかなり飲んでいるようだ。

河崎の隣には艶やかな和服を着た芸者が付いていた。

「お食事をお持ちしましょうか」女将が聞いた。

「頼む」河崎が答えた。

オサム・ウィリアムズが椅子に腰かけると、もう一人女性が入ってきて、隣に座り、
女将にしろ、芸者にしろ、英語の発音も文法も正しい。学歴の高さがうかがえる。

「何を召し上がりますか」と英語で聞いてきた。

芸者は二人とも二十代後半と思われる。

「結構です。取材があるので」

オサム・ウィリアムズは英語で答えた。

次から次に料理が運ばれてくる。芸者がそれを二人に食べやすいようにテーブルに並べていく。

「ウィリアムズさんの口に合うかどうか、わからんがどうぞ」

河崎はそういうと、オンザロックを作るように隣の芸者に命じた。

「ウィリアムズさんも好きな酒をオーダーしてください」

河崎は芸者との簡単な英語も理解していない様子だ。

「二人でというお約束では」

冷徹な口調の日本語で言った。

「そう固いことを……」

と言いかけて、河崎はオサム・ウィリアムズの厳しい表情を見て悟ったのだろう。

「席を外してくれ」

二人の芸者に河崎が言った。

二人が退席した。

「日本の新聞を読むと、私の記事にご不満があるようですが、お話を聞きましょう」

オサム・ウィリアムズが本題を切りだした。

「私の説明不足が原因だと思っているが、あの記事でいろいろと困ったことが起きている」

「それで」

突き放すように聞いた。

「あなたにもジャーナリストとしての体面があろうかとは思うが、ここは一歩だけ譲ってはもらえまいか」

「譲る？　何を」

「訂正記事でなくてもいい」

「訂正記事を書くつもりはない」

「単一民族国家が私の描く理想だが、その一方で現実はそういう流れにはなっていない」

「そんなことはわかり切っているはずだ。あなたが関係する会社には、外国人労働者が多数働いている」

「その現実を無視した空理空論を唱えても仕方ないと本心では思っている」

「それで」

「麻雀と同じで配牌が悪いからと、気に入らない牌を放りなげてやり直すわけにはいかないというのは理解している。もう少し現実的に、現在日本に住んでいる外国人のことも配慮して発言すべきだったと反省している」

いくら本音とはいえ、もう少し知的に表現する能力はないのだろうか、河崎議員には。国会の答弁はおそらく官僚の書いた原稿を読んでいるだけなのだろう。在日コリアンや外国人労働者は河崎にとっては「気に入らない牌」でしかないようだ。

「それは日本のメディアに伝えればいい」

「あなたにも、私がそうしたコメントを発しているとワシントンポストに記事を書いてほしい」

「断る」

テーブルを叩きつけるような口調で言った。

河崎はオサム・ウィリアムズが断ってくるのを予期していたのだろう。驚いている様子は感じられない。

「だから一歩譲ってほしいと頼んでいるのだ」

河崎は剃刀の刃で斜めに切り込みを入れたような笑みを唇に浮かべている。何を考えているのか。笑みを浮かべているところを見ると、自分の思惑通りにことが運ぶと思っているのかもしれない。

河崎は自分の椅子の横に置いてある紙袋を取り、テーブルの上の皿を少しどけてスペースを作った。袋の中から帯封のついた百万円の束を取り出して五つ重ねた。

「これで手を打ってほしい」

オサム・ウィリアムズはあまりのバカバカしさに立ち上がった。

「失礼する」

引き戸に手をかけたオサム・ウィリアムズの背中に河崎の声が追ってくる。

「後悔するぞ。私にもＣＩＡとのパイプはあるんだ」

オサム・ウィリアムズが首をねじり、英語で言い返した。

「それがどうした」

河崎はまったく理解できないでキョトンとしている。そのまま黙っていたのではまずいと思ったのか、冷静さを装ってロックグラスを取り口に運んだ。しかし、うろたえているのは歴然としている。唇の端からだらしなくウィスキーが流れ出している。

「日本の議員を甘くみてもらっては困る」

河崎は精いっぱい虚勢を張って見せた。

「言いたいことはそれだけか」

オサム・ウィリアムズはやはり英語で言った。河崎は何一つとして理解していない。引き戸を開けた。向きを変えて部屋の方に目をやった。

「テメーこそジャーナリストをなめるなよ」

オサム・ウィリアムズは料亭中に響き渡るように声を張り上げ、日本語で言い放った。突然の大声に河崎はロックグラスを絨毯の上に落とし、目を見開きオサム・ウィリアムズを見つめていた。

階段を下りて玄関に出ると、客を迎える役目の男性が靴を揃えて出した。

「今、お車をお呼びします。ここで少しお待ちください」

「いや、地下鉄で帰る」

こう言い残してオサム・ウィリアムズは赤坂の雑踏に紛れ込み、地下鉄の駅に向かった。

6　透析利権

蔵元茂人は河崎晋之介議員がワシントンポストの記事に抗議しているという報道を興味深く読んだ。蔵元は茅ヶ崎出身で、河崎議員の選挙区神奈川十五区には茅ヶ崎市も含まれる。そんなこともあり、河崎議員にはことのほか関心を抱いていた。

蔵元は神奈川県の名門湘南高校から早稲田大学に進み、大学ではマスコミ研究会に所属した。週刊誌、月刊誌の論評をするサークルだ。卒業したら大手新聞社、出版社に就職するか、テレビ局で働きたいと思っていた。しかし、ことごとく入社試験には落ちてしまい、就職は決まらなかった。どこか一社くらい引っかかると思っていたが、甘く見すぎていたのだろう。

他の職種の会社に入る気持ちもなく、一年間アルバイトで生活し、翌年もう一度挑戦してみるつもりだった。それを知り、サークルの先輩で、文京区にあるB社発行の週刊セクロ編集部に所属する編集者が、セクロでアルバイトを募集していると教えてくれた。セクロはポルトガル語で世紀の意味だ。編集現場を知っていれば、翌年の就職試験には有利になるだろうと思い応募したら、先輩の口添えもあったおかげか、採用された。

セクロ編集部に所属し、契約記者の指示に従って、大宅壮一文庫で過去の記事を集めてくる仕事から始まった。セクロ編集部の記者契約は一年ごとで、十年前は現在のほぼ二倍の記者が契約し、取材に飛び回っていた。しかし、出版不況によって漸減していったらしい。若い年代の記者から一人抜け、二人抜けして去っていったようだ。

契約記者の待遇に問題があり、拘束時間が長いわりには原稿料が安かった。時給に換算するとコンビニの店員より安い報酬で働いているらしい。若い記者が時々入ってくるが一年ともたずに去っていく。

出版不況は深刻で、アルバイトをしているうちに新聞社もテレビ局も同じような状況にあることがわかってきた。B社も出版社では大手に数えられるが、将来性がないと判断し、若くて優秀な編集者ほど転職していく。蔵元にアルバイトを紹介してくれた先輩も、大学院で学ぶ学費が貯まったと、さっさと退職してしまった。早稲田の大学院に入学し、将来は大学の教壇に立つと張り切っていた。

会社を去っていく編集者、若い記者を蔵元自身見ていて、出版社にはそれほど魅力を感じなくなっていた。記者と編集者の企画会議に出たことはないが、会議室からぐったりとした様子で出てくる編集者、記者を見ていて、どんな会議内容だったかおよその見当はつく。

毎週のように週刊セクロの実売部数は減り、売り上げは当然落ちていく。それは契約記者の減収に止まらず、社員の給与にも影響した。会社経営陣からは売り上げを伸ばせと、尻を叩かれるが、インターネットの出現によって紙媒体の発行部数は、雑誌も書籍も落ちていくばかりだ。

出版は斜陽産業の象徴とみられるようになっていた。契約記者を募集しても、面接で条件を知らされると、採用通知を出しても相手が断ってくるケースが圧倒的に多かった。契約記者は必然的に高齢化し、若い記者が二年腰を落ち着けて働くということはなかった。

蔵元の仕事は企画会議が終わると、編集者、記者の依頼を受けて京王線八幡山駅近くの大宅文庫に駆け込み、資料を集めることだった。大宅文庫はジャーナリストの大宅壮一が収集した資料を公開したもので、人物名、件名から過去の記事が検索できる仕組みになっていた。利用するのは週刊誌、月刊誌のスタッフがほとんどだった。

指示された資料を取り、文京区小日向にあるセクロ編集部に届けるのが蔵元の仕事だ。企画が進んだ段階で、あるいは取材現場で必要になる資料も出てくる。そうした時は、夜中であろうとなかろうと、記者は出張先のホテルから電話をかけてきて、蔵元に資料を集めるように指示を出した。

「明日朝一番で頼むよ。その資料を読んだ上で、取材に動くから」

記者からこう言われてしまえば、午前十時の開館と同時に、大宅文庫に飛び込むしかない。取った資料は編集部からファックスで滞在先のホテルに送った。来年の試験を受ける会社を絞り込まなければならない時期になったが、誘ってくれた大学の先輩も、夏を過ぎた頃退職し、B社の試験を受けたいとは思わなくなっていた。多分受ければ合格するような気もした。セクロの編集長からは、試験を受けてくれるのなら採用するように会社側に進言すると聞かされた。

しかし、B社以外の出版社も状況は同じだと思うと、ジャーナリズムの世界で生きる意味がどこにあるのか、蔵元は疑問に思うようになった。

いったい自分は何をしたいのか。学生時代にサークルで週刊誌、月刊誌の記事を批判していたが、では自分はどんな記事を書きたいのか明確な目標があるわけではなかった。新聞記者、雑誌編集者、テレビ局ディレクターという職業に、ただ憧れを抱いていただけではないのか。そんな気持ちになった。

契約記者、編集者を見てもそれほど楽しそうでもなかった。おそらく新聞社、テレビ局に入れたとしても、学生の時に考えていたのとはまったく異なる現実を突きつけられるような気がした。マスコミに対する思いは完全に色あせていた。

では、違う世界に飛び込んで生きていくのか。その魅力を感じる職業もなかった。いざとなったらB社に逃げ込めばいいくらいに思っていた。どうするのか、決心がつかないままアルバイトを続けた。

資料を取り終えて大宅文庫から編集部に戻り、頼まれた資料を整理して契約記者の机に置いて回っている時だった。五十代半ばの佐藤香一が取材から戻ってきた。自分の椅子に座り、机の上の資料に気づくと蔵元に声をかけてきた。

「いつもありがとう」

佐藤が机の上の資料に目を通した。

「これだけあれば十分だ」

そう言うと記者室を出ようとしていた蔵元に佐藤が聞いた。

「君これから時間はあるか」

蔵元は学生の頃から住んでいる下落合の安いアパートに、ただ帰宅するだけだった。

「はい。今日の仕事は、もう終わりました」

「それなら少し待っててくれ。新宿で一杯やろう」

佐藤は担当編集者にその日の取材状況を簡単に説明し、再び自分の席に戻ってくると、古びたショルダーバッグを肩にかけ、エレベーターホールに向かった。セクロ編集部は三階にあるが、最上階から下りてくるエレベーターが待ち切れずに「階段を使おう」と階段を下り始めた。速足だ。せっかちな性格なのだろう。

B社を出ると佐藤は足早に地下鉄護国寺駅に向かった。長年取材に飛び回り、締め切りに追われる生活をしてきたせいなのか、その日は締切日ではないのに、借金取りに追い立てられるように速足だ。

市ヶ谷に出た後、都営地下鉄線の新宿三丁目駅で降りた。佐藤が入った店は新宿末広演芸場の近くにある寿司屋だった。店に入ると、佐藤はカウンター席に座った。

「今日は早いですね」

カウンター内にいる板前が佐藤に挨拶した。足しげく通う寿司屋なのだろう。親しそうだ。

「締め切り前だし、取材も順調なんで一杯飲みにきた」

「なんにしましょうか」

「刺身の盛り合わせ二人前とビールを二杯」

すぐに中ジョッキ二杯が運ばれてきた。

「お疲れさん」

佐藤はこう言うと、あっという間にビールを飲みほしてしまった。板前が佐藤と蔵元の前に刺身を置いた。佐藤は刺身を口に運びながら、二杯目のビールを注文した。

「蔵元君も遠慮せずにどんどん飲んで、好きな物を注文しな。このぐらいの飲み代は取材経費で落とせるから心配するな」

佐藤は飲むというよりも胃に流し込むようにして二杯目を空け、その後は冷酒を注文した。

「来年の目処はたったのか」

契約記者たちに、蔵元のアルバイトは一年間だけで、マスコミ関係の会社に就職を希望しているのは知れ渡っていた。

「どうしようか今迷っているところです」

ビールを飲みながら蔵元が答えた。

「君が見ての通り将来性のある職場だとは言えないから、よく考えて決めることだな」

契約記者の収入は不安定で、それなのに佐藤が何故二十年も働いているのか、蔵元には理解できなかった。アルバイトに誘ってくれた先輩はすでに退職し、相談相手はいなかった。

「自分が本当にマスコミに向いているのかどうか、正直のところわからないんです」

蔵元は答えた。

「向いているとか向いてないとか、そういうことよりもマスコミの中で何がやりたいのか、それをよく考えたらいいんじゃないか」

佐藤はコップ酒をあおりながら言った。気がつくと、佐藤の前の刺身はすでになくなっていた。

「どうしましょう。いつものニギリでよろしいですか」板前が聞いた。

「いつもので」と板前に答えてから、蔵元にも聞いた。「蔵元君は何を食べる？」

「では私も佐藤さんと同じものを」

板前は二人のペースに合わせて寿司を握ってくれた。

「一つ聞いてもいいですか」

「ああ、かまわんよ」

「どうして佐藤さんは契約記者というか、フリーの記者をしているのですか」

「こんな生き方しかできなかったということもあるし、まあ、体裁を取り繕っていえば、書きたいことがあるっていうことかな」

週刊セクロは毎週様々な事件や話題の出来事を取材し、記事にまとめていた。ほとんどの契約記者がジャンルにとらわれずオールラウンドに取材をこなし、記事を書いていた。佐藤もその一人だった。しかし、蔵元も毎週セクロを開いて目を通しているが、佐藤が書くのは社会福祉や医療問題の記事が多かった。週刊セクロの記事の末尾に記者の名前が記載される。

「福祉、医療問題が専門分野なんですか」蔵元が尋ねた。

「専門というわけではないが、関心があるのは事実だよ」

佐藤には子供が二人いるようだが、二人とも自立していると聞いていた。今は一人暮らしらしい。記者の中には、離婚している者が少なくなかった。佐藤もその一人かもしれないと蔵元は思った。

「以前はそんなに医療問題に関心はなかったのさ。政治に興味があった」

蔵元には思い当たる節があった。佐藤は政治家との付き合いも多いようで、編集者から相談されると、その場で議員会館に電話をして仲介役を果たしていた。それがどうして福祉、医療問題に変わったのだろうか。

「女房が病気で死んでからなんだ。それからは医療問題の記事を書く機会が多くなってしまった」

蔵元は余計な質問をしてしまったと思った。気まずい雰囲気をごまかすために、目の前の寿司を口に頬張り、飲み込むようにして二カンたいらげるとビールで胃に流し込んだ。

「何かお飲みになりますか」板前が聞いた。

蔵元はビールを注文した。

「それまでは編集部から注文のあったテーマを、それほど深くも考えずに取材して原稿を書いていた。ことさらこれをやりたいというテーマもなかったのさ。でも女房が死んでからは、女房に自慢できるような記事を書きたいと考えるようになってな、それで……」

「そうですか」

蔵元自身、マスコミの世界に入って、これをやりたいという希望も特にはなかった。

佐藤の話を聞いていてわかったのは、契約記者も特に自分がやりたいというテーマを追いかけるのではなく、企画会議で通ったプランを追いかけているようだ。そのプランが自分の興味のあることなら、いくらでも取材に熱中できるが、芸能人の不倫を暴くために、マンションの前に二十四時間張り込めなどと言われたら、いくら高いギャラを積まれたとしてもそんな仕事はバカバカしくてやれないと思った。

「女房には苦労ばかりかけてきた。そんなこともあって、いつの間にか気がついたら医療問題に取り組むようになっていたんだ」

蔵元はビールも飲まずに佐藤の話に耳を傾けた。

「こんな話聞いても、来年の就職試験にはあまり役に立たないだろう」

佐藤はこう言ってコップ酒を空け、また冷酒を注文した。

その晩、佐藤の話に耳を傾けることになった。それだけではなく、進路に迷っていると蔵元が話すと、それを黙って聞いていた佐藤が言った。

「君はまだ若いんだし、二、三年回り道したところで、それがどうしたっていうくらいの気持ちでいたらどうだい。大手の会社に就職し、自分に合わなければ違う分野に移ることも、今の世の中は可能だ。終身雇用制なんて誰も信じちゃいないから。ジャーナリズムに関心があるのなら、アルバイトを続けてもいいし、フリーの記者になって記事を書くのもいい。悩むなら中途半端に悩むのではなくて、これ以上無理というくらいに悩むことさ」

佐藤のこの言葉に、それまでやきもきしていた気持ちが静まるのを感じた。アルバイトに誘ってくれたサークルの先輩も四年以上B社で働き大学に戻っていこうとしている。自分が思い描いていたジャーナリズムと現実はやはり違っていたのだろう。

「どうするかもう一度考えてみます」

そう答えて、その晩は別れた。

帰宅してからも、酔ったわりには眠りにつくことができなかった。就職をするならどこの会社の入社試験を受けるのか決めなければならない時期にきている。

最終的に蔵元が下した結論は、契約記者として一、二年取材現場に出て、何がしたいのか、できるのか、それを考えてみることにした。それを佐藤に伝えると、週刊セクロの編集長に話をつけてくれた。その場で採用が決まり、他の契約記者同様、一年の契約で記者をすることになった。

最初は佐藤や他の記者について現場を回り、取材の方法を学んだ。しかし、半年もすると一人で現場に送られ、取材し自分で記事を書くようになった。

気がつくと、蔵元は記者の契約に三回サインをしていた。意外にも自分の性格と取材して書くという行為が、記事の編集作業よりも合ったようだ。三回目のサインにはいっさいの迷いはなかった。

サインした最大の理由は佐藤の突然の死だった。編集部に佐藤の長女から電話が入った。佐藤が近くの病院に緊急搬送されたというものだった。

携帯電話にも固定電話にも出ない父親に、不審に思った長女は実家へ車を走らせた。車で三十分もかからないマンションで長女は暮らしている。佐藤は妻を失ってから酒量が増え、食生活も不規則になりがちだった。

実家に飛び込んだ長女は書斎の机の上に、突っ伏すような状態で倒れていた佐藤を発見した。その時はまだ呼吸をしていたがすでに意識はなかった。救急車で搬送され、緊急手術を受けたが、結局佐藤はそのまま意識を回復することなく、心筋梗塞で死んでしまった。

急な体調の異変は自分でも感じていたらしく、死を悟ったのか、救急車も呼ばずに走り書きのメモが家族に残されていた。その中に佐藤がそれまで取材を進めていた取材ノートがあった。大学ノートの表紙に、ひらがなで「くらもとへ」と記されていた。

葬儀の一週間後、蔵元は長女からその大学ノートを渡された。「くらもとへ」と書かれた最後の一文字はあらぬ方向へ跳ねていた。そこで佐藤は意識を失ったのだろう。大学ノートは佐藤が数年にわたって取材を進めていた記録だった。

「父はあなたにこの取材を続けてほしいと思っていたのではないでしょうか」

長女はそう言った。

預かった大学ノートを一晩で読み上げた。佐藤がその取材にどれほどの情熱を傾けていたか、取材メモに目を通していると、佐藤の思いが伝わってくる。契約記者は原稿料を稼ぐために様々な仕事をしているが、それとは別に、それぞれの記者が自分の思いを秘めたテーマを追い続け、取材を進めているのがわかった。蔵元は佐藤の取材を引き継ごうと決意した。

佐藤が懸命に追っていたのは透析利権だった。その取材を進める契機は妻が透析治療を受けるようになったことだ。遺品となった大学ノートから、ジャーナリストとしての佐藤の矜持や志を蔵元は感じた。

腎不全に陥った患者は透析を受けなければならない。腎臓とは、腰のあたり、脊柱の左右に一個ずつあるにぎりこぶし大のそら豆形の臓器だ。腎臓の役割は血圧の調整、ホルモンの活性化、塩基バランスの調整などのたくさんの機能がある。最も大切なのは体内の老廃物及び水分の排泄だ。

この大切な役割を担っている腎臓が腎炎、糖尿病などで障害を受けると、その機能が失われていき、最後には腎不全となり、正常な日常生活が営めなくなる。腎不全の最終段階では、尿が出なくなり、体内の老廃物やミネラルが排泄できないためやがて死に至る。

腎不全に陥った患者を死から救う治療法が透析療法だ。透析療法とは、排泄機能を失った腎臓のかわりに体外のろ過装置を用いて血液を浄化する治療法だ。

体の血管に二本の注射針をさして、その一本から血液をろ過装置に導き、ろ過器で血液の汚れをこし取って、きれいになった血液を、再びもう一本の導管から体内に戻すのだ。これを週三回、一回三、四時間続けて、生命を維持する。

この療法の問題点は、血液のろ過といっても腎臓が休む間もなく常時働き続けているのに対し、透析では週に十数時間程度しか働かないことだ。透析は、いわばふるいにかけるだけで、腎臓とは質的にも機能が異なる。

こうした理由で、透析患者の血液は健康な人の何倍も濁っているといえる。また、透析は二、三日分の汚れと水分を短時間で排泄する。一時的に体の恒常性が崩れ、これを調整するため、体のエネルギーを大量に消耗する。

これらの不具合のため、透析患者は健常者の二倍のスピードで年を取るともいわれている。また、透析患者によって症状は様々だが、全身に症状が出る。

血圧低下あるいは高血圧、むくみ、だるさ、関節痛、動脈硬化、頭痛、頭重、不眠、骨粗しょう症、そしてこれらの症状の延長として、脳出血や心不全、がんなどで死亡するケースが多くなる。一方、透析療法でも比較的体調を維持でき、それほどの苦痛もなく生活している人もいる。

佐藤は二兆円市場と呼ばれる膨大な透析医療費に注目していた。

年々増大する医療費は破綻寸前とも言われ、止まるところを知らない透析医療費がその引き金になるのではと囁かれている。しかし、その一方で、背後に見え隠れするのは、まるで砂糖に群がるアリのように二兆円に集まり、真っ黒な塊になっている透析医療関係者だった。

透析患者はおよそ三十二万人、毎年四万人が新たに透析治療を導入し、その一方で三万人の患者が死亡している。

慢性腎不全の根治的治療法は腎臓移植だ。しかし、腎臓移植には移植用の腎臓が必要になる。日本の腎臓移植件数は毎年千数百件程度で、大部分は家族や親戚から腎臓を提供してもらった生体腎移植だ。心停止、脳死による死体から提供された腎移植は二百件にも満たないのが現実で、待機年数は十五年とも言われている。

佐藤は自分の腎臓を妻に提供すると言ったようだが、それを妻は拒否して透析を受け続けた。そのことが腎臓移植と透析利権に佐藤が関心を抱く契機となった。

人工透析治療が導入された一九六〇年代後半、すべての慢性腎不全の患者が受けられた治療法ではなかった。導入された当初は保険適用もなく、医療費のすべてが患者の自己負担だった。経済的余裕のない慢性腎不全患者は、尿毒症に陥り、死んでいくしかなかった。

人工透析医療が保険適用になったのは一九六七年だが、それでも透析医療費は極めて高額なものになった。その額は一ヶ月に十万から三十万円に上ったといわれる。

一九六七年当時、サラリーマンの月給は三万六千二百円、一九六八年の大学卒の初任給が三万六百円という厚労省の統計がある。こうしたことを考えれば、人工透析を受けられる患者は限られていた。

人工透析治療が、慢性腎不全患者の命を救える治療法だとしても、患者やその家族にとって経済的な負担がどれほど過酷なものだったか、想像に難くない。一九六九年当時、透析患者は全国で三百八十人という数字もある。このくらいの数の患者しか受けられない医療だった。

人工透析を開始するのは、腎臓が機能しなくなった瞬間からだ。急性腎不全なら一時的に透析をし、腎機能が回復すれば、人工透析治療を止めても以前の生活に戻れる。しかし、慢性腎不全の患者は透析を始めたら、死亡するまで継続しなければならない。中断すれば、患者は確実に死ぬ。

患者を抱える家族は例外なく、治療費の工面に奔走し、サラ金、いや闇金の取り立てを受けるような状態に、瞬く間に追い込まれる。やがて疲弊しきって、治療を諦めるようになる。

貧しい患者は死ぬしかない。それが六〇年代の腎不全患者の現実だった。

その後、透析患者は一級障害者と認定され、医療費は国が全額負担するようになった。同時に透析患者は急増した。それを支えたのは日本の高度成長だったといえる。しかし、三十二万人にまで増大し、国庫の大きな負担になっている。

一方、慢性腎不全の根治的治療法の腎臓移植も、六〇年代に入り、日本でも行われるようになったが、医療としてはまだ確立されていなかった。

腎臓移植は手術そのものの難易度が高い。血管吻合には高度な技術が要求される。人工透析を長期間受けている患者は、動脈硬化が進んでいて、血管がボロボロになっていることが少なくない。

長期間、腎臓が尿を作っていなかったために膀胱はピンポン玉ほどに萎縮している。その膀胱に移植した腎臓から伸びる尿管をつながなければならない。

次は術後のレシピエントの管理が大切になる。移植臓器はレシピエントの体内では異物と認識され、免疫システムが働き攻撃を始める。一卵性双生児同士の移植でもない限り例外なく免疫拒絶反応が起きる。拒絶反応には急性拒絶反応と慢性拒絶反応がある。

急性拒絶反応には、分単位で起きる激烈な超急性拒絶反応と、日、週間単位で進行する急性拒絶、三ヶ月以降に起きる遅延型急性拒絶と三つのタイプがある。慢性拒絶反応は年単位で徐々に進行する拒絶反応だ。

つまり医師にとっても、レシピエントにとっても気を緩めることが許されない期間がしばらく続くのだ。

七〇年代初頭、拒絶反応を抑えるには、一九六二年に免疫抑制効果が証明されたアザチオプリン（イムラン）とステロイドの併用で対応するしかなかった。

移植後の拒絶反応を抑制するために、レシピエントには免疫抑制剤が投与される。免疫抑制剤の投与によりレシピエントの免疫機能は明らかに低下する。それでも移植された臓器に拒絶反応が起きないようにするためには、免疫抑制剤は不可欠だ。

しかし、多過ぎれば細菌、ウイルスによる感染症を引き起こし、重篤な合併症につながる。少なければ拒絶反応が起きる。

レシピエントに移植された臓器だけを自己の臓器のように免疫システムに錯覚させ、なおかつレシピエントの免疫機能を維持できる状態、その閾値を見つけ出し、その閾値にレシピエントを保っておく必要がある。しかし、この閾値には個人差がある。その幅も極めて狭小なものだった。

七〇年代は移植した腎臓の生着率も悪かったし、レシピエントの生存率も悪かった。しかし、シクロスポリンという免疫抑制剤の登場によって移植医療は大きな進歩を遂げる。

一九七二年、ノルウェーの土の中から発見されたトリポクラディウム・インフラッム・ガムスという名前の土壌菌の代謝物が発見された。一九八〇年代に入り製品化され、移植医療に革命を起こし、生着率、生存率は跳ね上がり、移植で命を落とすこともなくなり、医療として確立された。

しかし、日本では臓器提供が少なく、移植医療が進んでいるとはいえない。その分、透析患者が年々増大しているのが現実だ。

佐藤の大学ノートにはこうした事実が整理され、記されていた。それだけではなかった。大学ノートには衆議院議員の河崎晋之介が、透析利権を一手に握っていると判断した佐藤は、地道に河崎議員の周辺を取材していた。

河崎議員に多額の献金をしているのは免疫抑制剤を造っている薬品メーカー二社と、複数の透析病院だった。

透析と移植医療は慢性腎不全治療の両輪といわれてきた。しかし、日本では透析医療だけが肥大化し、移植は年々減っていくばかりだ。透析病院の中には、移植についての情報をいっさい与えないようにして、患者を囲い込んでいる病院すら存在する。移植医療の推進は、透析患者の減少につながる。両輪どころか利益相反といってもいい。

河崎議員はその双方から政治献金を受けていた。佐藤は週刊セクロの取材をしながら、日本の歪んだ医療構造について独自の取材を進めていた最中に死んでしまった。

7　健康回復

ワシントンポストのコラムニスト、オサム・ウィリアムズが書いた記事を蔵元茂人は丹念に読み込んだ。

河崎議員が怒っているのは二点だ。

河崎は子供の頃からレーシストの才能に満ち溢れていたという点、もう一点、民族には優劣があり朝鮮民族は劣っているとオサム・ウィリアムズに明言していた。この二点が国際的にも大きな波紋を広げていた。

白黒はっきりさせるには、裁判で争うしかない。日本のマスコミに抗議の意思を表明するくらいなら、さっさと裁判を起こせばいいのだ。しかし、河崎議員は今のところ、何もしていない。河崎の側に弱点があるのかもしれない。それよりも蔵元が驚いたのは、エリザベス・サンダース・ホームからアメリカにわたった養子の証言を多数、しかも詳細に書いていたことだ。

記事を読むと、河崎が子供の頃から人を差別するような暴言を吐いていたことがわかる。今風に言えばヘイトスピーチだが、それをエリザベス・サンダース・ホームの子供たちに投げつけていた。

河崎議員が急に注目されるようになったのは、コロナ騒ぎで安川政権がぐらつき始めたからだ。蔵元も各社の政治部記者も、河崎議員は今期で引退し、次の選挙には出馬しないだろうと予想していた。

蔵元も数人の民主連合党幹部に聞いてみたが、体力的に河崎議員は次期選挙には出馬は無理だろうと見ていた。健康に大きな問題があるとされていた。ところが河崎議員は健康を回復、総裁選の有力候補に躍り出た。本人も引退する気はまったくなく意欲的だ。健康によほど自信があるのだろう。河崎議員の健康回復ぶりには目を見張るものがある。

政治家は椅子から立ち上がる時、肘置きに手をついて立ち上がる姿を見せただけで、体力が落ちた、老けた、健康に問題があると、裏で囁かれる世界だ。そのために持病を公表する政治家は少ない。入院加療を必要とする病気でもない限り、できる限り隠しておきたいというのが本音だ。

河崎議員も糖尿病だと陰で噂されていた。あるいは若いころの暴飲暴食が災いして肝硬変か肝臓がんではないかと憶測を呼んでいた。というのも何をするにもだるそうで億劫な表情を浮かべる姿が目撃されていたし、本人の肌も土色と化していた。しかし、はっきりした病名はわかっていない。

河崎議員の突然の健康回復ぶりに、周囲は一様に驚き、ほとんどの者が唖然としていると言ってもいいくらいだ。噂されている糖尿病が劇的に回復したのかもしれないが、それにしてはあまりにも急で、糖尿病の克服本でも書けばベストセラーは間違いないだろう。コロナで世間が日に日に疲弊していくのとは対照的に、河崎議員ははつらつとした表情で総裁選に意欲を示している。

対外的には怒っている素振りをみせてはいるが、ワシントンポストのコラムなど気にしている様子はまったくない。

佐藤が残してくれた大学ノートを見ていると、重大な病気を抱えているにもかかわらず、なかなかのやり手のようで、河崎グループからの献金だけではなく、医薬メーカーからかなり高額の政治献金を集めている。大学ノートには、主だった献金者のリストが記載されていた。

蔵元は週刊セクロの取材の空き時間を利用して、大磯周辺を取材に回ってみることにした。ワシントンポストの記事が真実なら、河崎議員の当時のレーシストぶりを証言する者がいるだろう。

オサム・ウィリアムズに会えば、アメリカに渡ったエリザベス・サンダース・ホーム出身者の情報を得られるかもしれない。しかし、情報が得られたとしても、週刊セクロにはアメリカに記者を派遣できるほどの取材費の余裕などない。大磯周辺をこまめに自分の足で歩くしかない。

河崎晋之介は一九四六年生まれで、現在七十三歳だ。地元の商店街を片っ端から声をかけて聞きまわれば、同級生でなくても、河崎議員の子供の頃を知る二、三歳年下の連中ならすぐに見つかると思った。だからといってすぐに昔のことを証言するとは限らない。おそらく地元は河崎議員の支持者ばかりだろう。ワシントンポストに関連する取材だとわかれば、取材拒否に遭う可能性が高い。

蔵元は次期総裁に向けての予備取材だということにして、大磯町の商店街を回ってみることにした。あらかじめ目星をつけておいた大磯町の老舗の蒲鉾屋、和菓子屋、洋菓子店、料亭、旅館、八百屋、鮮魚店を聞き込みに回った。アポイントを取らずに、飛び込みの取材だった。

週刊セクロのドキュメント記事は定評があり、総裁選に向けての予備取材だとわかると、地元商店街の商店主は誰もが雄弁になった。

「神奈川十五区から総理が誕生するかと思うと、わくわくするよ」

「大磯町の地域振興策は完全に後れを取っている。箱根や小田原、湯河原に観光客を奪われ、わざわざ大磯に来る観光客なんていない。通過するだけだ。大磯、平塚、茅ヶ崎はさびれる一方で、吉田茂に次ぐ総理が出れば、再び活気を取り戻せるかもしれない。地元としてはなんとしても河崎総理の誕生を望んでいる」

最初から予想されたことだが、これに類する話はいくらでも出てきた。しかし、蔵元が聞きたいのは、その話ではない。商店街の店主、あるいは先代のオーナーに話を聞いていると、やはり河崎の子供の頃の思い出に及んだ。

父親の河崎栄之進は横浜港の港湾労働者を束ね、戦後の復興に一役買った男だ。しかも東大卒で頭も切れる。やがて栄之進は政界にも進出していった。神奈川県の保守王国の基礎を築いたのは、河崎栄之進と言われている。

その長男が晋之介で、晋之介の悪童ぶりは、大磯の住民には知れ渡っていたようだ。しかし、そんなエピソードも、次期総裁とマスコミで騒がれるようになると、晋之介の豪放磊落ぶりを表す好意的な話として、昔を知る人物の口からは語られるようになる。

蔵元はワシントンポストが書いた河崎議員の記事について、取ってつけたように聞いてみた。

「TVワイドショーは例の記事を面白おかしく取り上げていますが、真偽のほどはどうなんですか」

「もう六十年以上前のことだよ。そんな昔のこと覚えているわけないよ」

多くの店主はそう答えた。明らかにその証言は矛盾している。その直前までは、子供の頃の思い出を雄弁に語っていたのだ。やはり余計なことは語りたくないと、自己規制が働いているのだろう。ほとんどの店主は、同じような対応だった。

ただ一人洋菓子店の店主だけが、具体的な証言はしなかったが、「その話ならあいつに聞いたらいい」と、大磯町町議会議員の名前を挙げた。河崎晋之介の小学校、中学校の同級生らしい。内川均という革新系の町議会議員らしい。

蔵元は早速内川の自宅を訪ねてみることにした。内川の家は海岸沿いにあった。自宅の一階が事務所になっており、道路に面した所はブロック塀で囲まれていた。鉄の門扉があるが昼間は開け放たれているようだ。事務所に着いた時は午後五時を過ぎていた。ドア横の呼び鈴を押すと、「どうぞ」という声が中から響いてきた。

「週刊セクロの蔵元と言いますが、突然申し訳ありません。内川さんですか」

「俺が内川だが、君か、河崎の子供の頃のことについて知りたがっているのは。たった今、君が訪ねてくるかもしれないと電話があった」

どうやら洋菓子店の店主と内川町議会議員は親しい間柄のようだ。それなら話は早い。

ジーンズにポロシャツといったラフな格好で、机の上に山のように置かれた書類に目を通していた。その前に三人掛けのソファがセンターテーブルを挟んで向き合うように置かれていた。センターテーブルの上にも書類が今にも崩れ落ちそうなほど積み上げられていた。

「どうぞ」

勧められるがまま蔵元はソファに腰を沈めた。

内川は部屋の隅に置かれた冷蔵庫からペットボトルのお茶を二本取り出してきて、一本を蔵元の前に置いた。

内川はお茶を飲みながら、蔵元の前に座った。

「ワシントンポストの記事について聞くと、皆さん申し合わせたように口が重くなってしまいます。河崎議員は訴訟を口にしていますが、今のところその動きは、まったくありません。実際子供の頃、どうだったのか。それを知りたくて地元の商店街を回ってみました」

「マスコミが次期総理だなんて持ち上げるし、本人もその気になっている。余計なことでも喋って、商売に影響が出ては困ると思って、みんな都合のいいことは話すが、事実は知っていても口を閉じてしまう。それだけのことだよ」

内川は笑いながら答えた。

「やはりそうですか」

蔵元が予想していた通りだ。

「内川さんは河崎議員の同級生ですか」

「小学校中学校までは一緒だった。高校からは違うが」

内川は神奈川県の名門湘南高校に進み、河崎議員は私立高校に進学した。内川は蔵元の高校の先輩にあたるようだ。

「ワシントンポストの記事についてどう思われますか」

「記事の通りだよ。河崎議員も、事実と違うのならさっさと裁判でもなんでもすればいい。実際、裁判になれば、あの人がエリザベス・サンダース・ホームの子供たちに何をしたのか、証言する人間はいくらでもいる。それがわかるから、世間に向けて裁判だと大声でわめいてみせるが、おそらく何もしないと思う」

内川は商店街店主と違って、河崎議員を切って捨てた。

「あいつはオヤジの力を笠に着て、えげつない差別をさんざんしてきたよ。俺に言わせれば、ワシントンポストに書かれていた内容は、氷山の一角だと思っているよ」

河崎晋之介の祖父は満蒙開拓に携わる内務省官僚だった。

父親の栄之進は東大法学部卒で、学徒出陣で満州に派遣された。しかし、日本の戦況を知り、終戦を迎える前に、早々と満州から日本に帰国していた。終戦は横須賀基地で迎えていた。

「あいつのオヤジは、戦後の混乱期、復興の時に、闇の世界で勢力を伸ばして、やがて政界に進出していくんだ」

母親美津子の両親は横浜で港湾労働者を仕切っていたヤクザだった。

「美津子は一人娘だった。それで栄之進と結婚し、栄之進は美津子の実家の仕事を引き継いだってわけさ」

　終戦一年後に妻美津子との間に晋之介が誕生する。

　父親は横浜港に入港する船の積荷を一手に引き受ける運輸会社の代表。港湾労働者を何百人も抱え、経済力もある。東大卒という肩書もある。国会議員となり権力を手中に収めた栄之進を、長男の晋之介はそばで見ていた。金ににじり寄ってくる人間を子供の頃から見て育った。

「金があれば、何でもできる。何をしてもいいと思っているんだろう。エリザベス・サンダース・ホームの子供たちに対する差別は、見るに堪えないほどえげつないものだった」

　内川は自分が目撃した事実を蔵元に話した。

「俺はあいつに気がねしなくてはいけないことなんて何もない。法廷の証言台に立てと言われれば、いつでも証言してやる」

　内川は革新系無所属で、地元の振興を考える若い商店経営者や横浜、東京に通勤する若い世代のサラリーマンの支持を受けて町議に当選しているようだ。

「今期で政界から引退すると思われていましたが、どうやら続投するつもりのようです。それどころか次期総裁選に打って出るようです」

　蔵元が誘い水を向けると、内川も同じような疑問を抱いていたようで、河崎の健康問題に言及した。

「俺も大磯町で、河崎議員をよく見かけたが、見るたびに顔色が悪く、体調が悪化していると思っていた。それが突然元気になって、総裁選に出るというのだから訳がわからん」

河崎議員の急変ぶりは大磯町でも話題になっていた。

地元では、長年の不摂生がたたって糖尿病か、アルコール性肝硬変にかかっているという噂が流れていた。それほど河崎の酒の飲み方は異様だったらしい。若い頃は酒の強さを自慢するために、十万円以上もする高級ウィスキーをラッパ飲みして有権者を驚かせていた。しかし、地元の病院で河崎議員が治療を受けているという話も聞かないし、目撃者もいない。東京の専門病院に通院しているのではないかというのが地元の見方だ。

その話に蔵元は合点がいかなかった。自分の健康状態を知られる可能性の高い東京の病院で、治療を受けるとは思えなかった。むしろ地元で口の堅い、しかも他の患者にも見られない時間帯に治療を受けられるような、私的なつながりのある病院を選ぶのではないか、蔵元はそう考えた。

「もし糖尿病が本当だとしたら、今頃はとっくに透析治療を受けていてもおかしくはないのだが……」

内川が訝る表情を浮かべながら言った。

医師の助言に従って節制した生活を送り、そこまでに至っていないのかもしれない。それにしても糖尿病から解放され、あれほど元気になれるものなのだろうか。いったい河崎議員の身に何が起きたのか。考えれば考えるほど不思議だ。疑問は炭酸飲料の泡のように次から次に浮かび上がってくる。

しかし、河崎議員が子供の頃、エリザベス・サンダース・ホームの児童に対して、今では言葉にするのもはばかられるような罵詈雑言を吐いていたことがはっきりした。それだけでも内川と会った意味はある。

別れ際に内川が付け加えた。

「これはもう噂以外の何ものでもないから、そのつもりで聞いてくれ。河崎にはエリザベス・サンダース・ホームの女の子をレイプしていたという話もある。この辺りはまったく確証のない話だが、そんな話まであるくらいに、あいつはワルだったということを、心に留めておいてくれ」

内川と会ったことでワシントンポストの記事が真実であることがわかった。しかし、河崎議員の健康問題に大きな疑問を抱くようになった。内川の自宅前でタクシーを拾い、蔵元は河崎議員の自宅を回ってみることにした。大磯町を一望できる高台に河崎議員の家はあった。白壁の塀で周囲を囲まれ、門を通り過ぎる時、垣間見えた家は、武家屋敷を思わせる重厚な造りだった。

大磯から永田町まで、車でなら二時間とはかからないだろう。河崎議員は、港区赤坂にあるマンションの一室を所有し、国会会期中は自宅に戻らず、そのマンションに宿泊する機会が多いらしい。

河崎議員の豪邸を見た後、タクシーを大磯駅近くにあるエリザベス・サンダース・ホームに向かわせた。エリザベス・サンダース・ホームは、現在も養護施設として運営されていた。沢田美喜記念会館が設立されていたが、コロナ騒ぎで休館中だった。

東京に戻り、その翌日、蔵元は大宅文庫に足を運んだ。日本で暮らすエリザベス・サンダース・ホーム出身者はいないのか、それを調べてみた。全てがアメリカやオーストラリアに養子にもらわれていったわけではないだろう。いればその出身者から河崎の子供の頃の様子が聞けるはずだ。

すぐに二人のエリザベス・サンダース・ホームの関係者の記事が検索にヒットした。しかも最近の記事だった。一人はエリザベス・サンダース・ホーム出身者で、月刊誌に紹介されていた。

赤井富雄はブラジルのトメアス移住地に入植した一人で、一九九五年に日本にデカセギに戻ってきていた。家族をブラジルに残したまま単身でのデカセギだった。家族に仕送りをしていたのは最初の数年で、後は自分の生活で精一杯で、結局日本に残る羽目になってしまった。ブラジルに戻ることもできずに、リーマンショック後は仕事を失い、生活保護に頼る生活をしている。

赤井富雄はもちろん日本国籍だが、日系人の多くはブラジル国籍で、高齢化したデカセギ日系人の中にも年々生活保護受給者が増えていると記されていた。

赤井は埼玉県川口市で暮らしていることになっている。記事には外国人との共生を目指す川口市多文化共生サークルのコメントも記載されていた。おそらくこのサークルをあたれば、赤井の居場所はわかるだろう。

もう一人は、香山沙瑛で、父親がエリザベス・サンダース・ホーム出身者だった。父親が黒人のハーフで、香山はクォーターということになる。すでにCDデビューを果たしているが、ライブ活動を主に展開している歌手だった。彼女は自分の生い立ちを隠すことなく、マスコミに話をしている。両親は離婚し、香山は母方の姓で、父親は藤沢譲治といって、ベース奏者らしい。

川口市多文化共生サークルを訪ねると、赤井は川口市の市営アパートで一人暮らし、最近では認知症の症状が出ているらしい。孤立させないようにとサークルのボランティアが定期的に訪問しているが、認知症の症状は、日ごとに進行しているという話だ。

「河崎議員の子供の頃の話を、赤井さんから聞き出したいのだが……」

蔵元は赤井が昔のことを記憶しているか心配になった。

「それなら大丈夫だと思います。昔、あいつにひどい目に遭ったと、テレビに映し出される河崎議員を見て、そう言ってましたから」

赤井を担当しているボランティアが教えてくれた。

担当者はその場で、赤井に連絡を取ってくれた。記者が取材をしたいとここに来ていると告げると、自宅で待っているという返事だった。

蔵元は近くに荒川が流れる市営アパートに向かうことにした。市営アパートの周囲は古い工場が建ち並び、そこで働く人たちのための木造モルタル造りのアパートが乱立していた。市営アパートは四階建てで、赤井は高齢のためなのか一階の部屋に住んでいた。

市営住宅は六〇年代後半に建てられたもので、呼び鈴もなかった。ドアを叩くとコンクリートの床をこすりながらドアがすぐに開いた。

赤井は、染めているのではないだろうが髪は赤茶色で、肌の色も日本人より白い。白人の血を引いているのは明らかだ。

「入ってください」赤井が言った。

部屋の広さは2DKで、玄関をはいったところがダイニングキッチンになっていた。テーブルが置かれ、椅子二脚が向き合うように並んでいた。

「河崎が俺たちに何をしたのかを知りたいんだって」

赤井は椅子に腰掛けながら聞いた。

「その通りです」蔵元が答えた。

「オサムが書いた記事の通りだよ」

赤井はオサム・ウィリアムズをまるで友人のように呼んだ。

「ワシントンポストの記者とお知り合いなんですか」

「俺の記憶違いでなければ彼は横田修と言って、エリザベス・サンダース・ホームの出身者だ」

蔵元には赤井の言っていることがにわかには信じられなかった。エリザベス・サンダース・ホームから多くの子供がアメリカに養子として渡っている。オサム・ウィリアムズがその一人だと、どうして赤井にはわかるのだろうか。対戦相手のボクサーからいきなりカウンターでストレートパンチをもらったような衝撃を蔵元は受けた。

「エリザベス・サンダース・ホームで育った多くの子供は、生まれた場所や発見された状況を名前の中に盛り込んでいるんだ」

訝る表情を浮かべる蔵元に赤井が続けた。

「例えば俺だ。赤井はこの髪の毛から来ている。捨てられていたのはエリザベス・サンダース・ホームに通じるトンネルの中で、二、三歳の子供が着ていたと思われるボロボロのシャツを着せられて、さらに新聞紙で包まれていたそうだ。母親が貧しかったのは一目瞭然で、将来はお金に困らないようにと富雄と名前が付けられた。中には大磯海岸の、満ち潮になると海面に沈んでしまう岩の近くに捨てられていた子供もいて、岩影と命名されたヤツもいた」

「先ほどオサム・ウィリアムズのことを横田修と言っていましたが……」

「もう五十五年も前だ。でもテレビに映った写真を見て、横田修だとすぐにわかった」

赤井は自信ありげに答えた。

蔵元は河崎議員の子供の頃の様子を聞きたくて赤井を訪ねたが、オサム・ウィリアムズの出生について聞かなければ、その先には進めなくなってしまった。オサム・ウィリアムズの本名は横田修で、横田基地近くに遺棄されたことから、当時の福生市の市長によって横田修と名付けられたというのが赤井の説明だった。

「本当はあいつもブラジルに移住する予定になっていたんだ。実際、さんとす丸に乗船し、途中まで一緒だった」

赤井によればトメアス移住地にエリザベス・サンダース・ホームの混血児が入植するのを知った日系人の一部から反対論が起きた。

「日本とアメリカで解決すべき問題なのに、いくらブラジルに差別がないからといって、何故ブラジルが引き受ける必要があるのか。そんな意見が出てきたようだ」

さんとす丸がカリブ海に浮かぶ島国キュラソーに食糧、水の補給に寄港した時だった。ブラジルの状況を知った作家のパール・バックは飛行機をチャーターしてキュラソーにやってきた。沢田美喜とパール・バックには親交があり、パール・バックはサンダース・ホーム出身者をアメリカに入国させるために、キュラソーに急きょやってきたのだ。

「十人のうち四人がアメリカに移住することになった」

「その四人のうちの一人が横田修、つまりオサム・ウィリアムズということですか」

「俺はそう思っている。四人は俺たちの間ではキュラソー組って呼ばれているんだ」

赤井が答えた。

認知症にかかっているとはとても思えない。赤井の記憶は鮮明だった。オサム・ウィリアムズ本人がエリザベス・サンダース・ホームの出身であれば、記事の内容は事実で、疑いの余地はない。赤井は同じ施設で育ち、キュラソーまで一緒だった。五十五年ぶりとはいえ横田修だとすぐにわかったのだろう。では河崎議員はどうなのだろうか。

「河崎は何も気づいていないと思う。もし横田修だとわかっていれば、裁判だのと大騒ぎはしないと思う」

蔵元は改めて河崎議員の子供の頃の様子を聞いた。

「あいつは、俺たちに向かって、クロンボだの、あいの子と言いたい放題で、俺は赤毛なのに金髪だと何度もからかわれ、最後にはアメリカにとっとと帰れと石ころを投げつけてきた。ワシントンポストの記事は、すべて事実だ」

日本にどのような経緯で、いつ戻ってきたのか。ブラジルの家族はどうしているのか。現実的な話をすると、赤井の記憶は、途端に不鮮明になり、どうして自分が川口市に住んでいるのか、それさえもまともな返事はできなかった。

認知症は、最近の記憶から薄れていくと言われている。だから過去のことはまだ記憶していたのかもしれない。あるいは認知症にかかっていても、河崎議員から投げつけられた差別的な言葉に深く傷つき、それで忘れられないでいるのかもしれない。

8　支持団体

蜂須賀静怒が河崎晋之介議員の政治資金パーティーに出席し、世界霊命教会の末松会長を通じて、河崎議員を紹介してもらったのは二ヶ月前だった。コロナの感染者は日本でもアメリカでも拡大し、止まる気配はない。日米の往来にも支障をきたしている。

蜂須賀はロサンゼルスの支部運営を副支部長に任せ、そのまま東京に滞在するしかなかった。

世界霊命教会が河崎晋之介議員を支持しているのは、アメリカの会員は当然知っている。オサム・ウィリアムズの書いたワシントンポストの記事は、多くの在米の会員が読んでいる。抗議の声がロサンゼルス、ニューヨークの支部に次々に寄せられた。抗議の声の多さに、このまま無視することはできないと、在米のいくつかの支部から東京の本部に、対応策を求める声が寄せられた。

蜂須賀にも、ロサンゼルスの副支部長からどのような対応をすべきかを問い合わせるメールが届いた。世界霊命教会はあらゆる民族の平和的共存を教義に掲げている。アメリカの会員には、日本人、日系人だけでなくヒスパニック系、アフリカ系、そして白人もいる。彼らが抗議の声を上げるのは当然だ。

同じことが東京でも起きていた。日本の会員の中にも在日韓国人、朝鮮人が少なくない。アメリカの会員同様に、彼らも河崎議員の発言に抗議の声を上げた。末松会長もこのまま河崎議員の発言を看過することはできないと判断したのだろう。発言の真意を確かめる必要があるという決断を下したようだ。

近いうちに河崎議員と面会するので、その時には同行してアメリカの状況を伝えてほしいと末松会長から依頼された。トランプ大統領への反発がアメリカ国内でも高まりを見せている。

トランプ支持者は白人至上主義を信奉し、移民を排斥、排外主義的傾向を強めている。そうした中にあって多文化共生を明確に打ち出している世界霊命教会は、様々な人種、アメリカ以外の国にルーツを持つアメリカ人の間に浸透し、会員を増やしていた。河崎の動向に関心が集まるのは当然だ。

教団側から河崎議員に、末松会長が会って一連の発言の真意を聞きたいと告げると、折り返し本人から末松会長に直接電話がかかってきた。

「今、例の件で弁護士と打ち合わせをしているところです。一週間以内に結論を出しますので、お会いするのはそれからでよろしいでしょうか」

河崎議員はいつになく低姿勢で、末松会長との面会に一週間程度の猶予がほしいと言ってきたようだ。その間に、これ以上波紋が広がらないように手を打つつもりなのだろう。

河崎議員は神楽坂の料亭で会いたいと末松会長に伝えてきた。議員会館ではなく高級料亭を指定してきたのは、やはり自分の発言はまずかったと感じているからなのか。世界霊命教会の会員の中からも批判の声が上がっているのは、河崎議員自身も自覚しているだろう。

世界霊命教会の支持を失えば、総裁選に打って出ようとする河崎の足元がぐらつくことにもなりかねない。末松会長から確固たる支持を取り付ける必要があると河崎は考えているに違いない。

世界霊命教会の教団本部は渋谷区神南にある。約束の日、蜂須賀は末松会長から一緒に行こうと誘われた。同じ車で神楽坂にある料亭に向かった。末松会長の性格は温厚で、いつもにこやかな表情を浮かべている。しかし、教団の教義には忠実で、支持するに値しないと思ったらおそらく河崎との関係も躊躇することなく解消するだろう。

会食の時間は午後七時からだが、蜂須賀は五時に本部に来るように末松会長から言われた。五時少し前に着き、本部に着いたことを知らせると、末松会長は「すぐに行く」と言って、五階にある会長室から一階へ下りてきた。

同時に会長用のベンツが玄関アプローチに横づけにされた。神楽坂まで三十分もあれば十分だ。末松会長は車の中で二人だけで話がしたいようだ。

「七時に神楽坂に着けばいい。少し回り道をしてください」

末松会長は運転手に指示した。末松はどんな会員にも丁寧な言葉で話しかける。

ベンツが走り出すと、末松会長が蜂須賀に話しかけた。

「アメリカの様子はどうかね」

河崎議員との今後の関係を末松自身も考えあぐねている様子だ。

在日韓国人、朝鮮人の会員も少なくない。教団のトップとしては、河崎議員の発言をこのまま看過することはできないのは明白だ。

「批判の声は、ロサンゼルス、ニューヨークだけではなく、アメリカの各支部であがってきています」

「そうか」

末松会長からは驚いている様子は見られない。彼自身も批判は当然だと思っているのだろう。

「君自身はどう思っているのかね」

答えるのを一瞬ためらった。

「かまわないから、本音を聞かせてください」

蜂須賀は自分の生い立ちを、末松会長にはすべて話してある。

「河崎議員の発言、考え方は私の存在を否定するもので、到底認めるわけにはいきません。同じ感情をアメリカの会員も抱いていると思います」

「そうだろうね」

末松会長は冷静な口調で言った。

「在米の日系人で、アメリカ人と日本人のハーフという君の立場から聞きたいと思ったことは、私に遠慮することはないから、直接に河崎議員に聞いてほしい」

末松会長が蜂須賀を誘った理由がわかった。

少し遠回りをしたが、神楽坂の料亭に着いた。本通りから二、三十メートルほど路地に入ったところに料亭はあった。足早に二人は玄関をくぐった。

末松会長は何度もこの料亭に来たことがあるのか、末松の到着を知ると料亭の女将が玄関に走ってきて、

「お待ちしておりました」

と、三つ指をついて迎えた。

「先生は？」

「おいでになっています」

末松会長と蜂須賀を河崎議員が待つ部屋へと、女将が案内した。

案内された部屋は八畳ほどの和室だった。床の間の前の上座は空席になっていた。

床の間に向かって右手の席に河崎議員が座ってビールを飲んでいた。

アメリカ育ちの蜂須賀だが、蜂須賀の師であり、義父にあたる蜂須賀泰山に日本のしきたりを教え込まれていた。本来なら上座には、年齢的にも河崎議員がついてもおかしくはない。上座を末松会長のために空けておいたのは、世界霊命教会の支援を失うわけにはいかないという、河崎議員の切羽詰まった状況があるからだろう。

気を遣わせて申し訳ないと言いながら、末松会長は堂々と上座に座った。年齢は河崎議員より一回りも年下だ。本心はわからないが、河崎議員の一連の発言を末松会長も不快に思っているに違いない。世界霊命教会の教義の冒頭には、世界の恒久平和を希求し、すべての民族がそれぞれの文化を尊重しながら、共生を目指すと謳われているのだ。教義に一度でも目を通していれば、オサム・ウィリアムズのインタビューにあのようなコメントを出すとは思えない。

世界霊命教会と河崎議員との付き合いは、先代会長の時代から始まっていた。

先代会長は河崎晋之介議員の父親栄之進との付き合いが古く、栄之進が政界を引退する時、河崎栄之進から晋之介を頼むと先代会長は依頼されたようだ。その時から今日まで先代会長からの申し送り事項として河崎晋之介議員を末松会長は支援してきた。しかし、このまま支援を続行することに、末松会長は疑問を感じているのかもしれない。

女将は上座に座る末松会長に驚いたようだが、「お料理をお持ちしましょうか」と尋ねた。

「持ってきてくれ」河崎議員が答えた。

部屋に三人だけになると、末松会長が言った。

「ワシントンポストの報道に対する先生のお考えを新聞報道で知りましたが、真意はいったいどこにあるのか、お忙しいとは思いますが、それを知りたくて一席設けていただきました」

末松会長が会食を頼んだ理由を説明した。

「ご心配、ご迷惑をおかけして申し訳ありません」

河崎議員はテーブルに額がつくほど頭を下げた。国会議員が不祥事を起こした時の常套句を芝居がかった態度で、河崎は言ってみせた。

「河崎先生、顔をお上げください。そんなことをしてもらっては困ります」

末松会長も、河崎議員の立場を考慮した対応をみせた。それに気をよくしたのか、河崎がマスコミ批判を始めた。

「記者というのは、私の本意を理解しないで、言葉尻だけを捉えていいかげんなことを書きまくるので、各方面に誤解を生む結果になってしまいました」

河崎が笑みを浮かべながら答えた。

控えめにノックする音がして、女将が再び顔を見せた。

「お料理をお持ちしました」

仲居が豪華な料理を次々に運び、テーブルの上に並べた。

ビールの他に徳利も運ばれてきて、末松の前に置かれた。末松が好んで飲む酒なのだろう。その徳利を手にして、河崎議員が末松会長の前に置かれた杯に注ごうとした。

末松は杯を手で包み込むようにして、酒を注がせないようにした。

「飲むのはお話を承った後にします」

末松会長は相変わらずにこやかな表情で言った。

料理を並べ終えると、「ごゆっくりどうぞ」と言って、女将と仲居は部屋を出た。

「私どもの教団は、あらゆる人種、民族の共生を教義に謳っている数少ない宗教です。日本にも当然、在日の会員もたくさんいます。教団内でも河崎先生のご真意を確かめてほしいという意見が少なからず出ています」

河崎議員は和やかな雰囲気で会食をすれば、ワシントンポストの記事の件は水に流せると考えていたのかもしれない。末松会長の言葉に緊張している様子がうかがえる。

「私はてっきり日本人の通訳を連れてくると思っていたのですが、記者が一人でやってきて、取材が始まりました。ワシントンポストの記者は、かなり流暢な日本語を話していました。おそらく日本に留学経験があるのでしょう。それでもやはり日本語のニュアンスや、私の真意までを理解して書いた記事ではなかったと思います」

　河崎議員は、オサム・ウィリアムズが日本語を巧みに話すので、日本人の記者に話をするような感覚で取材に答えた。その結果、誤解、誤認されたまま記事にされたと説明した。

「では、日本単一民族説は否定されるのですか」

末松会長は核心に触れる質問を投げかけた。河崎はワシントンポストだけではなく、日本のマスコミにも日本単一民族説を公言していた。

「それは歴史的事実だと思っています。私はそのことまでも否定するつもりはありません。ただもう少し言葉を重ねるべきだったと反省はしておりますが……」

河崎は本心なのか、あるいは否定したところで今さら信じてもらえないと思ったのか、発言は否定しなかった。

末松会長はその点についてさらに詳しく聞くのかと思ったが、それ以上は問い詰めなかった。末松にとっては、河崎のその回答で十分だったのかもしれない。

「天皇陛下を日本国民の象徴としてあおぎ、日本語を話し、同じ文化を共有してこそ、日本の繁栄が……」

「その点についてては、先日のパーティーの折にうかがっております」

河崎議員が自説を展開しようとしたが、末松はそれを制した。

「そうでしたね。失礼しました」

河崎議員は、機会あれば自説を声高に叫び、演説してきているのだろう。末松にしてみれば、耳にタコができるくらいに繰り返し聞かされてきた話なのだ。

末松の表情はいつも温厚そのもので、実際に何を考えているのか、そばにいる蜂須賀にもうかがい知ることができない。

同じことを河崎議員も感じているようだ。顔に不安が滲み出ている。

「ワシントンポストには、朝鮮民族は劣っているようなことを述べたと書かれていましたが、実際にはどうなのですか」

「私は朝鮮、つまりコーリアという言葉を一度も出してはいません。ワシントンポスト記者のまったくの誤解です」

河崎議員は断言した。

「では、訴訟を提起するわけですね」

一瞬だが、末松会長の顔色が変わった。笑みは消え、鋭い視線を河崎に向けた。河崎の心の中を覗き込むようにして返事を待った。

河崎議員は少し驚いた様子で末松会長を見つめ返した。二人の視線がぶつかり合う。

末松会長は視線をそらさず河崎を見つめたままだ。その威圧的な視線に押されたのか、河崎議員が視線を外した。

「どうされるおつもりですか」

末松会長は柔和な顔に戻り聞いた。

「訴訟でシロクロはっきりさせたいという気持ちは十分にありますが、その一方で政治家として残された時間を国民のために使いたいという気持ちも、日に日に強くなっているのも事実です」

河崎議員は総裁選出馬をほのめかした。

「訴訟などに時間を取られるくらいなら、残された時間を政治家生命に注ぎ込みたいとお考えになっているというふうに理解してもよろしいのですか」

「そのようにご理解賜ればと思います……」

河崎議員が安堵しているのが、言葉の端々から感じられる。

「蜂須賀君、在米の会員として、河崎先生に聞いておきたいことはないのかね。この際だ、聞いておくといい」

末松が視線を初めて蜂須賀の方に向けた。

「裁判は起こされないのでしょうか」

「今、会長に説明した通りだ。私にはそんなことをしている時間的な余裕はない」

河崎議員は、末松会長との会話とは口調をまったく変えて、蜂須賀には対応した。

「オサム・ウィリアムズ記者とは、ニューヨークで何度かお目にかかったことがあるので、直接彼に問いただしてみました。私も在米会員の批判に耳を閉ざしているわけにはいきませんので」

「それでオサム・ウィリアムズはなんと答えたのかね」

「先ほどの河崎先生のご説明通り、コーリアという言葉はひとことも出ていないと、彼もそう言っていました」

「そうだろう」

河崎議員は満面に笑みを浮かべ、末松会長に視線をやった。内心ではそら見たことかと思っているのだろう。一方、末松は柔和な表情をいっさい崩さず、話に耳を傾けている。

「オサム・ウィリアムズによると、河崎議員が裁判に訴えると言っているのは、日本のマスコミに向けて発言しているだけで、実際には裁判なんてできるはずがないと、私にはそう言っていました」

「そんなことはない。できるものならそうしたい。それが本音だ」

河崎が煩わしそうに答えた。蜂須賀の質問は迷惑だと言わんばかりに不快な顔をしている。

「会長、食事をしながら話をしませんか」

河崎議員は食事を勧めた。

「蜂須賀はいずれ在米会員の代表となる男です。彼も在米会員に事情を説明する義務を負っています。彼の質問にも答えてやってください」

末松は話が終わるまで、食事に箸をつけるつもりはないようだ。

「河崎議員は朝鮮民族を差別するレーシストだと断言する記事をオサム・ウィリアムズは書きました。河崎議員の発言は明らかに朝鮮、朝鮮民族を指すものだと主張していますが、この点についてはどうなのでしょうか」

「あの記者が勝手に捏造した記事だ」

「河崎議員は日本の歴史上、三十六年間にわたり植民地支配した地域もあるという説明をされませんでしたか」

河崎議員は喉元にナイフを突きつけられたような顔をし、無言になった。

「やはりオサム・ウィリアムズのいう通りなんですね」

蜂須賀は確認を求めた。

「植民地支配したのは朝鮮半島だけではない。日本は台湾にも総督府を置いた歴史がある」

「その通りですが、台湾総督府が置かれたのは一八九五年で、三十六年にわたる植民地支配は朝鮮だけ、だからオサム・ウィリアムズはあの記事を書いたと私には言っていました」

河崎議員は蜂須賀に問い詰められているのが、よほど屈辱なのか、自分でビールをコップに注ぎ、一気に飲みほした。

日朝の歴史などアメリカのジャーナリストにわかるわけがないと、タカをくっていたのかもしれない。しかし、オサム・ウィリアムズは、日朝の歴史にも、日本の歴史にも、精通していた。河崎議員はオサム・ウィリアムズを甘く見すぎていたのだ。

「コーリアの名前が出てこなくても、彼には十分書く根拠はあったということになりますね」

蜂須賀は河崎議員に確認を求めた。

河崎は沈黙した。反論できないのだろう。

「もう一つお聞かせください」

蜂須賀は頭を下げた。それでも河崎議員は不愉快なのだろう。ビールをコップに注ぎ苦い薬でも飲み込むように胃に流し込んだ。

「エリザベス・サンダース・ホームの当時の子供たちに、差別的で攻撃的な言葉を随分と投げつけたようですが、その点について、河崎議員はどのようにお考えなのでしょうか。在米の会員が遺憾に感じている点なので、ご説明いただければと存じます」

「五十年も六十年も前のことなど、覚えておらん」

河崎議員は吐き捨てた。

「覚えていらっしゃらないのですか。それでは事実無根というわけにはいかないのではないでしょうか」

末松会長が言葉をかぶせる。やはり柔和な表情を浮かべているが、その言葉には明らかに棘が含まれている。

気まずい雰囲気は察しているのだろうが、それでも河崎は無言のまま残っていたビールを飲みほした。

ロサンゼルス代表の蜂須賀にも、真摯に答えろという末松会長の無言の圧力だ。

河崎議員は太ももに錐を突き立てられたような表情を浮かべている。

「それは今になってみれば、私も酷い言葉を投げつけていたかもしれない。でもそれは私の子供の頃であり、私だけではなく他の子供も、そして大人たちも、エリザベス・サンダース・ホームの子供たちに差別的な言葉を投げつけていた。混血児たちは敗戦の屈辱の象徴と思われていた。そんな子供の頃の話を出されても、日本中がそうだったのだから仕方ないだろう。子供の頃の差別的な発言の責任を追及されても困る」

河崎議員は自分の言いたいことを一気に吐き出した。

「オサム・ウィリアムズは在米のサンダース・ホームの出身者を洗い出し、丹念に取材をしています。河崎議員は子供の頃からレーシストの傾向を見せていたと書いていますが、子供の頃の差別的な発言について、責任を追及しているわけでもなく、謝罪を求めているわけでもありません。ただそうした事実があったと記述しているにすぎません」

たたみかけるように蜂須賀が言った。

ビール瓶でも投げつけそうなほど怒りを露わにしている河崎議員へ、末松がやはり静かな口調で尋ねた。

「河崎先生は子供の頃とはいえ、あいの子だとかクロンボだのと、そうした言葉を投げつけていたんですね」

「記憶にはないが、言われた本人がそう証言しているのなら、言っていたのでしょう」

「それでは裁判に訴えたところで負けてしまう可能性がありますね」

末松会長がいかにも残念そうな口調で言った。しかし、内心ではそうは思っていないだろう。会員からは強い反発が起きている。先代会長からの申し送り事項を破棄し、河崎議員支援を見直す気持ちがあるのは間違いない。

「日本民族は優秀な民族だと河崎先生はお考えのようですが、実際そのように今もお考えになっているのでしょうか」

蜂須賀はもっとも聞きたいことを河崎議員に尋ねた。

「一言語、一民族、同じ文化のもとで一つにまとまりこれほど調和のとれた民族は少ないと思う。小さな島国だが、ついこの間まではGNP二位を誇る国だった。この現実を見れば説明するまでもないだろう」

河崎は苛立ちながら答えた。末松会長の問いには平身低頭して答えるが、蜂須賀の問いに答えるのは不服というより、屈辱を感じているのかもしれない。末松会長との会話とは言葉遣いがまったく異なる。

「自分の民族に誇りを持つのは別に問題になるようなことではないだろう。アメリカにだって白人至上主義を唱える人はたくさんいる」

「そうですね。トランプ大統領はその最たる人物かもしれません」

「彼だからこそ、中国の覇権主義にもひるむことなく対峙し、移民国家でありながら、その移民国家の歴史に堂々と異議を唱えている。私は立派な大統領だと思う」

「そうですか。私にはそうは思えません。白人至上主義は黒人を差別し、ヒスパニックを拒絶し、あらゆる場所で混乱と対立を生み出しています」

「そういったアメリカ社会で日本人の血を引く日系人は、白人と同等に社会進出し、アメリカ人も日本人、日系人に一目置いている」河崎議員が反論した。

「戦前、日系人は差別され、強制収容所に送られています。戦後は、名誉白人だのと対等になったような扱いを受けましたが、一皮めくれば本音はイエローモンキーと蔑視されています。そうした対立を繰り返していたのでは真の平和な世界はいつまでたっても訪れない。そうは思いませんか」

蜂須賀も冷静になろうと思うが、河崎の偏狭な考えに苛立ちが隠せない。

「一つの民族が一つの平和な国家を築く。そうした国家が世界中のあちこちに出現すれば、その時にこそ世界に平和が訪れる。私はそう考えている」

「だからサンダース・ホームの混血児はアメリカやオーストラリアに養子に行って幸せだとお考えなのですね」

「沢田美喜さんだってそれがわかっているから、子供たちをアメリカ、オーストラリア、ブラジルまで送ったのと違うか」

「当時の日本は、将来国会議員になるほどの少年までが石を投げつけるひどい国だったからでしょう。それに先ほどから河崎先生のお話を聞いていて、気がついたことがあります。サンダース・ホームの子供たちをアメリカ人だと思っているようですが、彼らの母親は日本人で、国籍も日本、れっきとした日本人です。私には日本人の優秀な血が流れているとおっしゃってくれましたが、私が優秀ならばサンダース・ホームの子供たちも同じように優秀ではないのでしょうか」

「そうとは限らん。半分、外国人の血が混じればオサム・ウィリアムズのようなできそこないも生まれる」

蜂須賀はコップを投げつけたい衝動にかられた。それに気づいた末松会長が言った。

「今日のところはこれくらいにしておきましょう。河崎先生、私どもの教義を一度熟読されることをお勧めします」

こう言って立ち上がり、

「蜂須賀君、銀座で飲みなおそう」

と、テーブルの食事にはいっさい箸を付けずに立ち上がった。

蜂須賀も立ち上がり、二人は河崎議員には挨拶もせずに部屋を出た。

9　暗　影

河崎晋之介はわざわざ神楽坂の高級料亭で末松会長らと会食を試みたが、どうやらすべてが無駄に終わったようだ。末松会長はいっさい手をつけずに帰っていった。河崎は激しい不安に襲われた。世界霊命教会の支持を失うことは、今後の政治家生命を大きく左右する。それも心配だったが、河崎はそれ以上の悩みを抱えるようになった。

オサム・ウィリアムズに子供の頃の差別発言を暴かれた。その記事がもとで在米の世界霊命教会の会員が怒り始めているという。それは日本の会員も同じで河崎議員に対して厳しい意見が噴出しているようだ。予想外の展開を見せている。安易に取材を受けるべきではなかったと後悔したが、後の祭りだ。

恐れを覚える要因は、オサム・ウィリアムズがサンダース・ホームの出身者を複数取材していることだ。さらにロリンゼルス支部長の蜂須賀という日系人ハーフとオサム・ウィリアムズの二人はかなり親しいらしい。蜂須賀もエリザベス・サンダース・ホームの子供たちに対してどのような発言をしたのか、河崎に執拗に聞いてきた。

今から思えば聞くに堪えない言葉を投げつけたのは事実だ。それを否定するつもりもないし、末松会長に説明した通り、当時の日本人はエリザベス・サンダース・ホームの子供たちに差別的な態度をとっていた。河崎自身、彼らに向かって石ころを投げつけたこともある。それが暴かれたところで、痛くもかゆくもない。そのくらいのトラブルを振り切るくらいの政治的手腕は持ち合わせている。

しかし、不安なのだ。線状降水帯の接近にともない、集中豪雨によって川の水位が急に上昇し、危険水位を超えてあと少しで堤防が決壊するような恐怖を河崎は覚えた。これを払拭するには、エリザベス・サンダース・ホームのブラジル移住組の消息を確認するしかない。

神楽坂の料亭で末松会長と会った二日後、秘書の蓼科を呼んで、エリザベス・サンダース・ホームからブラジルに渡った移民のその後の消息を調べるように指示した。

蓼科もオサム・ウィリアムズの記事が国内で波紋を広げたことから、エリザベス・サンダース・ホームについてはすべての新聞記事に目を通していたようだ。

「沢田美喜は二千人もの孤児を育てたようですが……」

「ブラジルに渡った者だけでいい」

調査の目的も知らされず、蓼科は不可解な表情を浮かべた。

「アメリカ、オーストラリア組は多いが、ブラジルに渡った者はそれほど多くない。大至急調べてみてくれ」

河崎が付け加えると、「わかりました」と蓼科が答えた。

一週間後、蓼科から調査結果を聞いた。

蓼科は国際協力機構（ＪＩＣＡ）を訪れた。かつて戦後移民の送り出しを担当していた組織だ。エリザベス・サンダース・ホームからの移民は、第一陣十人が一九六五年七月二日横浜港を出港したさんとす丸に乗船。第二陣はその翌年八月三日横浜港出港のさくら丸に三人が乗船した。移民はすべてアマゾン川河口の港町ベレンで下船し、トメアス移住地に入植。

国際協力機構はサンパウロに支部を置いている。

サンパウロ支部を通じて十三人の消息を調べるように蓼科は国際協力機構本部に要請した。しかし、思ってもみない返答が戻ってきた。第一陣は確かに十人で、横浜港から出国しているが、実際にブラジルの土を踏んでいるのは六人だけなのだ。第二陣の三人は間違いなくブラジルの土を踏んでいる。

「第一陣十人のうち四人が横浜港を出港した後、行方を絶ってしまっているということか。そんなバカな」

蓼科の報告を聞き、河崎議員は怒りを叩きつけるように言った。しかし、国際協力機構本部がサンパウロ支部を通じて調べたのだ。事実に違いない。では四人はどこに消えたというのか。

「国際協力機構に調べさせたのですが、なにぶんにも五十五年も前のことで、当時を知る職員は誰もいないそうです」

河崎は苛立ち、不安をかきたてられた。

「ブラジルの連中はどうしているんだ?」

「トメアス移住地に入植したエリザベス・サンダース・ホーム移民ですが、二、三年で移住地を抜け出していて、リオやサンパウロで暮らしているそうです。今もトメアス移住で暮らしているのは二人だけです。リオ、サンパウロ支部でも把握していませんでした。ただ、日本に帰国するためにはパスポートを作る必要があり、そのためにベレン、マナウス、リオ、サンパウロの日本の領事館を訪れていれば、現住所は把握できるそうですが」

「それで……」

「トメアス移住地に残る二人の消息だけは突き止めることができました」

河崎議員は自分の期待が針で突いた風船のようにしぼんでいくのを感じた。

蓼科が報告をつづけた。

「その二人ですが、第一陣の赤井富雄、それに現在は結婚して小栗勢子になっていますが、旧姓新橋、彼女はサンダース・ホームからただ一人の女性移民だそうです」

渇ききった体に冷たいスポーツドリンクを補給した時のように、かすかだが河崎に精気が戻ってくる。

「二人はトメアスでの生活が苦しいのか、日本に出稼ぎに戻ってきています」

「どこにいるのか調べられるか」

「今、それを調査中です」

「どんなことをしてでも二人の居場所を突き止めてくれ」

失敗は許さんとばかりに河崎議員は強い口調で指示を出した。

エリザベス・サンダース・ホームからブラジルに渡った移民の消息を、何故河崎が必死になって探ろうとしているのか、蓼科には説明していない。しかし、蓼科は世界霊命教会の支援を今後も取り付けるために、必要な情報だということくらいは理解しているだろう。蓼科の動きは早かった。二人の日本での落ち着き先を五日後には割り出していた。

沢田美喜がトメアス移住地に設立した聖ステパノ農場は、数年で崩壊してしまった。赤井富雄はトメアス移住地が気に入ったのか、そこに残り小規模だったが胡椒とカカオの栽培をしながら生計を立てていた。

ベレン出身の日系女性と結婚し、二人の子供もいる。二人の子供の大学の学費を稼ぐために、赤井は単身で一九九五年来日した。一九九〇年からブラジルの日系人が大挙して日本にデカセギのために来日し、その中には目的の資金をため、土地を購入して農業規模を拡張したり、移住地を出て新たな事業を始めたりする者もいた。それを身近で見ていて、来日を決意したようだ。

来日直後、赤井は愛知県豊田市の下請け工場で働いた。しかし、五十歳を目前に控え、若い日系人と同じ時給の高い職種に就くことはできなかった。それでも数年の間は日本から二人の子供の学費を送り続けていたようだ。一度もブラジルに戻らず、働き続けたが、リーマンショックが起きると失職し、それ以後は群馬県大泉町で一時期働いたがやはりそこでも失職し、現在は川口市で生活保護を受けて暮らしていた。

小栗勢子の来日は二〇一七年で最近のことだった。小栗夫婦もトメアス移住地で農業を営んでいる。二人の子供は親と同じように農業を志している。しかし、目指す農業には広大な土地が必要で、その資金を稼ぐために二人の子供が来日、母親の勢子は稼ぐというよりも子供の世話をするために来日したようだ。

一家はブラジルからのデカセギ日系人の多い群馬県大泉町で働き、今も大泉町のアパートで暮らしているらしい。

蓼科の報告を聞いても、河崎の不安はつのる一方だ。

ブラジルに移住したはずの四人がどこに消えたのか。第一陣が十人であることは間違いないのだ。さんとす丸に乗船したが、ブラジル移住に途中で嫌気がさし、そのまま下船せずに日本に舞い戻っている可能性もある。

当時の日本は復員兵、満州、朝鮮半島からの引揚者で溢れていた。食糧増産が叫ばれたが、戦争で農地は疲弊し、供給が追いつかずに食糧難が続いていた。移民は満員電車から降りることはできなくても、窓を開けるくらいの効果はあると囁かれ、ブラジルへの移住が国策として推進された。

国費を使ってブラジルまで行った移民が、決意を翻して日本に戻ってきたとなれば、新聞が騒ぎ立てたはずだ。しかし、そうしたことが起きたという記憶は河崎にはない。ではどこに消えたというのか。

赤井と小栗はさんとす丸でブラジルに渡った。この二人が四人の消息を知っている可能性が高い。河崎は二人に会って直接確かめたいと思ったが、それには躊躇いがあった。河崎議員がエリザベス・リンダース・ホーム出身者と接触を図れば、余計な憶測を呼びかねない。ワシントンポストの記事を打ち消すための証言を依頼していると取られる可能性もある。秘書の蓼科が直接会うのも避ける必要がある。

ブラジルからデカセギに戻った二人から四人の消息を聞き出すには、子飼いのフリーの記者に依頼するのが無難だと河崎は判断した。河崎は何度となくマスコミのバッシング報道を受けてきた。その経験から新聞、テレビ各社所属の記者の動向を探るために、フリーの記者数人に幾ばくかの金品を贈り、必要な情報を提供してくれるように手なずけていた。

「ここから先は君ではなく、フリーの記者に動いて調べてもらってくれ」

これだけで蓼科には通じる。

「謝礼はいつもの通りでいいですか」蓼科が聞いた。

「一刻も早く事実を知りたい。すこし多めに出してもかまわん」

「では、これで」と蓼科は三本指を立て、二回上下させた。

取材費として前渡し三十万円、結果が出た時に三十万円支払うという意味だ。いつもならそれぞれ二十万円で仕事を頼んでいる。

「早急に進めてくれ」河崎が言った。

蓼科は無言で頷き、議員室を出て、すぐに自分の席に戻り電話をかけていた。


最初に上がってきたのは赤井富雄についての情報だった。

国際協力機構の情報通り、川口市の市営住宅で生活保護を受給しながら赤井は暮らしていた。

「ブラジルに妻子はいますが、今は絶縁状態です。最初の頃は、家族のところに仕送りをしていたようですが、思っていたほど稼ぐことができなかった。仕送りを滞らせていると、矢のような催促で、それを無視して新しい就職口を探して国内を転々としているうちに、家族とは音信不通になってしまったそうです」

家族に恵まれなかったからこそ家族を大切にするのではと思うが、赤井はそうではないようだ。ようやく家族を持ったが、家族の強い絆を形成できなかったのか、一家は崩壊してしまったらしい。どんな事情があるにせよ、家族を捨て、最終的には家族から見捨てられてしまった。生い立ちが大きく影響しているのではと、蓼科の報告を聞きながら河崎は思った。

「四人の消息の件ですが、ブラジルに入国していない理由がはっきりしました」

さんとす丸にエリザベス・サンダース・ホーム出身の移民が乗船していることを知り、日系人社会の中には彼らのブラジル入国に反対する者が現れた。

「何故だ」思わず河崎は聞いた。

「混血児の処遇は日米の間で解決すべき問題で、それをブラジルに押し付けるのは筋違いだというのが理由のようでした」

そうした入国反対の動きがあるのを知ったのは、パナマ運河を通過し、キュラソー島に寄港した時だった。

さんとす丸には沢田美喜も十人とともに乗船していた。

赤井によると、さんとす丸はキュラソー島に一週間以上も停泊したようだ。エリザベス・サンダース・ホームの移民十人と、沢田美喜だけは船から降りて、港近くのホテルに滞在した。

下船して間もなくアメリカから沢田美喜の友人パール・バックがチャーター機を用意してキュラソー島にやってきた。パール・バックの目的は、ブラジル側が受け入れを反対しているエリザベス・サンダース・ホームの混血児をアメリカに連れて行くことだった。パール・バックは、エリザベス・サンダース・ホーム創立の協力者の一人でもあった。

「この時にさんとす丸から降りて、パール・バックが用意したチャーター機に乗り替えた移民が四人いたようです」

「それでブラジルに入国したのは六人ということなのか」

河崎にも合点がいった。

「その四人の名前ですが」

「わかったのか」

赤井の記憶に間違いなければ、横田修、厚木広和、館林真、入間悟の四人だった。

「四人の名字は保護された場所というべきなのか、捨てられていたというべきか、すべて米軍基地のあった場所で、それから名字が付けられたそうです」

群馬県館林市に隣接する邑楽郡大泉町にはキャンプドルーが置かれていた。

赤井によれば、この四人はエリザベス・サンダース・ホーム内に設けられた聖ステパノ学園でも成績が抜群に良かった。

「沢田美喜も、パール・バックから責任を持って引き受けると説得され、四人のアメリカ行きを認めたそうです」

「その後の四人の消息を、その赤井は知っているのか」

「キュラソーのホテルで別れたきり、どうしているかまったくわからないそうです」

おそらく四人はアメリカになじんで暮らしているのだろう。

「調査を依頼した記者が役立つかどうかわからないがと、つかんだ情報を教えてくれました」

「情報……」訝る声で河崎が聞いた。

「そうです。赤井のところに、最近週刊セクロの記者が取材に来たようです」

「取材、何のだ」

「子供の頃、つまりブラジルに渡る前、河崎議員から差別的な言葉を投げつけられた経験があるかどうか。それを聞いて帰ったそうです」

余計なことをと河崎は思った。オサム・ウィリアムズ記者の書いた記事が引金になって、あることないこと昔のスキャンダルをほじくりかえして、面白おかしく記事にするつもりなのだろう。

「追加の金を渡してもいいから、そのセクロの記者についても調べるように指示しろ」

余計な記事は差し止められるものなら、掲載に待ったをかけたい。そうでなくても週刊セクロの記者に付きまとわれて、困り果てた経験があった。

「小栗勢子の方は引き続きあたってもらうように頼んであります」

トメアス移住地で日系人と結婚し、子供二人が出稼ぎに来日している。それほど裕福な生活はしていないはずだ。夫をブラジルに残しているくらいだから、目的の資金を貯めたら帰国するだろう。

小栗勢子の情報も三日後には上がってきた。群馬県大泉町のアパートで一人暮らしていた。二人の子供は自動車の下請け工場で働いていたようだが、目的の金を貯めすでにブラジルに帰国していた。小栗勢子も帰国する予定になっていたが、コロナ騒動でブラジルへの帰国便がなくなり、今は仕方なく日本に滞在しているらしい。

記者がアパートを探し出し、色々聞いたようだが、自分たちの生活で精一杯でアメリカに渡った四人の消息などまったく知らないとけんもほろろの対応だったようだ。

さんとす丸で移住した他の五人、さくら丸の三人とも交流はなく、ましてアメリカに渡った四人についてわかるわけがないと、追い返されたらしい。

執拗に四人の消息を聞くと、逆に今頃何故四人の消息を知りたがっているのか、その理由を尋ねられたらしい。余計な詮索をされてもまずいと記者は判断し、ほどほどのところで取材を打ち切った。

蓼科の報告を聞き、河崎は少し安堵した。しかし、気になる人間がもう一人いるのだ。やはりエリザベス・サンダース・ホーム出身のその男は、ブラジルにも渡らずに日本に残った。後に日本人女性と結婚し一人娘がいる。その娘が香山沙瑛という名前で歌手デビューを果たしているのをテレビの番組で知った。両親は離婚し、父親はエリザベス・サンダース・ホーム出身だとテレビの歌謡番組で語っていた。

父親は藤沢譲治だ。

この男には周辺を調べていることを悟られてはまずい。すべて秘密裡に、細心の注意を払って身辺調査を進める必要がある。オサム・ウィリアムズへの情報提供者の一人とも考えられるからだ。

フリーの記者に直接当たらせる前に、興信所を使って藤沢の動きをまず調べてみることにした。藤沢が日本に滞在しているオサム・ウィリアムズと接触していたか、あるいは今後接触する可能性が考えられる。

オサム・ウィリアムズはアメリカに渡ったエリザベス・サンダース・ホーム出身者複数と会って取材したようだ。その中に日本で暮らす藤沢譲治をオサム・ウィリアムズに紹介した者がいないとも限らない。

興信所からの報告はその日一日の藤沢の動きが、翌朝にはメールで送られてきた。

興信所も素行調査で、特別な調査目的はない。藤沢譲治の一日の動きを時系列に従って送ってくるだけだ。

藤沢は六本木の防衛庁近くのライブバーでベース奏者としてジャズバンドに加わり、毎晩そこでライブ活動を続けている。しかし、コロナ騒動でバーの営業は自粛し、JR四ツ谷駅近くのマンションで一人暮らしをしている。

自粛前はどんな生活をしていたのかわからないが、初日の調査報告によれば、マンションから出てきたのは午後二時十五分だった。近くにあるスーパーに出かけ、食材を買い込み、三時には自宅マンションに戻ってきた。

調査は二十四時間継続するように依頼してある。帰宅して以降、その日はどこにも外出していない。ステイホームの典型的な生活をしているようだ。

二日目は午後一時過ぎにマンションから出てきたが、徒歩で五分もしないところにあるコンビニで缶ビールを購入しただけで、自宅に戻り、その日もどこにも出かけてはいない。藤沢の行動パターンは同じで、外出してもスーパーかコンビニで、それ以外の場所に出かけることはなかった。一週間まったく同じで、河崎は取り越し苦労、少し過敏になりすぎているのではと自分でも思うようになっていた。

興信所からは翌週も続ける必要があるのか、河崎に尋ねてきた。調査をしても新しい事実が出てくるようには思えなかった。しかし、どうせここまで調べたのだから、ゴールデンウィーク直前までは調査を継続させることにした。

調査から十二日目、日曜日だった。この日は午前十一時にマンションから出てきて、マンション一階に設置された立体式駐車場から車を出してきた。シビックに乗ると、発進させた。

興信所のスタッフがシビックを尾行した。見失ったり、尾行を感づかれたりした時のために、もう一台尾行用の車を用意し、二台で万全の態勢で追跡したようだ。その結果、藤沢が意外な人物と会っている事実が判明した。藤沢が会ったのは小栗勢子だった。

フリーの記者の調査では、小栗はブラジルに渡った移民、アメリカに移住先を変えた四人とも交流はないと煩わしそうに答えていた。

小栗が日本に残った藤沢と交流があったとしても不思議ではないが、しかし、河崎は違和感を覚えた。小栗勢子の言葉を額面通りに受け止めれば、コロナでブラジルに戻れなくなり、コロナの収束を苛立ちながら待っている。そんな時に、わけのわからないフリーの記者にエリザベス・サンダース・ホーム出身者の消息を聞かれても、いちいち応じていられないし、知らないものは知らないといった対応だった。

それなのに藤沢をアパートに招き入れている。滞在時間は二時間近くにも及ぶ。興信所の調査員は、姉弟の関係に見えたと記している。同じ施設で育ったのだから、姉弟のように親しいのは当然だが肌の色が違う。二人の交遊はいつ頃から再開したのだろうか。

小栗勢子の来日は三年前。おそらくその頃からではないのか。オサム・ウィリアムズが書いた記事の波紋は予想外に広がり、世界霊命教会との関係も危うくなっている。それに生活保護を受給しながら川口市で暮らす赤井富雄を週刊セクロの記者が訪ねていた。

以前、週刊セクロの佐藤香一という記者に、政治献金の出所について執拗に調べられた経験があった。

取材に応じるように何度も言ってきたが、多忙を理由に断り続けてきた。佐藤はそれでも大磯町で取材を進めていた。佐藤の取材を受けた連中からどんな内容の質問を受けたか、その情報は逐一報告を聞いていた。ますます取材は受けられないと思った。

議員会館の一階受付の待合室で佐藤は張り込みをしていて、エントランスで車を降りた河崎を見つけると、取材に応じるように求めてきた。当然、断った。

「取材を受けたくないのなら、それで結構。河崎議員が透析患者を食い物にしている実態はいずれ活字にする」

議員会館に入ろうとする河崎の背中から、佐藤の怒鳴るような声が追ってきた。

週刊セクロの記事をつぶすのはなかなか難しいと、議員の間では囁かれている。嫌な記者に絡まれたと河崎は思った。記事になった時の対応をどうするかを迫られた。しかし、それは杞憂に終わった。

佐藤記者からその後取材を求められることはなかった。いきなり活字にされては困ると思い、ライバル誌の記者を銀座に呼び、会食し、その後バーで酒を飲んだ。それとなく佐藤の様子を聞いた。

「佐藤さんなら、大きなスキャンダルをつかんだと担当編集者に話していたようだが、体調を崩して入院し、一週間もしないで亡くなった。なんでも心筋梗塞だったようだ」

それを聞き、胸をなでおろしたことを覚えている。

しかし、週刊セクロの記者が赤井を訪ねている。沸き起こる胸騒ぎを抑えられなかった。

10　懐柔策

群馬県大泉町での生活にすっかり小栗勢子はなじんでいた。野菜、果物はブラジルと同じものというわけにはいかないが、ほとんどの食材は手に入った。タカラというスーパーに行けば、ブラジルの代表的料理のフェジョアーダの材料もすべて揃った。フェジョアーダはアフリカから連れてこられた奴隷が作り出した料理とされ、ブラジルを植民地支配していたポルトガル人が捨てた豚の耳や尻尾と干し肉を、豆と混ぜて煮た料理だ。ブラジルのパン屋で買ったのと同じ味のする焼きたてのパンもそこで買えた。

二人の子供は自分たちの思い描く熱帯農業を拡大したいと、その資金を貯める目的で来日した。二人の生活をサポートするために小栗勢子も同行した。

子供は母親の手作りの料理を食べて、残業もいとわず必死に働いた。貯金は目標額にはまだ達していなかったが、小栗は二人を帰国させた。

かつての仲間からアマゾンの土地購入資金二万ドルがすでに夫の口座に振り込まれていた。夫、そして二人の子供には、エリザベス・サンダース・ホームの仲間で、アメリカに移住した友人から共同経営を持ちかけられ、農産物が生産できるようになったら優先的に輸入させるという条件で投資を受けたと説明した。

二人の貯金はまだ百万円にも満たないが、坂田からは帰国費用に百万円が振り込まれていた。それらの資金を合わせれば、帰国のチケットを購入しても、帰国後の運営資金に回せる。二人は日本に残る勢子の生活を心配したが、それまで世話になった関係者や、日本に残ったエリザベス・サンダース・ホームの仲間と再会を果たしてから帰国すると伝えた。

二人が帰国し、ひと段落ついた時だった。フリーライターと名乗る男の訪問を受けた。どこで調べたのか、小栗勢子がブラジルから出稼ぎに来日したエリザベス・サンダース・ホーム出身者だと知っていた。もらった名刺には上杉亮という名前と、自宅の住所、電話番号だけが記されていて、所属の出版社名は何も書かれていなかった。

ジーンズにジャケット、その下はポロシャツで、近所のコンビニに行くついでにでも立ち寄ったような印象を受ける。

「ブラジルに移住したエリザベス・サンダース・ホームの皆さんがどうしているのか。戦後七十五周年を見据えて出版社に企画を売り込みたい。そのためのリサーチなので協力してほしい」

そう上杉は説明した。

しかし、勢子には最初から不信感しかなかった。第一、小栗勢子がエリザベス・サンダース・ホーム出身であることを知る者など、日本にはそれほどいない。トメアス移住地からデカセギに来ている者も大泉町にはいるが、その事実を知るデカセギは大泉町にはいなかった。

どうして知ったのかを聞いても、上杉は答えようとはしなかった。さんとす丸に乗船したのは十人だったが、実際にブラジルに移住したのは六人で、四人がアメリカに渡ったことなどほとんどの者が知らない。後続の移民も決定していたので、日系社会を刺激しないようにと、キュラソー組の一件は口止めされていたのだ。国際協力機構も公表を控えた。それを何故か上杉は知っていた。

「ブラジルは日本の二十三倍の広い国土があるんだよ。仲間はトメアスを出た後、散り散りになって、どこにいるのかわからないよ。それに知っていても教える気もないわ」

勢子は取材協力を拒否して、すぐに藤沢に連絡を入れた。慎重の上にも慎重を期す必要がある。コロナ騒動で藤沢がライブ演奏をしていたジャズバーは営業を自粛し、休業が続いている。すぐに藤沢は大泉町まで来てくれた。

勢子は上杉に聞かれたことを藤沢に説明した。

「何か不吉なものを感じるのよね」

「戦後七十五周年というのも、取ってつけたような企画だが、それよりもキュラソー組について知っていたことが驚きだ。どうやって知ったのか、それを調べるのが先だな」

「お前の他にデカセギにきている者はいるのか」

「いるのよ、それが」

「誰なんだ」

「富雄よ」

「赤井富雄か」

藤沢もすぐに思い出したようだ。赤井は髪の毛が誰よりも赤く、それで赤井と名づけられた。エリザベス・サンダース・ホームを一歩でも出ると、赤井の髪は赤なのに「金髪」とはやし立てられ、気が弱いのかすぐに泣き出した。それを見ると、沢田美喜ははやし立てる子供に向かって言い放った。

「そんなに金髪が羨ましいのか。悔しかったら金髪になってみろ」

その後、沢田は赤井も叱りつけた。

「あいつらはお前が羨ましいんだ。だからはやし立てる。泣かないで堂々としていなさい」

それでも赤井は鼻水と涙で顔をくしゃくしゃにしながら、沢田に泣きすがっていた。

「子供の学費を稼ぐって、ずいぶん前に来日したけど、リーマンショックで失職し、それからは家族とも音信不通なのよ。トメアスでは有名な話なんだ」

リーマンショックからすでに十二年の歳月が流れている。どこでどんな生活をしているのか、家族さえも知らなかった。

「どうやって調べるのかわからないけど、私の居場所を突き止めるくらいだから、赤井の居場所を知っていたとしても不思議ではないわね」

勢子が言った。

「そうだな」

「赤井の居場所を調べられる？」

「調べられないこともないが……」

藤沢にはあてがあるようだ。携帯電話を取り出し、その場で電話をかけた。

「金融関係の仕事をしている友人なんだ」

藤沢が赤井のフルネームと年齢を伝えると、電話の相手は生年月日を聞いてきたようだ。

「赤井の出生年月日がわかるか」

「生まれた年は私と同じ終戦の翌年だけど、誕生日まではわからないわ」

「一九四六年生まれしかわからない」

そう答えて藤沢は一度電話を切った。

三十分もしないで相手から電話がかかってきた。

「あったか」藤沢が聞いた。

赤井に関する情報がわかったようだ。藤沢が「ボールペンとメモ用紙あるか」と勢子に言った。

ボールペンと大学ノートを藤沢に渡した。

「該当者はたくさんいるのか」

藤沢の質問に相手が答えた。

「一人か。それは助かる」

信用情報機関のリスト、つまりブラックリストに赤井富雄という名前は一件だけだったようだ。藤沢がボールペンを走らせた。

「で、債務は放棄したのか」

相手の説明を藤沢は聞いている。

「生活保護を受給しているのでは放棄するしかないな」

藤沢が話をしている相手は、消費者金融の関係者かもしれない。赤井富雄の債務状況を信用機関に問い合わせ、それを藤沢に報告しているようだ。

電話を切ると、藤沢がノートを見ながら言った。

「多分、こいつだろうと思う」

赤井富雄は埼玉県川口市のアパートに住んでいた。

翌日、藤沢は赤井を訪ねた。その夜、勢子に報告の電話が入った。

藤沢によれば、赤井は認知症を発症していて、最近の記憶は途切れがちらしい。それでも二人の記者が取材に来たことは記憶していた。記憶していたというより、二枚の名刺が玄関の靴箱の上に無造作に置かれていて、それを確かめるように藤沢が聞きだし、赤井は記憶に残っていることを答えたようだ。

一人は週刊セクロ所属の蔵元茂人だ。赤井の話では、三十歳前後の若い記者で、エリザベス・サンダース・ホーム時代の差別体験を詳しく聞いて帰ったようだ。

二人目は勢子が会った上杉亮だった。ブラジルに渡ったエリザベス・サンダース・ホームの仲間の消息、そして第一陣は十人なのに、何故六人しかブラジルの土を踏んでいないのか、その理由を執拗に聞いたようだ。

「戦後七十五周年記念の企画なんかで、記者が動き出したとは思えないね」

勢子が藤沢の説明を聞きながら答えた。

「オサム・ウィリアムズの記事が掲載され、日本で騒ぎになった直後から、申し合わせたように二人とも動き始めている。背後に何があるのかわからないが、身辺にはくれぐれも注意をしてくれ」

案じてくれているのはわかるが、七十四歳になる勢子には抵抗する力などない。

「そん時はそん時だよ」

投げやりな口調で返した。

「それより譲治も気をつけなよ」

勢子は自分のことより藤沢の方が心配だった。

「わかってる」藤沢が答えた。


河崎晋之介は藤沢の調査を継続して行うように興信所に指示を出していた。

藤沢は小栗勢子と会った翌日には川口市に住む赤井富雄を訪ねている。いったい何のために藤沢は小栗や赤井と会っているのだろうか。背後から襲撃されるような恐れが河崎には付きまとっている。

藤沢はブラジルへ第三陣として渡る予定だった。それが突然中止になり、結局日本に居座っている。藤沢の存在は、砲弾の破片が腹部に突き刺さり、そのまま傷が塞がり癒えてしまったように、思い出すことはなかった。しかし、ワシントンポストの記事が掲載された後からは、それまでには感じたことのない痛みが疼くようになってしまった。

健康を回復した河崎には総裁選での勝利も夢ではない。それには厄介な問題を総裁選までに片づけてしまう必要がある。

ワシントンポストの記事の反響がこれ以上拡大しないようにするためには、小栗勢子と赤井富雄の二人をブラジルに追い返してしまうのが最善策だ。妙な動きをしている藤沢も注視する必要がある。

二人をブラジルに帰してしまえば、ワシントンポストの記事も自然に鎮静化に向かう。赤井は生活保護を受給しているくらいだから、それなりの現金を渡せば、ブラジルに戻っていくだろう。小栗も家族はトメアスにいるようだ。

しかし、コロナ騒ぎが収まり、海外への渡航が自由にならない限り、二人をブラジルに戻す交通手段がない。帰国させるまでは、二人とも監視下に置く必要がある。

どうやって日本のマスコミとサンダース・ホーム出身者とを遮断したらいいのか。やっかいな藤沢は難しいとしても、赤井と小栗の二人にマスコミを近づけないようにするだけでも、オサム・ウィリアムズの記事の拡大を防ぐことにつながる。

蓼科にはエリザベス・サンダース・ホーム出身者の件は、今も何も説明せずに指示を出している。

「トメアス移住地からの出戻り組二人だが、このままだと取材に訪れて、針小棒大、どんな記事を書かれるとも限らない」

河崎は岩塩を噛んだような苦い顔をして言った。

蓼科は、これから雨が降るのか、あるいは晴れるのか、空模様だけでは判断がつかないといった表情で河崎を見ていた。

「それでどうすれば……」

「二人をマスコミから遠ざけたい」

河崎は自分の本音を告げた。

「わかりました」蓼科が答えた。

政治家の秘書には「できません」という返事は許されない。困難な仕事でも、それを成し遂げるように最善を尽くすのが秘書の役目なのだ。

「すぐ手を打ってくれ」

「上杉君にまた動いてもらいます。それでよろしいですね」

ここから先は蓼科の責任で、建前上河崎は何も知らないことになる。後は報告を待つだけだ。

上杉亮は大した仕事でもないのに、予想外の報酬を振り込まれて河崎議員が直面しているトラブルがいかに大きいのかを悟った。調査料という名目だが、調査らしいことは何もしていない。今度は二人がマスコミと接触しないようにしてくれという依頼だ。

赤井富雄は生活保護で生活している。河崎議員の依頼はそれほど難しいことではない。本人は十年以上も家族と離ればなれの生活を送っている。いくらか金を渡し、ブラジルに送り返してしまうのがいちばん手っ取り早い。しかし、ブラジルどころか日本を出るフライトはすべて運航停止の状態だ。

赤井を川口市から転居させ、移転先でも生活保護を受給できる自治体を手配するよう蓼科に頼んだ。さらにブラジルに帰国するための準備資金として三百万円を用意させた。

民主連合党の市議会議員を通じて依頼したのだろう。松戸市の公営住宅の空室を手配してくれた。あとは松戸に転居するように話をどうつけるかだ。

赤井を支えているのは川口市のボランティアたちだ。彼らにわからないように転居させる必要がある。そのために三百万円が必要なのだ。使途を説明すると、蓼科は何も言わずに現金を用意していた。それだけ河崎議員が追いつめられているということだろう。

上杉はJ銀行に自分名義の新しい口座を開き、全額を預金した。その通帳を持って、上杉は川口市の市営住宅を訪れた。途中でビール六缶とカップラーメン、レトルトカレーを大量に買い込んだ。

一日中家に閉じこもり、ほとんど外出しない生活がどんなものなのか、上杉には想像がつかない。文化的で最低限度の生活を営む権利があると憲法には記されているが、テレビをつけるにも電気代を気にしなければならないし、食費だって生活保護費だけで果たして十分だと言えるのかどうか。贅沢とは程遠い生活を送らなければならない。

生活保護費を受給したその日にパチンコ店に直行する受給者をテレビニュースで見たが、それくらいの楽しみしかなくなるのは当然だ。生活保護費で生きていくことは可能かもしれない。しかし、パチンコで儲ける以外に希望を持つことがいっさい許されない生活が果たして文化的と言えるのか。憲法で保障されている人権などその程度のものだと上杉は思っている。自分の身は自分で守るしかない。そのためには多少のルール違反も仕方ないのだ。

上杉の先輩の中には、芸能人のスキャンダルを暴こうと二十四時間張り込みをして身体をこわし、結局、収入の道を断たれ、生活保護で暮らす者もいた。妻がキャリアウーマンで、髪結いの亭主をしているライターもいる。頑健な肉体を持っている仲間の中には、記者と工事現場や建設現場で交通誘導をする警備員のダブルワークで、生計を立てている者までいる。

上杉は裏で政治家に頼まれて相手陣営の情報を集めたり、あるいは河崎議員からのような仕事を頼まれたりして、なんとか収入を維持していた。しかし、いつまでこんな仕事を続けていくのか、内心ではうんざりしていた。金にはなるが、ぬかるみに車輪を取られ、焦れば焦るほどタイヤが沈んでいく時のような苛立ちを覚える。

仕方ない。金がないのだから。

そう自分に言い聞かせ市営アパートの古びたドアを叩くと、赤井が出てきた。

「相談があってきたんだ」

髪はもう何ヶ月も理髪店に行っていないのか伸び放題、無精髭まで白髪で表情からは精気が感じられない。数年後、あるいは十数年後、自分も赤井と同じような生活を送っているかもしれないと思うと、話などせずにこのまま東京に戻りたい心境に駆られた。

「これ、持ってきました。先日、いろいろ教えてもらったお礼です」

ビニール袋ごと赤井に手渡した。受け取ると、上杉が目の前にいるにもかかわらず中身を確かめている。

「今日来たのは赤井さんにとっても決して悪い話じゃないんだ。相談に乗ってほしい」

「相談……」

と言ったが、赤井は袋の中身を手でかき混ぜながら一つ一つ確認している。上杉の話など上の空で聞いている様子はない。

赤井は食事らしい食事を何日も摂っていないのかもしれない。落ちぶれても赤井のようにはなりたくない。

「ビールは冷えているな」

ひんやりした感触を指で確かめながら赤井が呟く。

買ってきたのは厳密に言うとビールではなく、テレビＣＭで宣伝している発泡酒、六缶五百八十二円。

「駅前のスーパーで買ってきたんだ」

玄関の右手に流し台があり、壁際には小さな冷蔵庫が置かれていた。

「まあ上がってくれ」

キッチンに小さなテーブルが置かれていた。赤井はテーブルの上にビニール袋を置いた。

礼も言わずに赤井はパック詰めの発泡酒を一缶だけ取り出し、プルトップを引き抜いた。喉を鳴らしながらそれを飲み、残りは冷蔵庫にしまった。スペースは十分あった。一瞬冷蔵庫の中身が見えた。ラップもせずにどんぶりの中に入った白米が見えた。

――こんな生活は絶対に嫌だ。

「それで俺に相談というのは」

赤井は缶をテーブルの上に置いた。置いた拍子に音が缶の中で共鳴した。一気に飲みほしてしまったようだ。

上杉は胸のポケットからＪ銀行の通帳と、キャッシュカード、印鑑を取り出し、缶ビールの横に並べた。

「通帳を見てくれますか」

口座の最初のページの冒頭には「新規　3，000，000」と印字されている。

赤井は怪訝な顔をして、通帳に落していた視線を上杉に向けた。

「このお金はある人から赤井さんにやってほしいと頼まれたものです」

上杉の言葉に赤井は通帳の表紙に記載されている口座の名義を確認した。口座名義は上杉亮になっている。赤井は通帳をテーブルの上に放り投げた。

「誰から預かったかは言えませんが、お渡しするには条件があります」

「条件……」

赤井はテーブルのビールを手にしたが、空になっているのに気づいたのかすぐにテーブルに戻した。

「今後、エリザベス・サンダース・ホームについてマスコミが取材したいと、赤井さんを訪ねてきても、取材を拒否してもらうというか、何も答えないでほしいんです」

これだけ説明すれば、金の提供者はマスコミ関係者だと赤井にも想像がつくだろう。

「そんなことを言っても、俺がここで生活しているのは、どうやって調べたのか、あんたの他にも週刊セクロの記者がきている」

「生活保護を受給したまま、違う町の同じようなアパートを手配することは可能です」

「辺鄙な場所に移されるのだけはごめんだぜ」

警戒はしているが、再び通帳を手に取ってみた。やはり三百万円の金は魅力なのだろう。しかし、赤井は突飛な質問を上杉にしてきた。

「この金はなんだ」

今説明したばかりなのにと上杉は思ったが、もう一度同じ説明を繰り返した。

赤井はそれを納得したように聞いている。

「千葉県松戸市にここよりも新しい住宅の一階に偶然空室がありました。そこに転居し、ブラジルとの往来が可能になれば、帰国のためのチケットも別途ご用意させてもらいます。それまで多少の経済的援助も可能です。その条件で、新しいアパートで暮らされたらどうでしょうか」

帰国のチケット、経済的援助は上杉がその場で思いついた「餌」で、赤井は乗ってくると思った。

印鑑がなければ現金を引き出すことはできない。キャッシュカードの暗証番号を教えるのは、赤井のところに取材記者が訪れなくなることがはっきりした日だが、それはいつになるかわからない。それを説明した。

「ブラジルへ帰国すれば、その前にもらえるか」

「当然そうなるでしょう」

赤井は上杉の提示した条件に同意した。

「では、通帳とキャッシュカードはこの場でお渡しします。私が現金をおろそうとしても印鑑だけでは無理です。心配であれば時折ATMで記帳してもらえれば、手つかずだというのがわかると思います。キャッシュカードの暗証番号は帰国の時に教えます」

赤井は宝くじでも引き当てたような笑みを浮かべた。しかし、認知症もかなり進行しているらしく、説明したばかりのことをすぐに忘れてしまうようだ。

それでも三百万円が自分の手に入るということは理解している様子だ。

ブラジルまでのチケットも片道なら三十万円もあれば購入可能だ。

「毎月の経済援助も、振込などの形に残るものは避けて現金でお渡しするようにします」

定期的に収入があるのが福祉事務所に知られれば、生活保護は打ち切られる可能性がある。そのあたりの事情は赤井も心得ているようだ。

後は蓼科に結果を報告し、帰国のチケット代と毎月の経済援助を約束させることだ。

蓼科にそれを要求するとすぐに了解が得られた。毎月十万円の支援を取り付けた。しかし、全額を赤井に与えるつもりはなかった。半分は自分の報酬にさせてもらうことにした。

河崎議員から依頼を受けた仕事など、本当はしたくない。しかし、原稿料だけで生活することなど不可能だ。食うためには当面不本意だが、ダーティーな仕事もするしかない。いずれ本を出し、原稿料、印税で食えるようになるのが目標だ。知名度が上がればテレビのコメンテーターとして副収入も得られるようになるだろう。河崎は次期総裁選に出馬する。まかり間違って総理総裁の座に就けば、それなりの見返りも期待できる。

数日後、上杉が手配した引っ越し業者の手によって家の中の荷物をすべて積み込んで、赤井は松戸に転居していった。

問題は小栗勢子というハーフだ。

彼女はブラジルに帰国するつもりだが、その交通手段がなくなり、大泉町で暮らしているに過ぎない。金で口を封じることはできないだろう。

上杉は考えた末、企画が通ったことにして、小栗と再度接触しようと思った。ブラジルで暮らすエリザベス・サンダース・ホーム移民の所在先を調べ、独占取材をさせてもらうことで百万円を提示してみることにした。

大泉町を訪れると、小栗は働いていない様子で、すぐに玄関を開けた。

「またあなたなの」

暇を持て余している記者とでも思っているのだろう。あきれ返った口調で小栗が言った。

「それで今日は何の用事」

上杉は考えた口実を小栗に告げた。

「へー、百万円くれるんだ」

小栗も金に興味を示した。コロナ騒ぎで経済は停滞し、百万円のキャッシュは誰にとっても魅力的だ。

「ブラジルに渡った連中の連絡先なんて、ここではすぐにわからないって……」

「私たちもすぐにブラジルに行けるわけではありませんので、小栗さんがブラジルに戻られてからでも調査はかまいません。今後、他社が戦後七十五周年記念企画で、接触してくる可能性がありますが、独占企画料としてお支払いしますので、他社の取材は拒否してもらえるのなら、即刻振り込ませてもらいます」

小栗の表情はほころび、自然と笑みが浮かぶ。

「それでどこの出版社がエリザベス・サンダース・ホームの企画を立てているわけ?」

「それは教えられません。独占契約をさせてもらった段階で詳しくお話しさせてもらいます」

そんな企画を立てている出版社などない。エリザベス・サンダース・ホーム企画など通るはずがない。ブラジルにまで記者を派遣できる出版社など皆無だ。

「その話が事実なら協力してあげたいけどさ、できるかどうかリオに一人まとめ役がいるから、そいつに聞いてみるよ。そいつがどこかに転居していたら、協力しようがないよ」

小栗は百万円のためにリオのまとめ役を探してくれるような口ぶりだ。他のマスコミ取材を拒否するのに抵抗もなさそうだ。

小栗はリオにまとめ役が暮らしているかどうかを確認したうえで、上杉に連絡すると言ってくれた。

後は小栗からの返事を待つだけだ。

蓼科から金のことはいっさい心配しなくていいと返事をもらった。

河崎議員からはいくらでも金が引き出せそうだ。それにしては上杉のところに振込まれてくる謝礼は二桁で、少しは気を遣ったらどうだと蓼科に文句の一つもいってやりたい心境だ。

何故河崎議員がこれほどまでにエリザベス・サンダース・ホーム出身者の動向を気にしているのかよくわからない。いずれ真相がつかめた時には、三桁代の謝礼を要求するつもりだ。

11　取材

ブラジルから輸入され、スーパータカラで売っていたピロンというメーカーの粉で淹れたコーヒー、そしてやはりタカラで買ったポン・デ・ケージョ（チーズパン）で朝食をすませ、午前中はトメアスに戻った二人の子供、夫とラインを通して話をした。

子供たちは予想外の資金が振り込まれたことで早くも土地の下見を始めていると、うれしそうに語っていた。

「日本は危ないから早く帰ってきな。だから一緒に帰ろうって言ったのに……」

次男のアレンが言った。

「日本よりもブラジルの方が大変でしょう。あまりベレンには出ない方がいいよ」

小栗勢子は二人がパラー州の州都でもあるベレンに出て、コロナに感染しないかとその方が気になった。

「心配しなくても大丈夫。二人でトメアス近郊の土地を見て回っているだけだから」

長男のアレックスが答えた。ラインには二人の顔が交互に映し出される。元気そうだ。

「パパイ（お父さん）はどうしている？」

声が聞こえたのだろう。

「パッケランド（浮気しているよ）」

小栗太郎マルコスの笑い声が聞こえた。トメアス生まれの日系二世で、親のささやかな土地を引き継ぎ、地道に農業を営んできた。勢子を心から愛してくれている。勢子は夫と出会えただけでも、ブラジルに移住してよかったと思った。

アレックスが携帯電話のカメラを夫に向けた。夫は楽しそうにビールを飲んでいる。

「ノン・ポージ・トマセルベージャ・デマイス（飲みすぎないでね）」

勢子の言葉も家族と話をする時は自然にポルトガル語に変わる。

一日も早くブラジルに戻りたい。いつまでも日本になんかいたくない。これが本音だ。しかし、その前にどうしてもやらなければならないことがある。コロナで日本から出国できなくなったのは、天啓だと思った。

「トメアスに戻るとすぐに日本の記者から取材を受けたんだ」アレックスが言った。

「エッ、取材？」

勢子も得体のしれない記者から百万円の謝礼を条件にエリザベス・サンダース・ホーム移民の消息を調べてほしいと頼まれた。もちろん協力する気などないが、取材と聞き、心がざわつく。

「何の取材なの」

「日本のコロナ危機を知って帰国したデカセギから日本での生活がどうだったのか、毎朝新聞のサンパウロ特派員から取材を受けた」アレンが答えた。

二人が帰国したのは中国の武漢で新型のウイルスが発見されたというニュースが流れた頃で、これほど世界的な流行にまで拡大するとは想像していなかった。

日系人のデカセギが大挙して帰国したのはリーマンショック後と東日本大震災の直後の二回。武漢のコロナ発生直後から日系人の帰国は増えたようだ。

「記事が掲載されたって、新聞のＰＤＦを送ってきてくれた。後で転送しておく」アレンが言った。

特派員は帰国の状況をデカセギの多い日系人移住地を訪ね、取材しているようだ。

「ママイ（お母さん）もコロナが収まったらすぐに帰ってきな。大泉町はまだ田舎で人が少ないからいいけど、都内は危険だから行かないように」

アレックスが何度も念を押すように言った。

どちらが親か子かわからない会話に、思わず笑みがこぼれた。

三十分ほど話をしていただろうか、ラインを切った。

ブラジルの家族は勢子が藤沢らと考えている計画について何も知らない。知らせたくもないし、知られたくない。

ブラジルの農業は投機的で、儲かる時は濡れ手に粟のように現金が舞い込んでくる。

しかし、その一方で病虫害に作物が襲われると一夜にしてすべてを失う。失うばかりか、銀行から借りて購入した農業機械、肥料代の支払いで担保にした土地を失うことにもなる。そうした経験もしたが、夫は何度となく立ち上がり、今日の生活を築いた。二人の子供も夫の苦労をそばで見てきただけに、大学で専攻したのも熱帯農業だった。

あのまま日本に残っていたら、今の生活を手に入れることはできなかっただろう。この生活を絶対に壊したくない。だからあのことを忘れようとした。いや忘れていた時もある。しかし、それは忘れたふりをしていただけで、爪の間に深く入り込んだ棘は、決して抜けることはなかった。何かの拍子で爪を強く打った時などは疼き、時には膿んで血と膿が傷口から滲み出てきた。

癒すには棘を抜き去るしかないのだ。そして、コロナがその最初で最後のチャンスを与えてくれたのだと思う。

朝食が遅かったせいか、それほどお腹は空いていない。働いているわけでもなく、スーパータカラに自転車で買い物に行く以外は外出する機会はない。

昼は昨晩の残り物を食べることにしよう。冷蔵を開けた。フェジョンとリングイッサ（腸詰）が残っていた。油とニンニクで炒めてから炊いたご飯にフェジョンをかけて食べるのがブラジル料理の定番だ。フェジョンは大豆に似た豆で、これを煮たものをカレーのようにご飯にかけて食べるのだ。

それらを温めて食べようと思った。準備に取り掛かろうとした時、玄関のインターホンが鳴った。

「こちらはトメアス移住地の小栗勢子さんのお宅でしょうか」

インターホンの声は穏やかだが、宅配業者でないのは明らかだ。

勢子は上杉の件もあったので、問いには答えずに、

「どちらさまですか」

と聞き返した。

「週刊誌セクロの記者をしている蔵元茂人といいます」

「どのようなご用件ですか」

ドアを開け、顔を合わせてしまうと、厄介なことになりそうな気がした。

「実は河崎晋之介議員の過去について取材を進めています。小栗さんがブラジルに移住される前、河崎議員の子供の頃についてご存じでしたらお話を聞かせていただきたくて……」

「どうしてここに私がいるのがわかったの」

「最近帰国された息子さんたちの記事を今日の朝刊で読みました」

蔵元は毎朝新聞の記事を読み、すぐに大泉町まで来たようだ。

勢子はドアを開けた。河崎議員の過去を取材しているというのも気になった。

それほど暖かい日でもなかったが、スーツ姿の蔵元は少し汗ばんでいて、ハンカチで額の汗を拭っていた。

「どうしてわかったの、このアパート？」

肩にかけたショルダーバッグにしまわれていた名刺入れから一枚を取り出して、勢子に渡した。

「週刊セクロの蔵元といいます」

もう一度同じ言葉を蔵元は繰り返した。几帳面な性格なのだろう。

大学ノートを取り出し、挟んであった新聞の切り抜きを取り出して、それを勢子に広げて見せた。アレンが転送するといった毎朝新聞の記事だろう。記事には二人の子供の顔が掲載されていた。

「大泉町に来て、出稼ぎ日系人に聞けば小栗さんのアパートはわかると思って、西小泉駅前の駐車場に車を止めて、日系人に新聞を見せ、片っ端から聞きました」

「それでわかったの、大変だったわね」

「日本語があまり通じないので、困りましたが、親切な方がここまで案内してくれて」

勢子はそれで納得した。

「まあ、入りなさい。でも期待には応えられないと思うわ」

二人がブラジルに帰国した時、必要なものは持っていかせ、アパートにあるのは勢子が生活する上で必要最小限のものしかない。

子供たちが寝室に使っていた部屋には、リサイクルショップで買ったソファが置いてある。

「そこに座ってて」

勢子はキッチンに戻り、残っていた今朝のコーヒーを電子レンジで温めて持ってきた。

「便利なんだよね、大泉町は。ブラジルで飲んでいたのと同じコーヒーが飲めるんだよ」

コーヒーを蔵元に勧めた。

「それであんたは何の取材をしているんだって……」

「ご存じかどうかわかりませんが、先日、ワシントンポストの有名なコラムニストがアメリカに渡ったエリザベス・サンダース・ホームの出身者を多数取材し、子供の頃から河崎議員はレーシストだったと書きました」

「それなら知ってる、訴えるって騒いでいるんでしょう、その河崎議員は」

「そうです。ところが訴えると騒いでみたものの、訴訟の準備を進めている気配はありません。事実はどうだったのか、アメリカやオーストラリア、ブラジルを回り、子供の頃の話をサンダース・ホーム出身の人たちから聞くのがいちばんいいのですが、とてもそんな取材費を出せる出版社は今はどこにもありません」

「あら、そうなの。この間来た記者は、戦後七十五周年の特集記事を組みたいので、独占取材に協力してくれたら、百万円出すって言ってたわよ」

「ホントですか。そんな景気のいい会社があるんですか」

　蔵元は目を丸くして驚いている。

「どこにも所属していないフリーの記者で、ブラジルに渡った昔の仲間の取材先を突き止めて、他社の取材に応じないで、独占取材に応じてくれたら百万円出すってさ」

「それでその契約にサインしたのでしょうか」

「するわけないでしょう。百万円の話が本当だとしても、ブラジルに渡った仲間の居所なんて簡単に割り出せるものではないのよ。だって日本の二十三倍もあるのよ。私が暮らしているトメアスからサンパウロまで行ったら、東京からマニラに行くのと同じくらいの距離。しかもブラジルではコロナが猛威を振るって、感染者がバタバタ死んでいるというのに、冗談じゃないわよ」

　勢子は適当に答え、最初から相手にする気などなかったことを蔵元に伝えた。蔵元は安心したような表情を浮かべた。

「差し支えなければ、その独占取材の企画を持ち込んできた記者が誰なのか教えてくれますか」

「どこかに名刺を放り投げて、取っておいたと思うけど……」

勢子はソファから立ち上がり、キッチンに行って一通り見まわした。

「あった。ここだ」

キッチンのテーブルの上に置かれた醤油瓶の下にあった。名刺は垂れた醤油で汚れていた。キッチンから戻り、その名刺を蔵元に見せた。

蔵元は名刺を手に取り、じっと見つめている。

「知り合いなの」

「いいえ、会ったことはありませんが、名前は知っています」

「有名なんだ、この上杉亮っていうライターは」

「まあ、有名と言えば、有名なんですが……」

蔵元は苦笑いを浮かべた。

「エリザベス・サンダース・ホーム移民の取材企画を進めている出版社があるというのがホントかどうかは、もう一度確かめられた方がいいと思います。もし、その気があるのなら」

「また来たら聞いてみるけど、協力する気はないから、私」

「そうですか」

蔵元はソファから身を乗り出すようにして、目の前に座っている勢子の顔をまじまじと見つめて言った。

「私もワシントンポストのコラムニストが執筆したような記事を書きたいと思って、河崎議員の子供の頃の取材を進めています。河崎はとんでもない人間で、首相の器でもないし、あんな人間は首相の座につけてはいけないと思っています」

勢子も蔵元に視線をやった。二人の視線が絡み合う。蔵元は視線を外すことなく、じっと勢子を見つめたままだ。真摯さは伝わってくる。

「何故、私が河崎の過去を調べているのか、それを説明します。それを聞いた上で、納得してもらえたなら、取材に協力してくれませんか。最初から言っときますが、取材協力のお金は一銭も出ません」

蔵元はそう言ってから、何故河崎議員の取材を進めているのか、その理由を説明しだした。

勢子は黙ったままそれを聞いていた。

蔵元自身はそれほど河崎に関心を抱いているわけではなかった。

「あなたの亡くなった先輩が取材していたテーマを引き継いで、河崎の取材を続行しているというわけね」

「その通りです」

蔵元の説明では、河崎議員の差別的、排外主義的な思想よりも河崎議員が手中にしている利権を追及しているらしい。

大磯町の住民から河崎が子供の頃からレーシストだったという話は聞き出すことができなかった。ただ一人、町議会議員で河崎の小学校、中学校の同級生だけは、河崎議員がエリザベス・サンダース・ホームで暮らしていた混血児にどのような言葉を投げつけていたのか、すべてを蔵元に語ったようだ。しかし、蔵元はその町議会議員の名前は明かさなかった。

「噂の域を出ないが、サンダース・ホームの女性をレイプしたなんていう話まであるそうです」

「へー、そうなんだ」

蔵元の話を聞き、勢子は驚きを隠せなかった。

「何かご存じありませんか」

「いや、そんな話まで私は知らないわ」

「そうですか」

蔵元の言葉には落胆がこもっている。

「各国のエリザベス・サンダース・ホーム出身者を一人一人取材するのは到底不可能で、小栗さんの他に二人の方を見つけ出すことができました」

「エッ、ホント、教えてよ。私、来日して以来、子供の世話で手一杯、大泉町からどこにも出ていないし、まだホームにも行っていないのよ。ホームに顔を出して、昔世話になった保母さんがいればお会いしてから帰国しようって思っていたらこんな騒ぎになってしまったの」

「一人は藤沢譲治さんです。この方とはまだお会いしていません。もう一人は、やはりトメアス移住地に入植した赤井富雄さんという方です」

「富雄は家族をほったらかしにして、日本で行方不明になってしまったと、移住地では皆が知っている話よ。どこにいるのか教えて。あいつの家族もきっと喜ぶよ。今も苦しい生活を強いられているし」

「それがですね……」

蔵元の口調が急に重くなる。

「埼玉県川口市の市営住宅で、生活保護を受給して暮らしていました」

「なんとなく想像がつくわ。あいつは気が弱くて、あいの子だ、金髪だとからかわれるとすぐに泣き出して、沢田ママの後ろによく隠れていたから」

アマゾンのような過酷な自然環境の中に放り出され、しかも頼れる人間はいないし、自分を守るのも自分だけだ。そういった極限状態に置かれると、放っておいても人は強くなる。強くならざるをえない。勢子はそうやって生きてきた。

トメアスの移民がアマゾンの自然について教えてくれた。日本と同じような暮らしを求めるな、ここは土着化することでしか生きられない地だと。

勢子はどんなに苦しくても日本に帰りたいと思ったことはない。動物園の檻の中に閉じ込められた動物を見るような視線にさらされるくらいなら、アマゾンで死んだ方がまだましだと思った。

その思いがアマゾンの自然に勢子を順応させた。それでも孤独と絶望がいつもつきまとっていた。だからこそ夫と出会えたし、二人の子供にも恵まれ、家庭を持つことができたのだ。

赤井は最後の最後まで弱虫だったのかもしれない。

「川口市の市営住宅にいるのね。コロナが静まったら、首に縄を付けてでも私が連れて帰るわ」

「私も用事があって、再度訪ねたら、引っ越しされて、どこに行ったのか誰もわからない状態なんです」

蔵元の話によると、突然の引っ越しで、赤井の生活を支えていたボランティア組織のメンバーも誰一人として転居先を知らなかった。

「市役所に行けば、どこに引っ越したかすぐにわかるでしょう」

「いいえ、今はそうした戸籍、住民票を他人が引き出すことが法律によって禁じられてしまっているんです」

それならトメアスに今も残る赤井の妻に請求させれば、転居先はわかる。

「海外から住民票や戸籍の除票を取り寄せるのはかなりの時間がかかると思いますが、現状ではそれしか手はありません」

「だけど生活保護で暮らしていたのに、何で富雄は急に引っ越しなんかしたのよ」

「ボランティアも首を傾げるばかりで理由はわかりません。私が赤井さんを訪ねたのは写真を見てほしかったからです」

「写真……」

「そうです。オサム・ウィリアムズの写真を見てほしかったんです」

何故赤井にオサム・ウィリアムズの写真を見せるのか、勢子には蔵元の真意がまったく理解できなかった。

「赤井さんに、河崎議員のことを聞いていたら、ワシントンポストの記事を書いた記者は、エリザベス・サンダース・ホーム出身だと言いだしたのです。私にはあまりにも唐突すぎる話で、信じられませんでした」

さんとす丸に乗船した十人のエリザベス・サンダース・ホーム出身の移民の内、キュラソー島で四人が下船した事実を、赤井は蔵元に語ったようだ。

赤井は一瞬テレビに流れたオサム・ウィリアムズの顔写真を見ていた。

「それだけでオサム・ウィリアムズがサンダース・ホーム出身だと断定するわけには

いかないので、編集部に戻り、新聞に掲載されたオサム・ウィリアムズの写真を数点プリントし、それで確認してもらうつもりで川口市を訪れました」

その時にはすでに赤井は転居していたようだ。

「小栗さんもご存じだと思いますが、十人の中には横田修という人が乗り込んでいましたが、彼はキュラソーでさんとす丸を下船し、パール・バックのチャーター機でアメリカに向かっています」

蔵元はショルダーバッグから週刊セクロ編集部と印刷されたA４大の茶封筒を取り出した。コーヒーカップをセンターテーブルの端に置き、封筒の中の写真三枚をテーブルに並べた。

「これはオサム・ウィリアムズの記事を取り上げた新聞社が、アメリカの通信社から配信してもらい新聞に掲載した彼の写真です。見ていただけますか」

勢子が三枚の写真に視線を落とす。

「見覚えのある方なのでしょうか」

蔵元はオサム・ウィリアムズが横田修なのか、勢子に確認を求めてきた。

もちろん見覚えのある顔だ。インターネットが普及して以来、キュラソー組の四人、日本で暮らす藤沢、そしてトメアス移住地の勢子は、常に連絡を取り合っている。オサム・ウィリアムズは横田修だ。

修は終戦の翌年に生まれ、すぐに横田基地の近くに遺棄され、それで横田という名字が付けられたと本人は仲間には話していた。しかし、さんとす丸の船内で彼が泣きながら勢子に話してくれた事実はそうではなかった。

父親は横須賀基地に所属するアメリカ海軍の将校で、母親は横田美晴。美晴には夫がいたが、戦死したと聞かされていた。どのようにして横須賀基地所属の将校と出会ったのか。横田修の口から直接語られたことはない。しかし、エリザベス・サンダース・ホームで暮らしてきた彼らには、そんなことは想像がつくし、知る必要もないことだった。

横田美晴は夫の戦死を知らせる死亡告知書が終戦前に届いていた。しかし終戦六年目、戦死していたはずの夫がシベリアから復員してくることがわかった。五歳になる修を手元において育てることができなくなった母親は、修の手を引いてエリザベス・サンダース・ホームを訪れた。

それ以来、修は母親とは会ってはいない。母親に見捨てられたのだ。ほとんどの子供たちは同じような体験をしている。しかし、横田修は他の誰よりも激しく母親を嫌悪していた。別れ際に母親が放ったひとことが修の心に癒しようのない深い傷を与えた。

「あいの子は育てられない」

母親からそう言われた。

横田美晴を憎悪し、そのトラウマから生涯逃れられないでいる。彼は家族に希望を見いだすことができずに生涯を独身で通している。高名なジャーナリストとなったオサム・ウィリアムズの力をもってすれば、父親を探し当てることは可能だったかもしれないが、彼は探しもしなかった。

「俺の家族は沢田ママとお前たちだけだ」

彼の口癖だ。

キュラソーからアメリカに向かった横田修は、ウィリアムズ家の養子となりウィリアムズ姓を名乗っている。経済的には恵まれ、ハイスクール、大学を優秀な成績で卒業し、養父と同じジャーナリストの道を歩んできた。

アメリカでも高名なジャーナリストとして名前を知られるようになり、七十歳を機に一線から退くが発言には社会的な影響力が今もある。

勢子は三枚の写真を一枚一枚手に取ってみた。

「どうでしょうか」

勢子が赤井と同じ返事を返すことを、蔵元が期待しているのは明らかだ。

「わからないよ。だってさ、キュラソーで彼らと別れたのは五十五年も前なんだよ。私には富雄みたいにこの人が横田修だなんて断定なんかできないって」

「そうですか」

蔵元の期待が、梅雨の晴れ間にかかった虹のように瞬く間に消えていくのがわかる。

でも仕方ない。当分の間はホントのことは言えない。最初に来た上杉亮とかいうフリーライターより蔵元はずっと誠実な人間に思える。

——ごめんね。事実が語れるようになった時がきたら、あなたには最初に教えてあげるからさ。

「気になるんだったら、そのオサム・ウィリアムズっていう有名な記者本人に聞いてみたらいいよ」

勢子は蔵元を励ますような口調で言った。

「そうですね。そうしてみます」

写真を封筒に戻しながら、蔵元が思い出したように言った。

「さきほどの上杉亮ですが、くれぐれも対応を間違えないように」

「どういうこと」

「彼は署名記事を時々雑誌に書いていますが、どちらかというと、いつも政権寄りの発言が多く、安川政権に見切りをつけて、すでに河崎議員ににじり寄っているという噂が流れています」

「ありがとう。でも、もう彼に会うつもりはないわ。ブラジルに向かうフライトが確保できたら、すぐにでもブラジルに戻るから。役に立てずにごめんね」

勢子が言うと、蔵元は苦笑いを浮かべ、

「時間を取らせてしまい申し訳ありませんでした」

と言ってから、車を駐車してある西小泉駅前のパーキングに向かっていった。

12　保　身

　ワシントンポストのコラムニスト、オサム・ウィリアムズの一件は、詳細に報告するよう秘書の蓼科からフリーライターの上杉亮に指示が出ている。その指示に従って上杉亮が松戸市の市営住宅に転居させた赤井富雄を頻繁に訪ねている。日本のマスコミとの接触は今後しばらくないだろう。

　しかし、安心はできない。案の定、上杉からとんでもない情報が入ってきた。オサム・ウィリアムズはエリザベス・サンダース・ホーム出身者で、ブラジルに向かう途中、パール・バックが差し向けたチャーター機でアメリカに入国したというのだ。

　もしそれが事実なら、子供の頃の河崎の発言はすべて聞かれているし、相手の挑発に乗って裁判など起こせば、洗いざらい過去の発言が公になってしまう。痛手を負うのは河崎の方だ。

　赤井の他にもブラジルから出稼ぎのために来日している者がいた。小栗勢子だ。

　それにブラジルに移住しそこなった藤沢譲治の存在も気になる。藤沢が関係していなければいいが……。

　上杉の報告によれば、オサム・ウィリアムズは横田修ということになる。

赤井の口は金で封じ込めることは可能だ。もし上杉の報告通りであれば、いちばんやっかいなのはオサム・ウィリアムズということになる。すでに藤沢と小栗は接触を図っている。もしかするとすでにこの二人とオサム・ウィリアムズは会っているのかもしれない。

河崎はナイフの先端を背中に突きつけられたような戦慄を覚えた。

「これから政治生命を賭けた大勝負を挑むという時に……」

嫌な予感がする。

いや、そんなことはないだろう。小栗の来日は三年も前で、二人の息子も一緒に来日している。出稼ぎが目的であるのは間違いない。

藤沢はずっと日本で暮らしている。

オサム・ウィリアムズが来日したのも、次期総裁と目される河崎の取材をしたいと、ニューヨークから取材を申し込んできたのだ。滞在が伸びているのも、コロナ騒動が起きたからだ。

ワシントンポストの記事以降、河崎の支持団体である世界霊命教会との関係はしっくりしていない。そのことで必要以上に神経質になっているのかもしれない。

これは偶然なんだ。そう自分に言い聞かせる。オサム・ウィリアムズの一件はこのまま放置しておくという手もある。日本のマスコミなどその時だけは夢中になって報道するが、すぐに熱が冷めて、他のテーマを追い始める。ワシントンポストの報道もそれほど長く尾を引くとは思えない。コロナ騒動は河崎にとっては好都合だった。誰の目もコロナに向いている。

それでも気になるのは、世界霊命教会との関係だ。末松会長の態度から、河崎の一連の発言を快く思っていないのは明らかで、関係を修復する必要がある。そのためにはワシントンポストの記事がこれ以上波及していくのをなんとしても防がなければならない。

もう一人、やっかいなのが、週刊セクロの蔵元という記者だ。上杉によると、蔵元はどうやら赤井や小栗とも接触しているらしい。

何が目的なのかわからないが、大磯町の商店街を歩いて、エリザベス・サンダース・ホームで暮らす子供たちに河崎がどんな罵声を浴びせていたのか、それを聞き回っているようだ。

内川均町議会議員にも当然辿り着くだろう。通っていた小学校、中学校の同級生で、成績は常にトップだった男だ。何故だかわからないが、相性が子供の頃から悪かった。つかみ合いの喧嘩をしたわけでもないが、とにかく肌が合わなかった。

大磯町に住んでいたからといって、エリザベス・サンダース・ホームの子供たちと頻繁に顔を合わせていたわけではない。外に出るなと、彼らは注意を受けていたのか、ホームの外に出てくることもほとんどなかった。

しかし、小学校高学年にもなれば、ホームの中だけの生活には飽きてきて、外に出てくる者もいる。その連中を見つけると、からかい、喧嘩を吹っかけていったのが河崎だった。

河崎はガキ大将で先頭に立った。

「そんなことしてもいいのかよ」

と、間に割って入ってきたのが内川だった。

何故あいつがエリザベス・サンダース・ホームの子供たちをかばったのか、いまだにその理由がわからない。正義感からだったのだろうか。蔵元は内川から話を聞いたはずだ。子供の頃の悪さはすべて内川が話しているだろう。すでにオサム・ウィリアムズに暴かれているので、そのこと自体はもはやどうすることもできない。

子供の頃しでかしたことだと、何を言われようがそれで押し通すしかない。

蔵元のことが頭から離れないのは、商店街の連中に健康状態についても取材して回っていたからだ。地元に帰れば、後援会や地元の集まりには必ず顔を出す。健康状態に真っ先に気づくのは、地元の連中だ。

商店街を歩いて回れば、去年の秋から体調は見違えるように回復したと答えるだろう。それを蔵元が聞き回っているのが気になるのだ。健康問題はエリザベス・サンダース・ホーム報道よりも、河崎には触れられたくないテーマなのだ。健康問題というよりも、元気になれた理由を絶対に知られたくない。

蓼科が上杉亮から聞き出した情報によれば、蔵元は数年前まで記者の資料集めをしていたアルバイトで、出版社の就職試験にすべて失敗し、フリーの契約記者になった新人だということだ。

それが事実ならそんなに神経質になることもないが、やはり総裁選を目の前にして、余計なトラブルは避けたい。

事態を鎮静化させるには、オサム・ウィリアムズに謝罪訂正記事とは言わないまでも、これまでの河崎の政治的実績、政治的手腕に言及する記事を一本書いてもらうのが最善策だ。

しかし、オサム・ウィリアムズの懐柔には完全に失敗した。負のスパイラルで、世界霊命教会の支持も失いかねない。ただ救いはあの蜂須賀静怒と名乗るロサンゼルス支部長の僧侶だ。蜂須賀はオサム・ウィリアムズの友人だと言っていた。蜂須賀に間に入ってもらい、もう一度オサム・ウィリアムズとの関係修復に動いてみる必要がある。それしか方法がない。

オサム・ウィリアムズに直接会えば、彼が横田修かどうか直接確認することもできるだろう。オサム・ウィリアムズとの仲介役を拒絶されたとしても、オサム・ウィリアムズについての情報を蜂須賀が知っている可能性もある。まずは蜂須賀を一人呼び出せるかどうかがカギになる。

　河崎と蜂須賀、二人だけで話をして、アメリカでの会員の怒りがどこにあるのか、具体的に聞きたいと蜂須賀に申し入れをするように蓼科に指示した。

　河崎が蜂須賀に会いたいと申し入れをすれば、当然末松会長の耳にも入るだろう。蜂須賀が一人で出てきたとしても、話した内容は当然末松の耳にも入る。それらの点をすべて計算の上で、蜂須賀には会う必要がある。

　蓼科はすぐに蜂須賀とのアポイントメントを取り付けた。蜂須賀が宿泊しているのはホテルニューオータニだ。議員会館からは目と鼻の先だ。河崎が一見してハーフとわかる男と会っていれば、周囲の注目を浴びるのははっきりしている。

　蜂須賀が会うことに同意したとしても、人目につくところは避けなければならない。ホテルニューオータニのスイートルームなら忌憚のない話ができるかもしれない。どうやって蜂須賀を末松会長から引き離して、河崎との密談を設定するかにかかっている。

　蓼科をホテルニューオータニに向かわせ、直接交渉するように命じた。

　その夜は大磯の自宅には戻らず赤坂のマンションに泊まった。携帯電話が鳴ったのは十一時を回った頃だった。

「会えました」

蓼科の低くくぐもった声が聞こえてきた。クラクションの音が聞こえた。

「外なのか」

「これからタクシーに乗ります」

ドアを閉める音と同時に蓼科の声が響いてくる。

「明後日の夜、ホテルでとアポを取りました。部屋は先ほどフロントで予約を入れておきました。詳細は明日ご報告します」

「わかった」

そう答えて河崎は電話を切った。

サイドボードからザ・マッカラン二五年を取り出し、タンブラーグラスに注いだ。冷蔵庫から氷を取り出してきて、二つ、三つ放り込んだ。ウィスキーと氷がなじむのを待って、一口飲んでみる。慣れ親しんだウィスキーがゆっくりと胃に落ちていく。

落ち着け、きっとうまくいく。そう自分に言い聞かせながらグラスを口に運んだ。ストレスがたまっているのだろう。一杯だけでは収まりそうにもない。少し多めにウイスキーを注ぎ、今度は氷を入れずに飲み始めた。

日向に放り投げた氷の欠片のように不安やストレス、苛立ちが溶解していく気分だ。

一年前はとても酒を飲んでいられる状態ではなかった。今は以前のように酒量を気にしないで飲めるほど健康状態は回復している。もう一杯くらいはいいだろう。河崎は三杯目を作った。

飲めば飲むほどに、すべてが自分の都合のいいように解釈できて、どんな難題でも自分の思い通りに進み、解決していくように思える。この酒の効力に河崎はいつも救われてきた。しかし、過度の酒は肉体を徐々に破壊していくというやっかいな副作用がある。危険信号が灯っているのはわかるが、その危険信号をも酒は消し去ってくれる。消し去るために酒量はさらに増えていく。そして破滅の一歩手前まで酒に依存してしまった時期もある。それを克服してなんとかここまで回復してきたのだ。ほどほどのところで河崎は飲むのを止めた。

急に睡魔がかぶさってくる。このまま朝まで眠れればいい。以前は前後不覚になるまで泥酔しても、数時間まどろんだ程度で目が覚めてしまった。そこから眠ろうとしても、眠れなくなってしまう。睡眠導入剤を処方してもらっても、結果は同じだった。去年の秋からはそうしたこともなく朝まで眠れた。オサム・ウィリアムズの記事が出るまでは、睡眠不足に陥るようなこともなかった。

記事が出た後、どうしたことか酒量も増えてくるし、熟睡できる時間も減ってきた。去年の夏頃と同じ状態に戻りそうだ。早く元の生活パターンを取り戻し、総裁選に向けて、態勢を整えていかなければならない。資金は潤沢にあるのだ。資金力が票集めに直結する。

河崎は寝室のベッドに身を横たえた。

目を覚ましたのは午前七時過ぎだった。六時間は眠っている。これだけ眠れば、意識も明瞭だ。以前のように霞のかかったような意識のまま登院することもない。

身体は若い頃と同じで、健康そのものだ。何も恐れる必要はないのだ。河崎は自分に言い聞かせた。

迎えの車はいつも八時半にマンション前のエントランスに乗り入れることになっている。昨夜はシャワーも浴びずに眠ってしまった。河崎は暖かいシャワーを頭からかぶり、目を覚ました。

やはり去年の夏頃とはまったく違う。十分眠ったと思っても、以前は睡眠不足のような体のだるさ、そして曇りガラス越しに外の風景を見ているような鬱陶しさがいつもつきまとっていた。シャワーを冷たい水に変え、体が震えるくらいまで、冷たい水に打たれていても、ぼんやりとした意識が鮮明になるということはなかった。

それが今はまったくないのだ。病院に通うのも一、二ヶ月に一度程度ですんでしまう。去年の通院生活とは雲泥の差だ。後援会のメンバーが理事長を務める病院で治療を受けてきた。国会議員という職務のために、病名は絶対に知られたくない。秘密が保たれたのは、理事長が主治医だったからだ。

シャワーを浴びてバスルームから出ると、すっかりアルコールは抜け落ちて、食欲が湧いてくる。自分でコーヒーを淹れて飲みたいが、それだけの手間暇をかけている時間はない。今も以前と同じように無糖の缶コーヒーが冷蔵庫にはぎっしりと詰め込まれている。

その缶コーヒーをコップにも移さずプルトップを引き抜き、一口飲んでから一斤五枚切りの厚めのパンをトースターに放り込み、こんがりと焼いた。

たっぷりバターをつけて、コーヒーで胃の中に流し込む。着替えはバスルームの籠の中に放り込んでおけば、三日おきに来るお手伝いさんが部屋の掃除や洗濯をして、飲料水、レトルト食品を買い足してくれる。

この状態を維持できれば、総理総裁も夢ではない。

主治医からはアルコール依存症で、アルコール肝硬変と言い渡されていた。長生きしたければ、政界を引退して専門病院でまずアルコール依存症の治療にあたる必要があると助言された。肝臓も数年のうちに移植が必要な状態に陥ると警告されていた。場合によっては、肝臓移植の権威を紹介するが、肝臓移植の機会はまずないと思えと宣告された。それがある日を境に奇跡的な回復を見せている。特別な治療を施したわけではない。酒を飲まなくなっただけだ。酒を飲まなくても、眠れるようになったのだ。

安川総理は半年以上も休日を取らないで働きづめだ。どんなに健康な人間でも体調を壊すに決まっている。しかし、政治家はそれを口にした瞬間に国民の支持を失う。憲政史上最長の連続在職日数を更新し続けている。体調管理のために二週続けて通院しただけで大騒ぎになるのだ。いずれにせよ来年で任期は終了する。

すでに次期総裁選は水面下で始まっている。つまらない記事で評価を下げるようなことは避けなければならない。アメリカでも話題になればと思ってオサム・ウィリアムズの取材を受けたが、エリザベス・サンダース・ホームの子供たちにまつわる話を持ち出してくるとは想像もしていなかった。

まずは蜂須賀と直接会ってオサム・ウィリアムズの正体を聞き出すことだ。明日になれば、手がかりくらいはつかめるだろう。うまく進展すれば、蜂須賀に仲裁役を頼めるかもしれない。焦らずに目の前にある障壁を一つずつ取り除いていくことが、総裁選への足場固めになるのだ。

朝食をすませ身支度を整える。八時二十分だ。そろそろ階下に下りる時間だ。

議員連中の間には急な健康回復ぶりに、違法な薬物を使用しているのではと冗談とも本気ともつかない話をふってくる者もいる。

「昨年の訪中以降、河崎先生、肌の艶が違いますね。中国で習近平主席や共産党の幹部しか手に入れることのできない漢方薬を入手したというのはホントですか」

河崎はニコッと歯を見せ笑った。

「まあ、中国首脳も私にもっと長生きしてほしいのか、いろいろと気を遣ってくれているようです。君も欲しいのなら、大河会の勉強会に参加したらいい。そうしたら中国から送ってもらいますよ、十歳くらいは確実に若返ります」

大河会は河崎の派閥名だ。自分の派閥に加わるように誘ってみた。

若手議員が苦笑いを浮かべている。さらに河崎は追い打ちをかけるように言い放つ。

「君もそれくらい健康管理に気を遣わないと。若い女性、主婦層の票を集めるには、男としての魅力を前面に打ち出すのがいちばんだぞ」

河崎は大声で笑い飛ばして見せた。

以前は河崎に話しかけてくる議員は少なかった。何故なら、朝から河崎が吐く息は酒の臭いがした。口臭に誰もが顔をそむけ、足早に立ち去っていった。一緒にエレベーターに乗るのを躊躇う議員さえいた。

その上に一年前の今頃、河崎は迎えに来た車に乗るのにも蓼科の肩を借りるような状態だった。それを周囲の議員に見られているだけに、現在の河崎の変貌ぶりは、やはり違法薬物か妙なサプリメントを使っているとしか思えないのだろう。

からかい半分で声をかけてくる議員の反応を見るのが、河崎にとっては楽しみの一つになっていた。

レギュラー選手が負傷して退場するのを期待しながらベンチを温めていた控えの選手が、監督に呼び出されるのを今か今かと待ち構えているのと同じで、河崎の退場を心密かに望み、河崎の役職を狙っていた議員は落胆することになる。

河崎の健康回復と、そして世論の河崎支持の雰囲気が盛り上がり、やがてそれは河崎総理待望論に彩られていく。河崎の退場を望んでいた議員は落胆から、今度は羨望に変わる。いままで挨拶もしないで通り過ぎていった議員までもが健康回復ぶりを喜び、称賛するような口ぶりでにじり寄ってくるのだ。

次期総理の一候補といった情報が流れただけで、多くの議員がそれまでとは異なる対応を見せた。

俺が次期総理に就任したら、あいつらはどんな顔をするのか。それを想像するだけで、河崎はなお一層元気にそして愉快になれた。

かなり前だ。北朝鮮に拉致された被害者家族と会って、一日も早い解決を要望された。北朝鮮が独裁国家であることは説明するまでもないが、親から子、子から孫に政権が三代にもわたって移譲されるのは極めて異常な独裁国家だと断じた。

「祖父の経済的基盤、父親の選挙地盤を受け継いで議員になったお前が北朝鮮の体制を批判するなんて滑稽だ」

野党議員だけではなく、与党の議員からも陰口を叩かれた。言った本人は忘れているが、河崎は記憶している。

三階堂豪だ。確かに三階堂は叩き上げの古いタイプの議員だ。県会議員を数期務めてから国政に上がってきた。地元の支持は揺るがない。三階堂を慕う議員は多い。しかし、三階堂議員の派閥はどちらかと言えば弱小派閥だ。三階堂派は圧倒的に集金力が他の派閥より劣っている。それが証拠に閣僚を送り出せるのは、各派閥の勢力が拮抗している時に限られている。

以前は河崎を中傷していた議員までもがお世辞を使って接近してくるのだ。それほど河崎を支持する気運が世間には広がり、今までのように無視することはできないという雰囲気が議員連中の間にも広がっていた。

議員会館に入ると蓼科の報告を真っ先に聞いた。

「確定した時間はわからないが、八時頃にはホテルに戻るそうで、それからなら時間は取れるということでした」

それを聞き、河崎は探していた資料をようやく見つけ出したような安堵感を覚えた。

その日一日、順調に職務をこなした。やはり適度の酒は活力の元になる。マンションに戻り、その日の夜もザ・マッカラン二五年をオンザロックで三杯飲んで寝た。

次の日の朝、目覚めはよかった。議員会館で仕事をこなして、夕方六時過ぎにはホテルニューオータニのスイートルームにチェックインした。同席しましょうかと蓼科が言ってきたが、蜂須賀と二人だけで忌憚のない話をするからと、蓼科を帰宅させた。議員生活をスタートさせた時からの秘書だが、彼にさえも聞かれたくない話はある。

蜂須賀が来るまでまだ時間はある。冷蔵庫を開けた。飲みたい銘柄のウィスキーはない。ビールならそれほど酔うこともない。缶ビールを取り出し、一缶を飲みほした。喉が渇いていたのだろう。

インターホンが鳴ったのは八時前だった。河崎がドアをそっと開けると、蜂須賀が立っていた。

「遅くなりました」

蜂須賀が深々と頭を下げた。

「どうぞ、入ってください」

スイートルームの応接室には食事用のテーブルとソファが置かれている。

「食事はどうしますか」河崎が聞いた。

「いや、結構です。アメリカに戻れなくなって、霊命教会のいくつかの支部を回り、小グループですが在米の会員についてお話をさせてもらっています。今はその帰りで、皆さんと食事をして戻ってきました。私は水をいただければ」

河崎は冷蔵庫からミネラルウォーターと缶ビールを取り出してきて、センターテーブルの上に置いた。

「私はこれをいただきます」と二杯目のビールを開け、喉を鳴らしながら胃に半分ほど流し込んだ。

蜂須賀はミネラルウォーターの栓を取り、コップに半分ほど注いで、その水をうまそうに飲んだ。コップをテーブルに戻して、蜂須賀が言った。

「オサム・ウィリアムズの件でお話があると、蓼科さんからお聞きしましたが……」

「ええ、そうなんです。記事を書かれ、裁判と口にしたものの、私も七十半ば、政治家としての生命もそれほどあるとは思っていません。裁判をする気もないし、子供の頃とはいえ、ずいぶんひどいことをサンダース・ホームの子供たちに言い放っていたという記憶は正直に言えばあります」

「そうでしたか。それではオサム・ウィリアムズの書いた記事がでたらめだったということにはなりませんね」

「そうです。それを可能なら蜂須賀さん経由でオサム・ウィリアムズ記者に伝えてもらえないかと思いまして……」

河崎は缶ビールに手を伸ばして、残っていたビールをすべて飲みほした。やはり喉が渇く。オサム・ウィリアムズの協力が得られないと、事態はさらに悪化する。それを思うと緊張してしまう。なんとしても蜂須賀を抱き込む必要があるのだ。

「河崎先生が事実をお認めになっているのを彼に伝えればよろしいのですか」

その通りなのだが、蜂須賀には阿吽の呼吸というか、玉虫色の妥協点というのが、理解できていないようだ。どう説明すればわかってもらえるのだろうか。

「認めたというのをまたワシントンポストに書かれると、日本のマスコミもまた騒ぎ出すので、そうならないように、なんとか穏便に……」

河崎は苦笑いを浮かべ、蜂須賀の機嫌をうかがうように表情を見ながら続けた。

――なんで俺が世界霊命教会のロサンゼルス支部長ごときに気を遣わなければならないのか。

河崎は屈辱と込み上げてくる苛立ちを抑えながら説明した。

「記事にしてもらうと困るが、私にも立場というものがあるので……。それは蜂須賀さんにもわかっていただけるのではないでしょうか」

「こういうことでしょうか。河崎先生は裁判に訴えると言いましたが、訴訟は起こさない。子供の頃、エリザベス・サンダース・ホームの子供たちにひどいことを言ったのは記事の通り事実だ。でも、それをまた記事に書かれても困る。反省しているので穏便にすませてもらえないか。こうオサム・ウィリアムズに伝えればよろしいのでしょうか」

その通りなのだが、もう少しオブラートに包むような言い方ができないものかと、蜂須賀の言い回しに説明のつかない反感を覚える。医師に処方された粉末状の薬を水なしで飲まされているような気分だ。しかし、オサム・ウィリアムズにはその方が真意が伝わるだろうと思い直した。

「その通りです」

「わかりました。明日にでもオサムに連絡を入れてみます。結果はまた報告させていただきます」

今なすべきことは果たした。後は結果を待つだけだ。

「ところで、蜂須賀さんとオサム・ウィリアムズ記者との付き合いは長いのですか」

話題を変えて、オサム・ウィリアムズについて聞き出してみようと思った。

「そうですね。お互いにまだ二十代後半、大学を卒業した頃に知り合ったと思います」

「それではもう五十年くらいの付き合いになるんですね」

それならオサム・ウィリアムズの素性を知っていても不思議ではない。

「実はある方、私の選挙区の方からお聞きしたのですが、オサム・ウィリアムズ記者はエリザベス・サンダース・ホーム出身の方だろうと……」

河崎はブラジルから出稼ぎで戻ってきた赤井富雄からの情報だというのは明かさなかった。

「エッ、それは本当ですか。自分のことを友人に語るような性格の男ではありません。私はそうした話を聞いたことはありませんね」

赤井富雄から上杉が聞き出した情報はガセネタの可能性が出てきた。それならばいいのだが。

「大磯町で育った後援会のメンバーの一人が、新聞に掲載された写真を見て、裁判なんかしても負ける、あの記者はリンダース・ホーム出身だと自信を持って話すものだから……」

「明日その件についても聞いてみますよ」

蜂須賀は屈託のない調子で答えた。

「これ以上問題を大きくしないで、世界霊命教会の支持を今後もいただきたいので、末松会長にもよろしく伝えてください」

河崎は下げたくもない頭を下げて見せた。

「会長も今回の件は苦慮されています。でもなにもかもきっとうまくいきますよ」

蜂須賀は手軽な頼まれごとを引き受けたような調子で答えた。

それが河崎の心に引っ掛かり、急に不安を覚えた。

余計なことまで蜂須賀は周囲に、しかも誇張して話すことはないだろうか。

「くれぐれも慎重にお願いします。私の政治生命がかかっています」

河崎は蜂須賀を睨みつけるようにして言った。それでも蜂須賀は平然として答えた。

「わかりました。私にお任せください」

生まれつき明るい性格なのか、蜂須賀の返答に河崎の不安は増すばかりだった。

13 再 会

とうとう痺れを切らして河崎が動き始めた。

蜂須賀からの連絡を受けて、藤沢譲治はそう思った。

蜂須賀、オサム・ウィリアムズ、小栗勢子、そして帝国ホテルに滞在している坂田真弁護士とは常に連絡を取り合っている。坂田によると、WHOの要請で武漢に入り、コロナウイルスの調査に入っていたヒロカズ・デービスが、特別機で横田基地に密かに戻るようだ。

「ヒロカズだけではなく、同時に武漢に入ったアメリカ人スタッフもWHOが用意したチャーター機で、米軍横田基地に入り、そこで給油してからニューヨークに戻る予定になっている。ヒロカズだけは、横田基地にしばらく隔離されるが日本に入国すると言っていた」

坂田がヒロカズからの情報を伝えてくれた。

これで六人が日本に揃うことになる。

五十五年ぶりだ。

オサム・ウィリアムズは横田修なのか、河崎は蜂須賀に聞いてきたようだ。オサム・

ウィリアムズの記事掲載後、河崎も周囲で異変が起き始めているのをそれとなく感じているのかもしれない。

河崎は総理の器ではない。これから待ち受けているのは侮蔑と汚辱にまみれた余生だ。すべてを失い、糞尿の中をのたうち回りながら長い時間を送ればいい。それが河崎にもっともふさわしい晩年だ。河崎が国会議員に就いていること自体が問題なのに、よくもぬけぬけと総理総裁などと口にできたものだ。

しかし、それがアメリカやブラジルの仲間に伝わり、この計画が動き出した。汝の敵を愛せよとはよく言ったものだと、藤沢は思った。

蜂須賀がオサム・ウィリアムズからの回答を伝えると、河崎は激しく動揺したようだ。

「安川政権の動向を見据えながら、適切な時期に河崎の過去を洗いざらい記事にする。反省が聞いてあきれる。穏便に済ませられる話なのか、胸に手を置いて考えてみろ。記事に備えて弁護団を早く組織しておけ」

オサム・ウィリアムズからのメッセージを、レストランのウェイトレスが厨房のコックに客のオーダーを伝えるような調子で、蜂須賀は電話で告げた。

河崎は沈黙してしまい、聞こえているのかどうか蜂須賀が確かめた。

「河崎先生、聞こえていますか」

それでも返事がない。

「河崎先生」

蜂須賀が怒鳴るような声で呼びかけると、「聞こえています」と消え入りそうな声で反応があったらしい。

「念のためにもう一度繰り返します」

こう言ってから蜂須賀は同じ文面を読み上げた。

「ありがとう。お世話になりました」

震える声で河崎が答えた。

この話を蜂須賀は笑いをこらえながら藤沢にしてきた。

「心筋梗塞か、脳溢血で倒れるのではないかと思えるような、頼りない、かぼそい声だった」

そのメッセージに、オサム・ウィリアムズが何を書こうとしているのかを悟ったはずだ。それは狼狽ぶりからもうかがえる。

「俺のことはまだ何も気づいていない」

それはそうだろう。蜂須賀静怒なんていう名前のエリザベス・サンダース・ホーム出身者はいない。入間悟が蜂須賀の本名だ。入間基地前に遺棄されていた。

蜂須賀家に養子に入り、義父と同じ僧侶の道を歩いている。静怒という名前には、様々な怒りを押し殺して生きている入間悟の思いが込められ、名付け親は養父の蜂須賀泰山だ。

蜂須賀は、ロサンゼルスと東京の往復を頻繁に繰り返していた。世界霊命教会が河崎を支持しているのを知り、河崎の動向は藤沢や蜂須賀を通じて、アメリカの仲間やブラジルの勢子に報告されていた。

「俺の正体にもいずれあいつが気づく時がくる。勢子が大泉町にいるのもわかっているし、お前のことは調べればすぐにわかる。何らかのアクションがあるかもわからないから、身辺にはくれぐれも注意しろ」

蜂須賀の言うとおりだ。追いつめられて河崎がどんな手段に出てくるか、わかったものではない。気をつけるに越したことはない。

「これからはお互いになお一層密に連絡を取り合う必要があるな」

藤沢が言った。

「俺には毎日必ず連絡を入れるようにしろ」

「わかった」

「いちばん狙われやすいのはお前と勢子だ。俺やオサムには手を出しにくいからな」

坂田弁護士に至っては日本にいることさえ、河崎は気づいていない。ヒロカズ・デービスの動きは頻繁に新聞やテレビで報道されている。しかし、ヒロカズ・デービスが厚木広和だとは、河崎には想像もつかないだろう。

蜂須賀がオサム・ウィリアムスとの仲介役を果たしてくれると、河崎は期待していたようだが、それは一蹴され、オサム・ウィリアムズが横田修なのかどうかもはっきりしていない。

赤井はそれまで暮らしていた川口市のアパートから姿を消した。よけいなことを赤井からマスコミに漏らされても困ると思って、河崎がどこかに転居させたのだろう。赤井もさんとす丸に乗船していた。日本のマスコミがオサム・ウィリアムズの写真を掲載したが、いくら五十五年ぶりとはいえ、赤井ならオサム・ウィリアムズの正体に気づいただろう。

赤井は計画については何も知らない。いくらあいつを囲い込んだところで、河崎にはそれ以上の情報が流れることはない。

とはいえ河崎は自分の周辺に危機が迫っているのは感じている。赤井からの情報取得が無理とわかれば、狙われるのは勢子とそして藤沢だ。勢子の二人の子供はすでにブラジルに帰国している。勢子もコロナで帰る時を失しただけとわかれば、ターゲットにされるのは藤沢だろう。蜂須賀の忠告もあたっている。

海外移住組がすべて日本を離れた後、しばらくしてから藤沢と河崎は顔を合わせる機会が度々あった。父親の政界引退にともない、選挙基盤を受け継ぎ、河崎が出馬した年だった。

立候補の第一声を故郷大磯町の駅前で挙げると聞いた藤沢は、わざわざ東京から大磯町まで出向いた。藤沢は最前列で河崎の演説を聞いた。

演説が終わり選挙カーから降りてきた河崎は満面の笑みを浮かべながら、聴衆に一人ずつ握手をしていた。藤沢と握手する順番が回ってきた。まさか黒い肌をしている藤沢を飛ばして次の主婦と握手するわけにもいかなかったのだろう。

「河崎です。よろしくお願いします」

と言って藤沢と握手し、隣の主婦に移ろうとした。

藤沢は熱烈な支持者のように両手で河崎の手を握り締め、離そうとはしなかった。

「熱のこもった堅い握手をありがとうございます」

何も呑み込めていないうぐいす嬢が、選挙カーの上から藤沢に礼を述べている。藤沢の手を振り払おうとしている河崎の耳元に口を寄せて、大きな声で藤沢が言った。

「あの悪ガキが、国会議員かよ。世も末だな」

「藤沢か」

河崎には見覚えのある顔で、藤沢譲治とすぐにわかったのだろう。

河崎は藤沢の七歳年上になるが、藤沢が高校を卒業する頃までは、大磯町でしばしば顔を合わせていた。藤沢は成績優秀で神奈川県立の名門、湘南高校に進学した。沢田美喜は奨学金を受けながら、大学に進んだらいいと言ってくれたが、藤沢は高校を出て就職する道を選んだ。

時折、エリザベス・サンダース・ホームには、アメリカあるいはブラジルに移住した連中から手紙が届いていた。キュラソー組は、パール・バックの後ろ盾があったせいか、四人とも大学を目指して勉強し、それぞれが大学に進学していた。

ブラジルに渡った連中は、想像もしていなかった過酷な自然と、電気もない生活で農場は崩壊した。しかし、日本に帰りたいと言ってきた者は誰一人としていない。彼らの話では、ブラジルの土を踏んで以来、日本にいた時のように肌の色でとやかく言われたことは一度もないという。周囲は様々な肌の色をした人間ばかりで、何故ポルトガル語が話せないのか、逆に不思議がられていると手紙で知らせてきた。

彼らから届く手紙を見るたびに、アメリカかブラジルに移住したいという思いが日に日に強くなっていった。というよりは藤沢は日本にはいたくなかったのだ。沢田美喜の紹介で大企業に就職できた。しかし、長続きしなかった。

沢田の紹介ということもあり、藤沢に対して正面切って差別的な言葉を吐く者はいなかったが、裏に回れば一流会社といわれていても、同じだった。今度こそ、今度こそと思っても、藤沢にとってはどこも同じだった。

日本を離れればこの煩わしい肌の色にまとわりつく問題から解放される。しかし、アメリカへの入国は厳しくなり、憧れのブラジルも農業移民の受け入れを止めてしまった。気持ちの整理がつかないまま時が流れ、藤沢は突風に巻き上げられた枯れ葉、糸の切れた凧と同じだった。結局、藤沢が流れついたのは水商売の世界だった。

ベース奏者としてジャズバンドに加わり、銀座や六本木のクラブでライブ演奏していた。そのクラブに客として河崎はよく来ていた。議員だった父親の秘書であり、河崎グループの役員としての肩書もあった。

河崎はバンドメンバーに藤沢がいるのに気づき、ホステスを通じて演奏が終わったらテーブルに来るように言ってきた。藤沢が呼ばれたテーブルに行くと、二人のホステスに挟まれ、踏ん反りかえっていたのが河崎だった。

「一人だけ黒人のミュージシャンがいたが、誰かと思ったらジョージか」

親しそうに話しかけてきた。

「少しは言葉の使い方を覚えたようだな。デキの悪いガキにしては」

子供の頃、黒人という言葉を河崎は使ったことなどない。

以前の河崎なら差別的な言葉を投げつけてきたが、ソファに深々と腰を沈め、作ったような笑みを浮かべていた。それでも険悪な空気が流れているのはホステスにもわかる。

河崎と藤沢が知り合いだったのを知り、子供のように驚いている。やりとりを聞いていたホステスはどのようにその場をつくろったらいいのか、戸惑っているのが伝わってくる。

「ジョージさんとお知り合いだったんですか」

河崎の右隣のベテランホステスが困惑した表情を隠すように、河崎の前に置かれたグラスを取り、さりげない様子で水割りを作った。

「ああ、ガキの頃からの喧嘩仲間さ」

藤沢が答えた。

「とっくにアマゾンに移住し、猿と一緒に暮らしているとばかり思っていた」

河崎は声を出して笑った。

「それは残念だったな。お前は相変わらずオヤジ経営の動物園で飼育されているライオンっていうところか」

「百獣の王のライオンか、少しはお世辞をいうくらいの知恵が備わったようだな」

「まあ、百獣の王には違いないが、檻の中で与えられたエサしか食えない、一生サバンナを走ることもないし、自分の力では鼠一匹捕まえて食うことのできないライオンだ」

藤沢はあざ笑うかのように、唇の片方にだけかすかな笑みを浮かべて答えた。

「なんとでもほざいていろ。どこの馬の骨ともわからない、お前さんたちと俺とでは違うんだ。世間はそんなことは全部わかっているんだよ」

河崎も藤沢の出生をホステスにぶちまけるぞと言った顔をしている。それ以上はバカバカしくて河崎と話をしている気にはなれなかった。

「まあ、ゆっくり飲んでいってくれ」

藤沢は席から離れた。

「おい、もう少し付き合え。逃げる気か」

背中から河崎の声が追いかけてくる。

「逃げるって、なんで俺が逃げなくてはならんのだ。次の演奏の準備がある」

藤沢はそのままバンドマンの控室に戻った。

バンドは解散したり、新たなメンバーで結成されたりしたが、藤沢はベース奏者としていつもライブ演奏には加わってきた。ベース奏者としては仲間内では高く評価されている。演奏するのはいつも銀座、赤坂、六本木の高級クラブで、河崎とは二、三年に一度はどこかのクラブで顔を合わせていた。

しかし、藤沢が六十歳を迎えた頃だっただろうか。河崎の顔をクラブで見かけることはなくなった。さらに五、六年が経った頃から新聞やテレビで河崎の引退が囁かれ始めた。それが突然、総裁選の有力候補として河崎の名前が挙がってくるのだから、政界というのは一寸先がヤミで何が起きるかわからない世界のようだ。

河崎は総理総裁を目指して水面下での動きを活発化させていた。その出鼻をくじいたのがオサム・ウィリアムズの記事だ。オサム・ウィリアムズはエリザベス・サンダース・ホームから移民船さんとす丸に乗船した横田修だ。蜂須賀静怒は、その事実を伝えなかった。

藤沢のところに事実を確かめに来るのも時間の問題だ。

ゴールデンウィークも終わった。コロナも収束したようには見えるが、専門家は第二波を早くも警戒していた。そもそも検査数が少ないのだ。実態とはかけ離れた数字を見せられても、収束するとは誰も信じてはいない。

安川政権はコロナ対策に追われていた。その間に河崎は先を見据えて、支持者を集めることができる。

河崎が総裁選に貪欲であればあるほど、必ず藤沢に接触を求めてくるはずだ。

藤沢の読みは当たっていた。

コロナの感染者は減り、底を打ったように思えた頃だった。どうやって調べたのか、河崎本人から藤沢の携帯電話に連絡が入った。

「俺だ、わかるか」

声で河崎議員だとすぐにわかった。

「大先生か、珍しいこともあるもんだ。どういう風の吹き回しだ」

藤沢は何も知らないような素振りで聞いた。

「あいの子ミュージシャンも元気そうでなによりだ」

河崎の周囲には誰もいないのだろう。本性丸出しで話しかけてくる。

「あんたこそ今期で引退だと世間は思っていたのに、総理総裁の座に就こうなんて、身の程知らずもいいところだ。さっさと引退して、大磯で釣りでもしているのがお似合いだ」

「世の中がやっと覚醒し、俺の話を真剣に聞くようになった。だから河崎総理待望論が国民の中から出てきているんだよ」

トランプ大統領を熱烈に支持するアメリカ国民もいる。トランプ大統領は移民を排撃し、白人至上主義を掲げた。それをまねて排外主義を声高に主張すれば、総理の座も夢ではないと河崎は真剣に考えているようだ。

「止めとけ。お前に総理が務まるはずがない。その年になるまで重要なポストに就いたことなど一度もないだろう。民主連合党議員にも人を見る目のあるヤツがいるってことだ」

藤沢は河崎を小馬鹿にするような言葉を投げつけた。

「日本国民が俺の登場を求めているんだ。日本に住むのは日本人だけでいい。お前みたいなクロンボは日本にはいらない。とっととアメリカでもブラジルにでも出て行ってくれ。俺は移民の入国に反対し、外国人労働者の入国も制限する政策を掲げ、総理の座に就いてみせるさ」

すぐに冷静さを失い、感情に任せて暴言を吐くのは子供の頃から何一つ直っていない。

「悪かったなあ。俺みたいな人間が日本に居座って。お前みたいなロクデナシとは違って、共に生きていこうって考える人間もいるんだよ、日本には」

「数ヶ月後には、そんなことを言う人間は非国民だと叩かれる羽目になる。今のうちに好きなだけ言っておけ。このクロンボヤローが」

河崎は本気で総理の座に就けると思っているようだ。底抜けのバカだ。こんな人間が総理になれるはずがない。頭の中身は子供の頃から成長していない。「ヘイトスピーチ解消法」が、二〇一六年から施行されているのを知らないのか、忘れているのか。そんなことはお構いなしの発言をしている。

「今からでも遅くない。大磯海岸での引退セレモニーの準備でもしておいた方がいいぞ」

「引退セレモニーではなくて、総理就任の地元祝賀会を大磯海岸で開いてみせる。その時にはお前にも招待状を送ってやる」

「野党のヤジに鍛えられたようで、なかなかの返しを言ってくれるではないか。でも大先生よ、夢を見るのはそこまでにしとけ。しょせん親の選挙基盤を引き継いだ典型的な能無し二世議員のサンプルなんだ、あんたは。国会議員だってよくも今までやれたもんだ。感心するよ。あんたが国会議員なら、チョウチョ、トンボも鳥のうちなんだよ」

藤沢は侮蔑と愚弄を河崎議員に言い放った。

「そんなにいきり立つなよ、大切な用件が切り出せなくなる」

河崎は落ち着き払った口調で話しているが、電話口の向こうでチアノーゼを起こしたように紫色の唇を震わせている姿が、藤沢には目に浮かんだ。

「はぁ、用件?」

藤沢はやはりと思った。

「なんだ、用件っていうのは」

「会って直接話したい」

河崎は電話での話を拒否した。

「会ってもいいが、会って話さなければならないほど俺たちは親密な間柄ではないだろう」

子供の前でほしがる玩具を見せびらかし、すぐにしまい込んでからかうように、河崎を焦らせてみた。

「どうしてもあんたから聞きたいことができたんだよ」

クロンボだのあいの子だのと、子供の頃使っていた差別的な言葉がなりを潜めた。

「だから何を聞きたいんだよ。会ったところで口が裂けても言えないことだってあるぞ」

藤沢は思わせぶりな言葉をわざと吐き捨てた。

「今、どこのクラブで演奏をしているんだ」

ライブ演奏をしているクラブに来る気だ。

「コロナ騒ぎでやっている店なんかあるもんか」

「それなら昼間の一時間くらいなんとかなるだろう。話はすぐすむから議員会館にでも来てもらえるか」

「お前は、ついさっき俺を日本から追い出すと言っていたのに、今度は議員会館に来てくれだと。頭おかしいのと違うか」

藤沢は大声で笑った。

「ではキャピトルホテル東急にオリガミというラウンジがある。明日の午後三時にどうだ」

「まあ、時間があったら行ってみる」

河崎の聞きたいことはわかっている。

翌日、約束の時間から少し遅れて藤沢はオリガミに着いた。広いラウンジで客もまばらだった。すぐに河崎の席はわかった。相手もすぐに藤沢が来たのがわかったようで、手を挙げて合図してきた。テーブルには河崎しかいない。周囲にも客はいない。一人で来ているようだ。河崎はマスクをしていない。

「すまん、呼び立てて」

河崎は頭も下げずに言った。傲慢というよりも、両親から礼儀をしつけられるということがなかったのだろう。また周囲にはそれを咎める者もいなかったようだ。それでも親の威光で大したトラブルもなく今まで生きてこられたのだ。

「用件を聞こうか」

藤沢も挨拶もせずに、河崎の前の椅子に足を組んで座った。ウェイトレスがオーダーを取りにやってきた。

「コーヒーを」

藤沢がオーダーを伝えた。ウェイトレスが下がると、

「用件は二つある」

河崎がテーブルの上に身を乗り出した。藤沢は身を引いた。

「マスクもしていないのに、ソーシャルディスタンスを保って話をしろ。それくらい

小学生でもわかるぞ」

「その黒い顔が懐かしいもので……」

河崎は体を戻しながら言った。嫌味なところは昔と何も変わっていない。

「それで」藤沢は話を急かせた。

「ワシントンポストのオサム・ウィリアムズはサンダース・ホームの出身者だというのはホントなのか」

「本人の取材を受けたんだろう。お前が本人に聞いたらいいだろう」

藤沢はまったく取り合わなかった。

「事実はどうなんだ」

それでも河崎は執拗だ。簡単には引き下がれない事情が河崎にはあるのだ。

「ワシントンポストの記事が世間を騒がせているくらいのことは知っているが、書いた記者については何も知らない」

「ワシントンポストの記者は横田修だというサンダース・ホーム出身者がいるんだ」

「お前もアホだなあ。誰だか知らないが、そんなヤツの言うことを信じて。いいか、横田修っていう男が施設で暮らしていたのは事実だが、とっくの昔にブラジルに移住して、今頃はサンパウロかリオで暮らしているはずさ」

藤沢は何も知らないふりをして話を続けた。

「横田と一緒にブラジルに移住した赤井とかいう男が、確かにオサム・ウィリアムズは横田修だと言っているんだ」

「赤井はアマゾンで胡椒を栽培していると聞いているが……」

赤井がデカセギに来日しているのは、勢子から聞いて知っている。しかし、徹底的にしらをきった。

「その赤井が日本にいて、横田修に間違いないと言っている」

「赤井が日本にいるって。それは初耳だ」藤沢は驚いてみせた。

「出稼ぎに来日している」河崎が答えた。

「あいつらがブラジルに行ったのは、もう五十五年も前だぞ。どこでどうしているか
付き合いなんかありゃしない。赤井が言うのなら、そうだろうよ……」

「付き合いがあるのは、お前が『ネエチャン』と慕っていた新橋勢子くらいか。しょっちゅう大泉町には行っているそうではないか」

子供の頃、藤沢は勢子を姉のように慕っていた。出稼ぎで来日した勢子と会ったのを何故河崎が知っているのか。藤沢は通りすがりの人間に、ふいに突き飛ばされたような気分だった。

「小栗勢子に聞いてみてくれ。彼女からなら正確な情報が聞けるはずだ」

「なんで俺や勢子が、お前に協力しなければならないのだ。昔、俺たちに何て言って

いたのか忘れたのか」

「もう一つの話というのはそのことだ。マスコミが取材に来たら、昔の話は忘れたことにしてほしい。それなりの手当はさせてもらうつもりだ」

マスコミでこれ以上騒がれたくないのだろう。そのためには金を出すと言っている。金さえあれば何でもできると本当に信じているようだ。

「おまえのネエチャンだって、金に困っているから日本に出稼ぎにきているんだろう。苦労なんかしないで、金が手に入るようにしてやるって言ってるんだ、俺は」

ウェイトレスが「お待たせしました」とコーヒーをテーブルの上に置いた。

「不愉快だ。俺は帰る」

藤沢は立ち上がった。

河崎に言ったつもりだったが、ウェイトレスが勘違いしたようだ。

「遅くなって申し訳ありませんでした。オーダーはキャンセルさせていただきます」

「あなたに言ったのではない。気にしなくていい。コーヒーは河崎先生の頭からぶっかけてやってほしい」

ウェイトレスは真っ青な顔をして驚いている。

「俺の口を金で封じようとしても無理だからな」

「いつまでその強がりが続くか」

背中の声に思わず藤沢は振り返った。

河崎は不気味な笑みを浮かべながら、藤沢を睨み返してきた。

14　拉　致

元妻の香山真弓から突然電話が入った。

「沙瑛が帰ってこないの」

時計を見た。午前四時だ。一人娘の沙瑛も音楽に興味を持ち、私立の音大を卒業した後、一時はプロダクションに所属し芸能活動をしていた。しかし、ヒット曲を求める業界になじめず、結局ライブ活動を優先し独自の音楽活動を続けてきた。

コロナ騒動がなければ、藤沢自身、午前四時くらいに四谷にある自宅マンションに帰宅し、シャワーを浴びてほっとしている頃だ。

ミュージシャンはライブがすべて中止になり、インターネットでライブ配信したり、ユーチューブに動画をアップしたりして収入確保に懸命だ。

「動画の撮影がずれこんでいるのでは……」

と言ってはみたが、いつもと違って藤沢も気になった。

河崎とキャピトルホテル東急で会ったのは三日前だった。

別れ際に何がおかしいのか、意味のない笑みを浮かべていた。ふと河崎の含み笑いの声が聞こえたような気がした。

「携帯には出ないのか」

「何度かけても電源が切られているというメッセージが流れてくるだけなの……」

とにかく沙瑛のことになると、真弓は異常なほど神経質になった。

離婚後も真弓は沙瑛と言い争いをすると、不安にからかれて藤沢のところに相談の電話をよくかけてきた。

母親の異常な心配性は沙瑛も十分に知っていて、電源を切ることなどほとんどない。

真弓も養護施設で育った。両親は真弓が物心つく前に離婚しており、静岡県の養護施設で生活しながら高校を卒業した。上京してからはスーパー、コンビニ、老人ホームなどで働いてきた。両親はどこでどんな生活をしているのか、生きているのか死んでいるのかも、真弓は知らない。

真弓自身も風に吹かれた紙屑のように、最後には水商売の世界に入ってきた。そこで藤沢と知り合った。年齢は藤沢よりも一回り以上も下だ。銀座のクラブホステスをしていた頃、藤沢と出会い、同棲するようになった。

沙瑛を妊娠したことを契機に入籍した。それ以来、藤沢の行動に過剰と思えるほど干渉してきた。

クラブ入りした時、休憩時間、仕事が終わった頃、真弓は連絡がほしいと子供のように駄々をこねた。ホステスとの恋愛沙汰、不倫など日常茶飯だというのを真弓自身が熟知していた。そのために藤沢に逐一連絡を強いているのかと最初は思っていた。しかし、それにしては度が過ぎた。

電話をかけないでいると、夜が明ける頃、仕事を終えてクラブを出ると、見慣れた車が駐車していた。運転席にいたのは真弓で、後部座席には沙瑛が眠っていた。こんなことが何回も続き、藤沢の帰宅が遅れると、真弓はクラブのホステスに藤沢がそこにいるか確かめるようになった。

ホステスやクラブマネージャーから苦情が藤沢に入るようになってしまった。不倫の事実などいっさいないのに、真弓は一度思い込んだら自制心を失い、奇抜な行動に出た。よちよち歩きを始めたばかりの沙瑛を連れてクラブにまで押しかけてきたことさえあった。

沙瑛が幼稚園に入園した頃からだろうか。病的とも思える真弓の行動に、藤沢は真弓を連れて心療内科を訪れた。強迫性障害という診断が下された。カウンセラーと何度も面接した。

強迫性障害の原因は、おそらく生育期の経験が大きく影響しているだろうと、精神科医、カウンセラーの分析結果だった。藤沢にはなんとなくだが、真弓の気持ちがわかるような気がした。

家庭というものを知らずに育ってきた。藤沢はどちらかと言えば、家庭にそれほど期待するものはなかった。ブラジル移住の夢が潰えてからは、拠り所のない人生を送ってきた。家庭であっても、ここが自分の居るべき場所だという確信が持てずにいた。

そんな藤沢と対照的だったのが真弓だ。彼女にとって家庭は絶対的な存在だったのだろう。銀座だろうと六本木だろうと、酒が入った男はホステスを口説き始める。そうした酔客から金をどれだけ巻き上げられるのかが、ホステスの力量なのだ。そんな世界に真弓はずっと身を置き、男の正体を見てきた。

真弓にとって藤沢が魅力的に見えたのは、肌の黒い男に近づくホステスがいないことを十分知り尽くしていたからだ。

「ジョージさんと同じような生活環境で私も育ってきました。私のことをもっとも理解してくれるのはジョージさんだし、ジョージさんのことを理解できるのも私だと思う」

同棲している頃、真弓はよくこんなことを言っていた。

藤沢はホステスと遊んでいなかったかといえば、そんなことはない。ベッドを共にした女性は一人や二人ではない。しかし、長続きした付き合いは一度もない。それは藤沢の性格というより、ホステスたちが黒人とのセックスに興味を抱いて、藤沢に言い寄ってきただけだからだ。それがわかってからは、ホステスからの誘いを適当に受け流してきた。それが真弓には真面目な性格というふうに見えたのだろう。

結婚し、沙瑛が生まれれば少しは変わるかと期待していたが、真弓は良き夫、良き父親を藤沢に求めるようになり、藤沢の方から離婚を切り出した。

「やはり女がいたんだ、パパには」

離婚直前に真弓と交わした最後の会話だった。

しかし、養育費は沙瑛が大学を卒業するまでは振り込み続けた。真弓の方もスーパーなどでパートタイマーとして働いていたが、どうやって資金を貯めたのか、小さな喫茶店をはじめ、母子二人で暮らしていけるだけの収入は自分一人で稼ぎ出していた。

沙瑛に過干渉にならなければいいがと心配していたが、音大を卒業して芸能界に進んだ沙瑛のマネージャー的な存在で、母子の関係はうまくいっている様子だった。しかし、二十五歳を過ぎれば、沙瑛だって母親を煩わしく感じる時もあるだろう。それらしいことは時々藤沢にも連絡してきていた。

「心配し過ぎって、パパからも言ってよ」

沙瑛からそう頼まれた。だから「もう一人前の女性なんだから」と今回も真弓をたしなめようかと思ったが、それを躊躇させたのは、あの河崎の意味のない笑い顔だった。

「スケジュールはどうなっていたんだ」

「夜の七時から、有明湾岸スタジオでユーチューブ用の動画撮影と聞いていたけど

「……」

有明湾岸スタジオか。藤沢もバンドメンバー全員が揃って練習する時に、これまでに何度も使用したことのあるスタジオだ。

「行ってみる。もし沙瑛から連絡があったら携帯の方に連絡を」

藤沢は電話を切ると、マンション地下の駐車場に下りた。

この時間帯なら三十分もかからないでスタジオに着く。しかし、有明湾岸スタジオは閉まり、警備会社のガードマンが二人で警備にあたっているはずだ。

有明湾岸スタジオに着いた頃はすっかり夜が明けていた。シャッターが下ろされている。シャッタードアの横にインターホンがあった。それを押すと警備員の声が聞こえてきた。

「どちらさんですか。営業は九時からですよ」

「昨夜、ここで演奏した娘がまだ自宅に戻っていないんだ」

「そういう話だったら警察の方に行ってくれませんか」

いかにも面倒だという応対だ。インターホンはカメラ付きで、藤沢の顔を警備員は見ているはずだ。

「俺もこのスタジオをよく使っているし、オーナーもよく知っている。娘が来ていたかどうかくらい、教えてくれてもいいだろう」

オーナーと知り合いというのが、気になったのだろう。警備員は「今行きます」と答えた。すぐにシャッタードアのカギを開ける音がした。

「朝早くから申し訳ない」

藤沢が言うと、

「もしかしたらボーカルの沙瑛さんのお父さんですか」

と出てきた警備員が言った。沙瑛はどちらかというと顔つきは父親似だし、肌の色も藤沢とほとんど同じだ。

「そうです」

「沙瑛さんなら昨晩の十一時過ぎに帰りましたよ」

「間違いなく沙瑛だったかい」

「ええ」

警備員は間違えるはずがないだろうといわんばかりに強い口調で答えた。

「私が出入口警備を担当している時に、『お世話になりました』と丁寧に挨拶してくれて、湾岸通りに向かって皆さんと一緒に帰られましたよ」

湾岸スタジオにタクシーを呼ぶこともできるが、湾岸通りに出れば空車が流れている。

「ありがとう」

礼を言って藤沢は車に戻った。

念のために真弓に連絡したが、沙瑛からはまだ何の連絡もないし、電源は切られたままのようだ。

沙瑛の交友関係を藤沢はまったく知らない。

「バンド仲間、沙瑛の友人の電話番号はわかるか」

真弓からは何の応答もない。

「おい、わかっていたら友人の電話番号を教えろ」

苛立つ声で言った。

「私、知らないの」

藤沢は呆気にとられた。恐ろしい形相で、あれほど藤沢の携帯電話に登録されていた電話帳を見せろと迫ってきたのに、沙瑛の友人の電話番号を一人も知らないなんて……。

「沙瑛に叱られて」

「どういうことだ」

「沙瑛の友人の電話番号を私の携帯からすべて削除しないと、もうママとは一緒に暮らせないって」

藤沢にしたのと同じことを沙瑛にもしていたようだ。

「それで削除したのか」

沙瑛が藤沢に注意してほしいと言ってきた意味が理解できた。

藤沢の不安は恐れに変わった。

「沙瑛の顔がわかる写真を持って、すぐに高井戸警察署に飛び込んで、捜索願を提出しろ」

高井戸警察署は住んでいるマンションから徒歩で十分もかからない。捜索願を提出したところで受理されるかどうかはわからない。行方がわからなくなったといっても、昨日の午後十一時までは安否が確認されているのだ。それでも真弓を高井戸警察署に向かわせたのは、事件性が疑われるからだ。

常識的には関係者に安否を確認してから来るようにと追い返されるのがおちだが、そのあたりは水商売が長く、男の気を惹く手練手管は、銀座で鍛えてきただけの腕はある。

藤沢はそのまま自宅に戻った。

沙瑛は母親を無視して男と遊びに行ったり、外泊したりする性格ではない。両親のギクシャクした関係を見ているだけに、むしろ男とは距離を置いた付き合いをしているように感じられた。

家庭内で何か気に食わないことがあって外泊したとしても、男が絡んでいるとは、藤沢には思えなかった。

芸能界に入ったものの、沙瑛の紡ぎだす音楽には注目が集まらず、やはり肌の色にばかりに関心が集まった。そのことも芸能界を離れる大きな要因の一つだった。父親はエリザベス・サンダース・ホーム出身で、いわゆるハーフのタレントではなかった。そのことを知ると、マスコミの父親探しが始まった。

知人の大枝が代表を務めるプロダクションに沙瑛を紹介したのは藤沢本人だった。そのプロダクションは渋谷にオフィスがある。オフィスが開くまで待っているわけにはいかない。藤沢は午前八時に大枝代表の携帯電話に連絡を入れた。案の定留守電に切り替わった。メッセージを残し、インスタントコーヒーとトーストで朝食を摂った。

大枝からコールバックが入ったのは九時少し前だった。大枝は藤沢の生い立ちを知っている。真弓との離婚の経緯もわかっている。それで沙瑛を大枝が経営するプロダクションに預けたのだ。

「朝早くからどうした？」

大枝にはすべてではないが、河崎議員と緊張関係にあることだけは伝えた。

「で、俺に何を」

「沙瑛に男がいるのかどうか、わかったら教えてほしい」

「あの子は結構潔癖だから、俺は男ではないような気がする」

「お前もそう思うか」

「ああ」

大枝の返事にも不安が染みついている。

「沙瑛の件は大至急当たってみる。それからお前も気をつけろよ」

大枝はこう言って電話を切った。

結局、その日一日、沙瑛の情報は何も入ってこなかった。真弓は高井戸警察署に香山沙瑛の捜索願を提出し、受理された。しかし、それで捜索が開始されたわけではない。不審な遺体が発見されれば、その遺体との照合が行われる程度で、緊急性がないと判断されてしまえば、警察は捜査には着手しない。

しかし、失踪二日目の朝、再び河崎から藤沢の携帯に電話が入った。

「今晩八時に、赤坂の『クラブ雅』に来てほしい」

「わかった」

会話はそれだけだった。

やはり沙瑛の失踪には河崎が絡んでいるのではないか。根拠はなにもないが、オサム・ウィリアムズの正体を突き止めるには、藤沢に事実を語らせるのが手っ取り早い。

河崎がそう考えても不思議ではない。

「クラブ雅」は河崎の愛人が経営するクラブだと、水商売の世界では知られている。議員、財界、そしてわけのわからないブローカーや自称ジャーナリストの客が多いらしい。河崎の持つ金と権力に惹かれて集まってくる連中の溜まり場だ。

「クラブ雅」は地下鉄赤坂見附駅からそれほど遠くない雑居ビルの四階にあった。しかし、一ツ木通りから路地を入ったところに入口があり、人目につきにくい。芸能人が足しげく通う隠れ家的バーとでもテレビ番組で紹介されそうなロケーションだ。

エントランスは自動ドアで、入ったところがエレベーターホールだ。外観は三十年以上も経過した古いビルだが、建物の内装は外観とは対照的に贅沢な装飾が凝らされていた。壁と天井にはチーク材が使われ、床は大理石だ。各階のフロアー面積はそれほど広くはない。エレベーターの横の壁面に埋め込まれたフロアーガイドを見ると、各階にテナントは一店舗しか入っていない。このビルのバーで飲もうと初めて訪れた客は、その雰囲気に威圧されてビルからすごすごと出ていくだろう。

四階に上がった。小さなエレベーターホールがあり、その先は大きな一枚板を用いた重厚なドアがあり、天井には防犯カメラが設置されていた。ドアノブを回したが開かない。

造りはクラブではなくて非合法のカジノバーだ。思わず舌打ちした。

ドアの横にはインターホンがあり、それを押すと中から声がした。

「どちらさまですか」

「河崎議員に呼ばれて……」

と言いかけた時にドアが開いた。黒人が来ると、河崎がドアボーイに伝えてあったのだろう。

クラブのフローリングはどうやらミャンマー産のチーク材が用いられているようだ。樹齢百年から二百年の木材の年輪を際立たせるような加工が施されている。同じものが日本では国会議事堂や箱根の富士屋ホテルの内装にも使用されている。また耐久性の高いことから「クイーンエリザベス二世号」の甲板や内装材にも使われていることで、ミャンマー産のチーク材は有名だ。

座っただけで十数万をふんだくる店だろう。いやそれ以上かもしれない。中はボックス席が四つほど間隔をあけて並んでいた。奥の方に個室を思わせるドアが二つ設けられていた。

壁際の席で河崎は、若いホステスと愛人の経営者に挟まれて酒を飲んでいた。部屋全体は間接照明でほの暗いが、藤沢が入ってきたのは、すぐにわかったようで、ここだと言わんばかりに右手を挙げた。

ボックス席に近づき、ソファに座ろうとすると、

「話したいというのは俺ではない」

と、言って、若いホステスに合図した。

若いホステスが立ち上がり、奥の方の個室に案内した。

ホステスはドアの前で立ち止まり、ノックしてから開けた。

「お着きになりました」

と中にいる客に言って、藤沢に個室に入るように勧めた。

個室内のスペースはボックス席よりずっと広く、壁面は防音装置が施された石材で、隣の部屋やボックス席との間を分けていた。黒革のソファが向き合うように置かれ、一見して堅気ではないとわかる男がホステス二人を相手に酒を飲んでいた。

藤沢が入ると、二人のホステスは席をたった。

男は五十代といったところだろうか。グレーのスーツに真っ白なワイシャツと紺のネクタイ、姿だけは会社の役員といった風情だが、体になじんでいない。本人も苦しいのだろう。ワイシャツのいちばん上のボタンをはずし、ネクタイを緩めた。

「話ってなんだ」

藤沢は男の前に腰を下ろした。

「あんたがＢＪか」

黙って頷いた。

藤沢譲治をＢＪ、ブラックジョーと呼ぶのは、友人かあるいはヤクザだ。こう呼ばれるようになったのは、いつの頃からだったのだろうか。多分八〇年代に入ってからではないかと藤沢は記憶している。六本木や赤坂でバンドメンバーに加わり、ライブ活動をするようになってからだ。

容貌からアメリカの黒人とよく間違われるが、国籍は日本だ。戸籍上では生まれたのは一九五三年六月二十五日ということになっているが、本当の出生日はわからない。ＢＪは藤沢駅の女性用トイレに捨てられ、駅職員によって保護されたのが六月二十五日だった。

「なにとぞこの子をよろしくお願いします」

折れ曲がった釘のような文字で書かれた手紙がＢＪの横に置かれていたようだ。戦後間もない頃は進駐軍と日本人女性との間に生まれた子供が多かったが、一九五〇年以降に保護されたのは朝鮮戦争のために来日したアメリカ兵との間に生まれた子供だった。ＢＪもその一人だった。

八〇年代になると、フィリピンなど東南アジアからやってきて、水商売の世界で働く女性が増えてきた。多くはオーバーステイのままバーやスナック、あるいは風俗の世界で働いた。暴力団が経営する風俗店で働く女性も多く、約束通りの報酬が支払われないケースが相次いだ。

入管に逮捕されず少しでも長く日本で働くにはどうしたらいいのか。暴力団と手を切るためには何をしたらいいのか。BJが日本人だと知らない彼女たちからそんな相談を受けるようになった。

彼女たちにとってBJは、オーバーステイの先駆者でもあり、永住査証を取得した稀有なケースに見えたようだ。

彼女たちの弱みにつけ込んで給与を支払わないバーやスナックの経営者と激しくやり合った。売春を強要し、法外なピンハネをする風俗営業の経営者に約束の金を支払うように迫り、ナイフで刺されそうになったこともある。

ブラジル移住の夢が断たれた時から、それほど生きたいとは思わなくなってしまった。いつ死んでもいいと思うと、恐ろしいと感じることもなくなる。

オーバーステイで一ヶ月ほど赤坂のソープランドで働いたフィリピン人女性がいた。毎日複数の客を取っていた。経営者が彼女に支払ったのは五万円だけだった。彼女から相談を受けBJはそのソープランドを訪れた。

BJの目の前にはソープランドの経営者がいた。すぐに三人の暴力団員に取り囲まれた。それぞれがナイフを手にしていた。夏のことで、BJはTシャツ一枚だけだった。経営者はセンターテーブルの上に帯封をした一万円札の束を置いた。

「百万円ある。欲しければ持っていけ」

「わかりました。彼女の残りの給与、百万円確かにお預かりします」

がった。

ＢＪは札束を受け取り、ズボンの後ろポケットにしまい込んだ。ソファから立ち上がった。

ＢＪの前に二人、背後に一人、ナイフを持って立ち塞がった。ＢＪはドアに向かって歩き出した。前方を塞ぐ二人のナイフが腹部にあたった。それでもＢＪは歩みを止めなかった。

ＢＪの左右の腹部に突きあてられたナイフの先端がＴシャツを破った。チクリと刺す感触があった。ＢＪは一瞬歩みを止めた。腹部に目をやると、二ヶ所から血が滲み始めていた。

「なんだよ、このシャツ、買ったばかりなのに」

こう言ってＢＪは何事もなかったかのようにさらに前に進もうとした。うろたえたのはＢＪの前に立った二人だった。このまま前に歩かれたら二本のナイフがＢＪの腹部に突き刺さる。そうなれば間違いなく殺人事件に発展する。

脅迫すればすぐに退散するだろうとソープランドの経営者も、ナイフを持った三人も思っていたに違いない。いっさい恐怖感を示さないＢＪに、彼らはそれまでに経験したことのない不気味さを感じたのだろう。

立ちはだかる前の二人は咄嗟にナイフを引き抜き、あとずさった。

ＢＪの腹部の傷の深さは一センチほどだった。腹部から血を流しながら客が出入りするソープランドの通路を通り、店の外に出た。血を流しながら赤坂界隈を歩いているところを警察官にでも見つかれば、困るのはソープランド側だった。

ナイフで刺した二人がＢＪのところに走り寄ってきた。

「大変申し訳ないことをしてしまいました。これからお車で病院までお送りしたいと思います」

暴力団員は口調まで変わっていた。ソープランドの経営者も慌てたのだろう。

こういったことが何度か続き、ＢＪの存在は闇の世界に広く伝わっていった。


男はテーブルの上に置いてあるグラスに氷を放り込みシーバスリーガルのロイヤルサルートを注いだ。

「まあ、一杯飲んでくれ」

藤沢はそのグラスをそっとわきに寄せた。

「話を聞こう」

「難しい話ではない。ワシントンポストのあんたの友人に謝罪記事を書くように言ってくれ。そうすればすべてが丸く収まる」

「そんなことは河崎が自分で頼めばすむことだ」

藤沢は席を立った。

「待てよ、話は終わっちゃいない。娘はしばらく預からせてもらっている。無事に帰してほしければ」

藤沢は目の前のグラスをつかむと、男の目に向けてウィスキーをぶちまけた。一瞬のことで、男はよけきれなかった。ウィスキーを手で拭っている隙に、センターテーブルを飛び越えて、男の喉元を鷲づかみにして、そのままソファごと後ろに倒した。

政治家の密談にでも使う部屋なのだろう。防音は完璧のようだ。誰も部屋には入ってこない。ロイヤルサルートのボトルの首をつかみ、センターテーブルで割ると、割れた先端を男の喉元に突き刺す寸前のところまで押し付けた。

「沙瑛はどこにいる」

男は恐怖のあまり失禁した。

「答えたくなければ、このまま突き刺す」

「知らない。俺は何も知らない」

おそらく使い走り、末端のヤクザだろう。

部屋を出ると、藤沢は河崎のボックス席に座った。

「話は終わったか」

河崎は沙瑛を人質に取れば、すべてが片付くと思っているようだ。

「オサム・ウィリアムズはやはり横田修だった。それに蜂須賀静怒は入間悟だ。二人ともお前の兄弟だな。アメリカ国籍だが、法務省の記録を調べさせたら、二人のアメリカ国籍への帰化記録が残されていた」

河崎も各方面に手を回して調べたのだろう。

「そこまで調べたのなら、自分でオサムに頼むことだ」

藤沢が怒りを抑えながら言った。

個室のドア付近からホステスの叫ぶ声がした。ドアからズボンを濡らした男がふらつく足取りで河崎のボックス席に近づいてくる。

首の周りから血が流れ出し、ワイシャツの襟首は真っ赤だ。手に紙切れを持っていたが、それも血で汚れていた。

「娘と会いたければここに電話をしろ」

話が決裂した時には渡すように、上から指示されていたのだろう。藤沢はふんだくるようにして紙片を取った。携帯の電話番号だった。

藤沢はその紙片を河崎に突き出した。

「今すぐ電話をしろ」

「何のことだ」

「ここまできて下手な芝居をしなくていい。すぐ解放してやるように言え」

「オサム・ウィリアムズへ仲裁役を引き受けるんだな」

「あいつがお前の条件を呑むかどうかはわからん」

河崎は自分の携帯電話を取り出し、紙片に記された番号に電話をかけた。

「自由にしてやれ」

相手は、労使紛争が起きた時、暴力的にストを排除するために河崎グループが雇っているヤクザだろう。

「俺に電話するように娘に伝えろ」

藤沢は河崎に伝えた。

「藤沢の娘にオヤジに連絡するように伝えろ」

こう言って河崎は電話を切った。

ワイシャツを鮮血に染め、小便でズボンを汚した男が突っ立っている様子を見て、河崎以外の客は姿を消した。

五分が過ぎ、藤沢の携帯電話が鳴った。

「大丈夫か」

「うん、パパは」

「俺のことは心配しなくていい。ママが心配して高井戸警察署に捜索願を出してある。このまま高井戸警察署に行って事情を説明しろ」

「それくらいでいいだろう」

河崎は電話を切るように求めてきた。

電話を切ると、オサム・ウィリアムズに電話をしろと河崎は命令してきた。言われたとおりに藤沢は電話を入れた。

すぐにオサム・ウィリアムズが出た。

「俺だ。今、河崎と一緒にまずい酒を飲んでいるところだ」

これでオサム・ウィリアムズには藤沢の置かれている状況が理解できるはずだ。

「ワシントンポストに訂正記事を出せと言っているが、無視して好きなように書け」

「代われ」河崎が言った。

藤沢は電話を切ってしまった。

「昔と同じで強情な男だ」

「お前の卑劣さも昔と何も変わっていない。人のことがとやかく言える立場か」

藤沢はソファから立ち上がり店を出ようとした。

「お前、このまま帰れるとでも思っているのか」

河崎はグラスに残った酒を飲みながら言った。

ドアを出たところには、三人の男が待ち構えていた。取り囲まれ、藤沢は一階に下りると、そのまま強引に車に乗せられた。どうせ横浜近辺の組事務所に連れて行く気なのだろう。

オサム・ウィリアムズの記事だけで、河崎が総裁選への出馬を取りやめるとは、最初から誰も思ってはいない。最終的には河崎本人と直接雌雄を決する時が来る。その時が迫っているのだと藤沢は思った。

15 本性

藤沢譲治から河崎と飲んでいると連絡が入ったが、それ以降オサム・ウィリアムズが何度電話をしても、藤沢は出ない。おそらく河崎に身柄を拘束されているのだろう。

卑劣な手口を使うのは子供の頃からまったく変っていない。金の苦労をしたこともなければ、祖父母、両親の遺産で政治家になり、何もしなくても金が入ってくる生活を送ってきた。

少年期は持て余した時間をエリザベス・サンダース・ホームで暮らす子供たちをいじめることだけに費やしてきた。そんなヤツだ。

大学に進学してからも、その後もこれまでに一冊の本も読んだことはないだろう。だから教養もない。あんな男を総理に担ぎ出そうとする日本人の神経がオサム・ウィリアムズにはわからない。

河崎は、今度は藤沢を人質に取って、オサム・ウィリアムズに謝罪と訂正記事の掲載を求めてきた。それに応じればすぐにでも藤沢を解放するだろう。いくら無能な政治家とはいえ、やっていることはヤクザと同じだ。当然と言えば当然だ。ヤクザが国会議員になったのだから。

もちろん河崎は自分の手を汚さずに、ヤクザを使って様々な脅しをかけてくるだろう。警察当局の追及を受けた時も、責任を回避できるように予め手を打っているに違いない。

藤沢と蜂須賀は、蜂須賀がアメリカと日本との間を頻繁に往復するようになってから、常に会っていた。蜂須賀は藤沢の娘沙瑛とも交流があった。離婚していたとはいえ、沙瑛がロサンゼルスに滞在する時やニューヨークに出かける時は、藤沢の依頼を受けていつも蜂須賀が親代わりになっていた。

不審人物に身柄を拘束されていた沙瑛が解放され、高井戸警察署に飛び込み事情を説明した。その直後に蜂須賀は沙瑛本人から連絡を受けた。

蜂須賀の話から、河崎が高飛車に謝罪、訂正記事を求めてくるのは明らかだ。沙瑛に代わって藤沢を人質に取れば、後は自分の思い通りにすべてが進むと考えているだろう。

河崎は、おそらく法務省、ロサンゼルスの日本総領事館に手を回して、入間悟が帰化し、養子縁組によって蜂須賀悟となり、蜂須賀静怒を名乗っているのを知ったようだ。

「芝居はもう通用しない」

オサム・ウィリアムズは蜂須賀にそう伝えた。

エリザベス・サンダース・ホームの子供たちに当時どんな差別的な言葉を投げつけていたのか、それを明らかにすることがオサム・ウィリアムズ、蜂須賀、藤沢の目的だと河崎は思っているのかもしれない。

しかし、キュラソー組と勢子が日本に集結したのは、そんな些細なことを明らかにするためではない。いずれすべてが明らかになる。待っているがいい。

河崎本人が自信に満ちた声でオサム・ウィリアムズに電話をかけてきた。神楽坂の料亭で会った時とは別人のようだ。

「先日は大変ご無礼な対応で失礼した。あなたが横田修だとわかっていれば、もっと楽しい話ができたのに残念だ」

「次期総理との子供の頃の思い出は心に深く刻んである。総裁選に向けてその一端をワシントンポストに披瀝する予定だ。楽しみにしていてくれ」

「その話だが、忌憚なく話し合いたいこともあるので、議員会館に来てはもらえないか」

「私はいつでもいい」

オサム・ウィリアムズは今すぐにでも会いたいといった様子で河崎に伝えた。これで河崎は自分が優位に立てたと思うだろう。

「では明日午前九時に議員会館まで来てもらおう」

予想通りの反応だ。

翌日、オサム・ウィリアムズは新宿のビジネスホテルから議員会館に地下鉄で向かった。蓼科が「お待ちしていました」と形式的な挨拶をし、「河崎議員が部屋でお待ちです」と言った。議員室に入るように勧められた。

部屋に入ると、河崎はソファに座り、手ぐすねひいて待っていたのだろう、宝くじで三億円を当てたような顔をしていた。

「横田修か、そう言われてみれば、昔の面影がどこかに残っているな」

ウソをつくな。最初に会った時など、何も気づかなかったくせに。

殴り合いの喧嘩はいつも体格のいいワルガキに任せ、河崎はいつも物陰に隠れて、後ろの方で成り行きを見ていた。オサム・ウィリアムズには殴り合いの喧嘩を河崎とした記憶はない。

オサム・ウィリアムズが切り出した。

「話し合いたいこととは何か、聞こう」

「俺が子供の頃、あんたたちにしでかしたことは、今から考えればだが、言い訳のしようがない。でも、それは当時の雰囲気がそうさせたのであって、あいの子、いや失礼、混血児は敗戦国、日本の恥だというのは、誰しもが思っていたことだ」

「だから許されるとでも思っているのか」

「批判は自由だが、大半の日本人がそう思っていたことを俺は口にしただけで、俺だけが特別レーシストという書き方はいかがなものかと思う」

「わかった。日本中がレーシストだったと書くようにする」

オサム・ウィリアムズは明らかに河崎を小馬鹿にするような笑みを浮かべて答えた。

「まだ記事にする気なのか」

「アメリカに戻るのも困難だし、コロナがひと段落するまで日本に滞在し、あんたの記事を書かせてもらうことにする。まず終戦直後は混血児に対して日本人すべてがレーシストだったと、河崎議員本人が証言したと書くようにする。それで満足か」

「子供の頃の俺の発言は、その中の一人ということにしてくれ」

そんな記事が出れば、与野党問わず厳しい批判にさらされ、多くの日本人有権者を敵に回すことになりかねないというのが、河崎には理解できないようだ。あるいは子供の頃の発言はすでに報道され、オサム・ウィリアムズが横田修だとわかった時から、否定しても無駄だと悟ったのかもしれない。

「次の記事だが、あんたの置かれている状況を十分理解した上で書くんだな」

「置かれている状況？」

河崎は藤沢を人質に取っていると言いたいようだ。オサム・ウィリアムズは何も知らない素ぶりで答えた。

「私が置かれている状況は何も変わっていない」

「書いた記事で家族に影響が出ることだってあるだろう」

「家族？」

オサム・ウィリアムズは訝る顔をしてみせた。

「そうだよ、大切な家族だ」

「親であっても子供を平然と捨てる。私はそうして捨てられた子供の一人だ。私は家族という存在を、世間の人のように信じて生きてきたわけではない。むしろ家族を忌み嫌って生きてきた。だから独身だし、これからも一人だ」

「サンダース・ホームの創立者は母親ではないのか」

「沢田ママはすでに他界している」

「ホームで育った仲間は兄弟だろう、違うのか」

「それは私がエリザベス・サンダース・ホームで暮らしていた頃の話だ。今は私が何をしようが、迷惑を及ぼす人間は誰一人としていない」

オサム・ウィリアムズは表情一つ変えずに落ち着きはらった口調で言った。

藤沢の身を案じて、記事の撤回や謝罪を提案してくると、河崎は思っていたのだろう。予想外の対応に次の言葉が出てこない。

「用件というのは、終戦当時は日本人すべてがレーシストだったと一行記事に挿入すれば、それでいいんだな」

河崎は狼狽したように、大きく目を見開きオサム・ウィリアムズを凝視している。

「藤沢を預かっている」

思いついたように河崎が言った。

「それで?」

オサム・ウィリアムズは肩に着いたゴミを払うかのような調子で聞いた。河崎は面食らったのか、水面に出てきて口をパクつかせる水槽の中の金魚のように、口を半開きにして、もごもご言っているだけで言葉にならない。

「心配するな。あんたの希望を入れて記事を書きなおすから」

「記事はできているのか」

河崎は喉につまったものでも吐き出すかのように尋ねた。

「本社からは反響が大きいから第二弾を書けと指示されている」

「どんな記事を……」

内容が知りたいのだろう。しかし、その内容を知るのが恐ろしいのか語尾がかすれる。第二弾の影響がどこまで拡大するのか、それを恐れているようだ。

「日本だって、アメリカにだって言論の自由がある。何を書こうと自由だ」

オサム・ウィリアムズは、冷淡な対応をした。河崎は想定していた筋書とは違う成り行きに困惑している。

「読みたいのか」

水を飲みこむように喉を波打たせながら河崎が頷いた。

「一稿でいいなら、ここにあるが……」

胸のジャケットからきれいに折りたたまれたA４用紙二枚を取り出した。当然、英語で書かれている。

記事をセンターテーブルの上に置いた。すぐに河崎の手が伸びてくる。英語で書かれているのがわかると、「葛西君、来てくれ」と声を張り上げた。

控えめにドアをノックする音と同時に、三十代半ばと思われる女性秘書が議員室に入ってきた。

「これを概略でいいから、大至急翻訳してくれ」

葛西はそれを受け取ると、議員室を出た。

「どんな記事なんだ。相変わらず昔のことを蒸し返す記事なのか」

「昔だって。とんでもない。私たちにとっては、昔どころか今の問題さ」

「五十年以上も前の話だというのに……。そんなにあいの子と差別されたのが悔しいのか。それは俺を怨むのではなくて、あんたを産んだ自分の父親や母親を怨むべきだろう」

オサム・ウィリアムズは何も答えず、にこやかに微笑んだ。河崎も睨み返してくるが、罠にかかった害獣を見るような視線を河崎に向けた。河崎も睨み返してくるが、オサム・ウィリアムズの笑みが不気味に思えるのか、すぐに視線を外し、「翻訳はまだか。概略がわかればいいんだ」と隣の部屋の葛西に声をかけた。

「もう少しお時間を」葛西の声が返ってくる。

話すこともなく、肉を切り刻むような響きのない沈黙が続く。二人とも大手術を受けた後の患者のように黙りこくっている。河崎にとっては粘着性の油が一滴一滴とゆっくり滴り落ちるような時間に感じられているのだろう。オサム・ウィリアムズの表情を一瞬見たかと思うと、窓の外に目にやった。何が書かれているのか、気が気でないのだろう。

十五分が過ぎた頃、ドアをノックし葛西秘書が入ってきた。

「遅くなりました」

葛西は記事と翻訳文を河崎に渡した。それを奪い取るようにして手に取ると、河崎は読み始めた。

葛西は何も言わずにすぐに退出した。葛西も記事の内容を知り、議員室で同席はしたくないと感じたのだろう。それはそうだ。河崎の真の姿を知ってしまったのだから。

翻訳文を手にした河崎の左手が小刻みに震えはじめた。昨晩は酒でも飲んだのか、アルコールが抜けきらない赤ら顔が貧血を起こして倒れる患者のように青ざめていく。唇はチアノーゼを起こして紫色に変わっている。

「こんなものを出す気なのか、ふざけるな」

沸騰する湯のような怒りをオサム・ウィリアムズにぶつけてきた。

「こんなものとはずいぶんひどい言い方をするもんだ」

オサム・ウィリアムズは冷笑を浮かべながら言った。河崎に最初から付き合うつもりなどない。

「こんな記事を出せば、藤沢がどうなるかわかったものではない」

「誰だ、その藤沢というのは」

「とぼけるな。藤沢譲治だ。あんたのクロンボの兄弟だ」

「何回言ったらわかるんだ。私には兄弟はいない」

「東京湾にクロンボの死体が浮くようになっても、あんたには関係ないっていうことか」

「その通りだ。誰がいなくなろうと、私には昨日と同じ今日が、今日と同じ明日があるだけだ」

河崎は日向にさらしたガソリンに火を放ったような怒り方だ。

「俺をなめるなよ」

河崎の口調は下っ端のヤクザと同じだった。

「日本の次期総理は冷静に話もできないらしい。私はこれで失礼する」

オサム・ウィリアムズは立ち上がり、ドアノブに手をかけたところで振り返った。

「一つ忠告だ。藤沢に手をかけるのはよく考えた方がいいぞ」

河崎はまだ話し合いの余地があると思ったのか、

「それはあんた次第だ。記事の掲載を取り下げればすべてがうまくいく」

と、必死に怒りを抑えながら話しかけきた。

「記事はいずれ近いうちに掲載する。楽しみに待っていてくれ」

こう言ってオサム・ウィリアムズは胸のポケットからＩＣレコーダーを取り出して、河崎に見せた。

「クロンボの遺体が東京湾に浮かべば、あんたが関与していると真っ先に疑われることになるからな。そんな事態になれば、今日のこの話も記事にする」

オサム・ウィリアムズは笑い声を残すようにして議員室を出た。

すべて思惑通りに進めることができた。議員室を出た後も、一階に下りるエレベーターの中でも、自然に笑みがこぼれてしまう。

河崎は藤沢を人質に取りさえすれば、優位に交渉を進められると考えていた。しかし、オサム・ウィリアムズは藤沢の命にかかわらず記事を出すと、その一稿までも見せている。その内容に、喉元に鋭利なナイフを突きつけられたような恐怖を覚えているだろう。

河崎にしてみれば、ナイフの先端をすでに喉に刺され、一筋の血が流れ出ているのと同じだ。もう少し力をこめれば鮮血が噴き出す。

記事が掲載されれば、河崎は間違いなく政界を追われ、罵声と侮蔑に満ちた余生を送ることになる。

議員会館を出て、オサム・ウィリアムズは宿泊している新宿のビジネスホテルに戻った。部屋に入り、すぐに蜂須賀に連絡を入れ、河崎との話を報告した。

「記事の掲載日は告げたのか」

「近いうちにとしか言っていない」オサム・ウィリアムズが言った。

「今日の夜から眠れない日が続くな」

「いてもたってもいられずに、お前のところに連絡をしてくるはずだ」

「そうだな。あの記事内容を見せられれば、総理どころか身の破滅が刻々と迫っていると思うだろう。それに藤沢にも下手な手出しはできなくなる。俺のところに泣きついてくるのを待つだけだ」

オサム・ウィリアムズと河崎の会談が、思っていたように運び、蜂須賀も安堵しているのだろう。

「次はお前に任すから、あいつを一人で大磯にくるように仕向けてくれ」

「やってみる。でもあいつの卑劣さはお前もわかっているだろう。一人で来ることはないとみた方がいい」

「そうだな。しかし、あいつを一人にする時間を数分でいいから作れというのがヒロカズからの指示だ」

オサム・ウィリアムズは武漢から密かに戻ったヒロカズ・デービスの計画を蜂須賀に伝えた。

ヒロカズ・デービス、本名は厚木広和で、実の父親も母親も不明で、厚木基地近くに捨てられていたところを保護され、エリザベス・サンダース・ホームに送られた。キュラソー組の一人で、パール・バックの仲介でデービス家の養子となった。デービス家には子供がなく、黒人の養父母のもとで、実の子供のように愛され、育てられた。デービス家は医師の家系で、養父と同じ医師の道を歩んできた。

ヒロカズはやはり黒人の女性医師と結婚し、二人の子供もいる。国境なき医師団として活躍、ヒューマニズム溢れる医師として国際的にも有名だ。

中国武漢にＷＨＯの医師として調査に加わるように要請されたのも、ヒロカズが人道的な立場で客観的な調査をすると信頼されているからだ。

藤沢から計画を聞かされた時、最後まで参加するのを躊躇していたのは、ヒロカズ・デービスだった。

築き上げた名声に傷がつくということよりも、二人の子供に影響が出ないか、それを心配していた。

「少し時間をくれ」

ヒロカズはオサム・ウィリアムズにそう伝えてきた。計画が成功するとは限らない。失敗すれば、平穏な家庭を持つヒロカズは失うものがあまりにも大きい。しかし、最終的にはヒロカズ・デービスも計画に加わり、協力を約束してくれたのだ。

あれから五十六年が経過する。蜂須賀はあのことを記憶の奥に封じ込めて生きてきた。キュラソー組、ブラジルに移住した勢子、日本に残った藤沢の心からも消え去ることは決してなかった。

幾重にも積み重なった屈辱と差別に対する怒りは、いつも体の中でたぎっていた。嵐で荒れ狂った波濤が岩肌に叩きつけ、砕け散るような憤怒を自制する術を教えてくれたのが養父泰山だった。

河崎は法務省の記録を調べたのか、オサム・ウィリアムズが横田修であり、蜂須賀静怒が入間悟だと知ったようだ。オサム・ウィリアムズが書いた第二弾の一稿は、蜂須賀も読んでいる。記事が掲載されれば、河崎を待ち受けているのは破滅だ。破滅を回避するためには、どんな手でも使うだろう。

実際に藤沢を拉致している。しかし、オサム・ウィリアムズはこうした事態を予測し、河崎の要求に屈することはなかった。それどころか藤沢の身に危害を加えれば、真っ先に捜査の対象となるのは河崎自身だと通告した。

オサム・ウィリアムズとのパイプは完全に途切れてしまった。記事を止めるには、蜂須賀を通し、オサム・ウィリアムズに頼み込むしかない。それにいつまでも藤沢を拉致監禁しておくわけにもいかない。時間が経過すればするほど河崎は追いつめられていく。

予想していた通りやはり河崎から連絡があった。宿泊しているニューオータニに戻ると、フロントに河崎からのメッセージが残されていた。

〈相談にのってほしい案件があります〉

メッセージは簡単なものだった。

焦ればいいのだ。河崎は断崖に追いつめられ、片方の足はすでに宙に浮き、片方の足で立っているにすぎない。両足で地を踏みしめるためには、真実を自ら公表して、政界から退くしかないのだ。断崖から落ちても、踏みとどまったとしても、河崎に待ち受けているのは地獄だ。

部屋に入り五分もしないで電話がなった。河崎からだった。

「早急に会ってほしい」

河崎の声はどことなく沈んでいる。

「お体の方は大丈夫ですか。コロナは収まりそうにもありません。我々のようにシニア層がかかると重篤化するようですからくれぐれも注意してください」

蜂須賀は河崎の身を案じている様子で挨拶をした。

河崎も白々しいと思っているだろう。

「実は入間悟さんに折り入ってお願いしたいことがあって、電話しています」

「入間悟はもう過去の人ですよ」

蜂須賀は昔の友人に偶然出会ったように楽しそうな口調で答えた。苦り切って歯ぎしりしている河崎の姿が目に浮かぶ。

蜂須賀はＩＣレコーダーにイヤーホンマイクを取り付けた。これで会話はすべて録音可能だ。

「先日お会いしたばかりですが……」

何の用事があるのだといわんばかりに蜂須賀が答えた。

「あなたの友人、というよりサンダース・ホームで育った兄弟と言った方がいいと思うが、オサム・ウィリアムズに記事を書くのを思い止まってほしいんだ」

「それなら私ではなくオサムに言ってくれますか」

蜂須賀は話す相手が違うと河崎の依頼を突っぱねた。

「そういきがるな。藤沢を預かっている。オサム・ウィリアムズは冷酷で、藤沢がどうなろうが知ったことではないと言っているが、あんたと藤沢の付き合いが長いというのはわかっているんだ。よく考えてみるんだな」

「何が言いたいのかはっきりおっしゃったらどうですか」

蜂須賀は河崎を挑発した。

オサム・ウィリアムズは藤沢の安全を確保するために、河崎との会話をＩＣレコーダーで録音した。それを河崎に伝えている。警戒すれば蜂須賀との会話にも言葉を慎重に選ぶはずだが、河崎にはそれだけの知恵はないようだ。

「藤沢は無事なんですか」

蜂須賀は怯えた様子で確かめた。

「ああ、何の危害も加えてはいない。今のところはな」

本性丸出しにして、蜂須賀に会うように求めてきた。

「ではすぐに藤沢譲治を自由にしてやってください」

「そういうわけにはいかない」

「どうしてですか」

「オサム・ウィリアムズの記事を取り下げるのが先だ」

「それを私に言われても……」

「説得するのがあんたの役目だ。説得に失敗すれば、藤沢の身の安全は保証できない」

「わかりました。少し時間をください」

「どれくらい」

「五日間、説得する時間が必要です」

それで会話は終わった。

五日間。

説得するための時間ではない。横田基地に戻ってきているヒロカズ・デービスがあと三日間は隔離状態だ。四日目に計画を再度確認する。

河崎と対決するのは五日後だ。

16　空白期間

蔵元茂人はワシントンポスト本社と、オサム・ウィリアムズ本人に河崎晋之介議員について情報交換をしたいメールを送り続けた。各社も同様に接触を試みたようだが、オサム・ウィリアムズのインタビューに成功したメディアはなかった。

それでも執拗にメールを送り続けた。おそらく本人からはくどいと思われているだろうが、蔵元はオサム・ウィリアムズと接触したいと思った。何故、河崎議員を追っているのか、その理由もそれほど上手ではない英語で書いた。

急逝した先輩記者の遺志を継いで河崎を取材し続けていること、河崎を経済的に支えているのは一族が経営する河崎グループ各社、それと世界的な製薬会社だ。その製薬会社は移植に必要な免疫抑制剤を生産している。その一方で二兆円市場といわれる透析専門病院からも多額の政治献金を受け取っている。

ワシントンポストの記事を契機に、河崎議員の正体をつかむため大磯町周辺を取材した。

ブラジルに移住したが、出稼ぎのために日本に戻ってきたエリザベス・サンダース・ホーム出身の赤井富雄によれば、オサム・ウィリアムズは、やはりエリザベス・サンダース・ホーム出身の横田修だと断言した。真偽を確かめたいと何度送信しても返事はなかった。

しかし、蔵元がこれを最後にしようと思って送信した直後にオサム・ウィリアムズ本人から返信があった。

最後にしようと思ったメールに記したのは、確固たる証拠はないが若い頃、河崎晋之介はエリザベス・サンダース・ホームの女性をレイプしたという噂があると証言した者がいる。河崎の人格を知る上で重要な情報だと考えている。事実関係を確かめたいが、この点についてオサム・ウィリアムズが把握している情報はあるのか。こうした内容を送った。

返信メールは日本語で送られてきた。

「河崎の性的暴行について情報交換しましょう」

オサム・ウィリアムズは新宿のビジネスホテルに滞在しているので、いつでもいいから携帯電話に電話がほしいと記されていた。

日本語の文面は外国人が書いたとは思えず、日本人のものと何ら変わるところはない。オサム・ウィリアムズは赤井が証言した通り、横田修なのだろうと、蔵元は思った。

ワシントンポストの著名なコラムニストが、中国人旅行者がよく利用することで知られるビジネスホテルに滞在していることに少し驚いたが、メールを読み終えるのと同時にオサム・ウィリアムズの携帯に電話をかけた。

時間を割いてほしいという蔵元に、オサム・ウィリアムズはいつでもいいから新宿のサンルートホテルに来るように言ってくれた。待ち合わせ場所は一階ヴィラッツァというレストランだった。

その日の午後三時に蔵元はホテルを訪れた。自宅を一歩出れば、すべての人がマスクをしている。さすがにレストラン内ではマスクをかけている者はいないが、オサム・ウィリアムズの容貌はまったくわからない。

広いレストランを見まわしているとヴィラッツァのスタッフが、「お待ち合わせですか」と聞いてきた。

「オサム・ウィリアムズさんと三時の約束なんだ」

蔵元が答えると、

「ご案内します」

とスタッフがオサム・ウィリアムズのテーブル席まで案内してくれた。

「お待ち合わせの方がご到着されました」スタッフが告げた。

オサム・ウィリアムズは立ち上がり、読んでいた新聞をテーブルの上に置き、蔵元に握手を求めてきた。

ポロシャツにジーンズ、白髪でメガネをかけ、日本人とのハーフというより、白人といった容貌をしている。

「よくきてくれました」オサム・ウィリアムズは日本語で言った。

「蔵元です。ご無理をお願いして恐縮しています」

二人が席に着いた。オサム・ウィリアムズはスタッフにコーヒーを二つ注文した。

「各社から取材依頼を受けていたのですが、一社と会えばすべての取材に応じなければならなくなる。それが嫌で、どことも連絡を取っていませんでした。申し訳ありません」

オサム・ウィリアムズは蔵元に返信メールを返さなかった理由を説明し、それを詫びた。

「それがどうして会っていただけるようになったのでしょうか」

「河崎議員の資金源を追及していたあなたの先輩、それを引き継いだあなたのその後のリサーチにも関心がありますが、それ以上に興味があるのは、河崎が若い頃、エリザベス・サンダース・ホームの女性をレイプしていたという情報です」

やはりオサム・ウィリアムズは、子供の頃の河崎に強い関心を示していた。

蔵元はまず赤井から聞いた話を伝えた。

「オサム・ウィリアムズさんが書いた記事はエリザベス・サンダース・ホームからア

メリカに養子で渡った方の証言をたくさん取っていますが、あなたご自身もホームの出身だというのは事実なのでしょうか」

「赤井が言うように、日本にいた頃の名前は横田修でした」

河崎議員の少年期の詳細な記述は、もちろん取材でわかったことだが、本人が体験したことも多く含まれていたのだろう。

何故、河崎議員について取材を進めているのか、蔵元はメールでは書ききれなかった背景を改めて説明した。

「資金源について記事は書かれたのでしょうか」

「いいえ、何も書いていません。それだけで河崎が総理の資質に欠けると書いたところで一笑に付されてしまう可能性があります」

政治資金源を明らかにしたくらいで、議員の資質を問うことは日本では無理だ。多くの議員が企業から多額の資金援助を受けている。

「河崎は今期限りで引退すると見られていたのに、それが突如として次期総理として注目されるようになりました」

それまでは国会への登院には秘書の肩を借りたり、運転手にサポートされて車に乗り込んだりする姿が目撃されていた。しかし、去年の秋からは脂ぎった精気を漂わせて登院するようになった。

「土色だった顔が、大きな希望を見出したような表情に変わり、議員の間で冗談半分に血の滴るステーキを毎晩食っているとか、スッポン一匹分の生き血を飲んでいるとか囁かれているくらいです」

「健康を回復するまで、彼はどんな病気を抱えていたのですか」

河崎は当選回数も多く、ベテラン議員の一人だ。しかし、それほど重要なポストに就いた経験もなく、マスコミも河崎の健康問題を取り上げてはいない。

蔵元は時間が許す限り、河崎の日々の生活を追った。それまでの病気、そしてそれが何故急に治癒したのか、それを明らかにするには地道な張り込み、尾行を続けるしかなかった。

「いくら健康を取り戻したからといって、病院にまったく行かなくなるとは思えなかった」

「それで突きとめることはできたのでしょうか」

河崎は議員会館からそれほど遠くない東洋女子医大に月に一度の割合で訪れ、消化器外科教授の寺原慧士郎と会っている事実が判明した。

「おそらく肝臓に関連する病気を抱えていたと思います」

寺原教授は肝臓外科が専門だ。

「というと……」

「真っ先に浮かんだのは肝硬変です」

肝臓に慢性的な炎症が起こると、肝細胞は破壊されるが、その一方で修復再生される。その過程で肝臓内では線維化が進み、本来柔らかい肝臓が全体的に硬く、そして縮小していく。これが肝硬変で、硬くなった肝臓は基本的に元の状態には戻らない。肝硬変が悪化すると、消化管出血、腹水やむくみ、黄疸など肝機能の低下や血流障害による症状が現れる。そして肝不全や、肝臓がんに移行していく。

肝硬変の主な原因は、肝炎ウイルス感染だが、アルコールの過剰摂取も、肝臓病と切り離せない。飲酒量が適量以下にもかかわらず脂肪肝から肝炎、肝硬変へと発展する非アルコール性脂肪肝炎も増えている。

しかし、肝硬変が劇的に治癒するなどというのはありえない。では何の病気なのか。蔵元は糖尿病も疑ってみた。

糖尿病が悪化すれば、人工透析治療を受けなければならない。透析を受けていれば、いくら注目度の低い国会議員とはいえ話題になるだろう。その形跡も見られない。

「透析専門病院からも政治献金を受けている。人目につかないように透析治療を受けていた可能性は考えられます。しかし、急性腎不全ならともかく慢性腎不全なら、透析から離脱して健常者と同じように動き回って政治活動に邁進するというのも不思議な話です」

蔵元は都内の主だった透析専門病院、あるいは東洋女子医大とその傘下の病院に通院している透析患者複数から情報が得られないか聞き回ったが、河崎の目撃情報は皆無だった。自分の健康状態を知られたくないと思えば、時間外に透析を受けるか、在宅透析も可能だ。

「それにしても数ヶ月で元気になるのは無理でしょう」

「もし河崎議員が密かに透析治療を受けていて、それでいて元気になったとすれば、腎臓移植以外には考えられません。しかし、そう考えると、一ヶ月に一度、何故肝臓が専門の寺原教授と会っているのか理由がわかりません」

寺原は日本移植学会の理事長だ。いくら移植学会のトップと親しいからといって、脳死、心臓停止のドナーから腎臓の提供を受けて、河崎が移植手術を受けたという可能性はまったくない。適合する腎臓があったとしても、その臓器は臓器移植ネットワークが管理し、政治家だからといって優先的に移植が受けられるわけではない。公平に分配され、若いレシピエントに移植臓器は回されるからだ。年齢的にも河崎は外される。

残るのは家族から臓器を提供してもらい、移植する生体移植だ。これはドナーが親族と限られてくるが、河崎の家族や親戚が証言しなければ、特定するのは困難だ。それでも最初は、東洋女子医大で生体移植を受けたのではと疑ってみたが、その可能性は低かった。

「どうしてわかるのですか」

　オサム・ウィリアムズは怪訝な表情を浮かべた。

　以前東洋女子医大の看護師を取材したことがあった。看護師の待遇改善を求めていた中堅看護師で、カルテを閲覧できる立場にあった。河崎晋之介と、その家族と思われる人物が入院していた記録が残されているかを秘密裡に調べてもらった。

「その事実はなかった」

　それどころか河崎のカルテそのものが存在しなかった。

「肝硬変なのか糖尿病なのか、治療は他の病院で受けた可能性もあるし、移植を受けていたとしても、東洋女子医大ではないということですね」

　オサム・ウィリアムズが確認を求めてきた。

「そうとしか思えません」

「日本で最も実績のある病院で移植を受けなかったとなると、それに匹敵する病院がどこかにあるということですよね」

　オサム・ウィリアムズの指摘する通りだ。

　蔵元は東京都、神奈川県の肝臓、腎臓移植を行っている病院に、院長に直接会うか、電話で河崎議員が移植を受けた事実があるかを確かめた。

個人情報で答えられないと回答した病院もあるが、公人と判断して答えた施設もあった。

「回答した病院はすべてその事実はないと明言し、個人情報だとして答えられないと回答した病院も、私の感触ではその事実はないと思われます」

それ以外の病院で移植手術を受けた可能性がないわけではない。しかし、自分の健康状態を知られたくないと考えている河崎が、情報が漏れやすい地方の病院で移植を受けたとは考えにくい。

「取材を進めていて、奇妙なことが一つはっきりしました」

「奇妙なこと……」

オサム・ウィリアムズは不審の眉を寄せた。

「去年八月の終戦記念日から東洋女子医大の寺原と会うまでの九月二十日までの河崎のスケジュールが正確につかめないのです。この間に訪中しているのははっきりしているのですが、どこで何をしていたのか、誰と会っていたのか、河崎議員はいっさい明らかにしていません」

蔵元は地元の後援会や、河崎議員の形ばかりの番記者に聞いてみたが、いわば身内にさえも何も伝えていない。

「河崎の事務所に直接聞いてみたらどうですか」

る。

「それはできません」

川口市で生活保護を受けながら暮らしていた赤井富雄が市営住宅から姿を消している。

業界内では便利屋と呼ばれている上杉亮が架空の話を小栗勢子に持ちかけて、ブラジルに帰国するように仕向けている。

「おそらくあなたの記事の影響がこれ以上拡大しないように、懸命に手を打っているとしか思えません。私の動きも上杉亮から河崎議員に流れている可能性があります」

「ではもう一点聞かせてください。エリザベス・サンダース・ホームの女性がレイプされたという噂はどのようなものなのでしょうか」

オサム・ウィリアムズが蔵元と会おうと決意したのは、レイプの噂をメールで告げられたからだ。最も知りたいことなのだろう。

河崎とは小学校、中学校の同級生で、現在は大磯町の町議会議員から聞いた話を伝えた。

「その町議会議員の名前は？」

「内川均という方です」

「ウチカワというのですね」

オサム・ウィリアムズは、名前を確認するにしては不釣り合いな鬼気迫る表情をしている。

「そうです」

「内川さんの父親の名前はわかりますか」

「父親の名前までは聞いていません」

「そうですか」

オサム・ウィリアムズは少し落胆しているように見えた。

「そんな話が当時あったんですね」

と、オサム・ウィリアムズは遠くの水平線でも見るような目をして言った。

話し続けた蔵元は冷たくなってしまったコーヒーを口に運んだ。

オサム・ウィリアムズは夢から覚めたようにハッとした表情で蔵元に焦点を合わせた。

「私が聞くばかりで申し訳ない。聞きたいことがあれば、できる範囲でお答えするようにします」

「記事の続報、あるいは河崎議員の総理総裁への動きについて、今後報道する予定はあるのでしょうか」

「あります。アメリカに簡単に戻れるような状況ではないので、本社からはこのまましばらく日本に滞在して、河崎の動きを記事にしろと言われています」

「具体的には、次はどんな記事を書くおつもりですか」

蔵元は残っていたコーヒーを飲みほした。

「エリザベス・サンダース・ホームの女性へのレイプが噂などではなく、真実だということを書くつもりです」

驚きのあまり口に含んだコーヒーを吐き出しそうになった。焦点の合った顕微鏡を覗くようにオサム・ウィリアムズを見つめた。

「蔵元さん、これからお話しすることは、私が記事にする段階まで何があっても秘密を守り通してもらえますか」

オサム・ウィリアムズも凍てついたように、視線を蔵元に向けたまま瞬きもしない。

「わかりました」

そう答えると、オサム・ウィリアムズは肺の中の空気をすべて吐き出すかのようなため息をつき、深い呼吸を一つしてから話し始めた。

蔵元はオサム・ウィリアムズがエリザベス・サンダース・ホームに入園した頃の生活やその後、河崎との間に何が起きたのか、少年期の話が語られると思った。しかし、そうではなかった。

さんとす丸に乗り込むまで何が起きたのか。オサム・ウィリアムズの話はさんとす丸が横浜港を出港する一年前から始まった。

オサム・ウィリアムズの話が終わった頃には、すでに日は落ちて、サラリーマンが居酒屋に足を運ぶ時間になっていた。

聞き終え、エリザベス・サンダース・ホーム出身の六人が背負い続けてきた傷がどのようなものだったのか。ガスバーナーで腕を焼かれるような苦痛を五十六年間の長きにわたって受け続けたのかもしれない。

蔵元の心には言いようのない怒り、暗い悲しみが、噴火直後の火山灰のように堆積していった。蔵元は言葉を失った。

「蔵元さん」

オサム・ウィリアムズの呼ぶ声に、肩を揺すられたようにハッとした。

「先ほどの河崎には空白の一ヶ月があるという話ですが……」

「そうです。いろいろ手を尽くしたのですが、私の力では中国での河崎のスケジュールをつかむことができませんでした」

「その件ですが、本社に探りを入れるように言います」

ワシントンポスト本社で河崎の何が調べられるというのか。河崎はただベテラン議員というだけで、アメリカにとってもそれほど重要な議員というわけではない。

「はぁ、本社にですか」

「トランプ大統領は移民を排斥する政策を掲げています。トランプの政策を支持する国民もいますが、批判する人たちも多い。国際的な世論はどうなのか。トランプ大統領は側近や情報機関を通じて、ＥＵ諸国、そして日本の政治家の中で、自分に同調してくれそうな議員について調査するように、密かに指示を出していました」

それでもオサム・ウィリアムズの真意が蔵元には理解できない。

「ワシントンポストが把握している情報では、河崎はトランプ支持に回るのでないかと思われる議員の一人にマークされています」

トランプ支持に回り、アメリカの国益にかなう議員であれば、その議員の思想や政策に関する情報が、諜報機関によって集められるらしい。ＣＩＡだけではなくトランプ大統領が直接管轄する組織もあるようだ。それらの組織にワシントンポストは食い込んでいるのだろう。

「河崎に関する情報が収集できるのですか」

蔵元は半信半疑だ。

「わかりませんが、その可能性がないわけではありません」

その日は、五時間近くもヴィラッツァで話し込むことになった。

それから五日目の朝だった。

蔵元はまだベッドの中で熟睡していた。夢の中で携帯電話が鳴っている、そんな気がした。いつも枕元に携帯電話を置いて寝る。そうするのは急逝した先輩記者の佐藤の教えだった。

「机に置いといたら、それを取りにいく時間だけ、他社の記者に後れを取るだろう」

それ以来、携帯電話は取材中でない限りマナーモードにはしないし、着信の音量も最大にしてある。枕元に置いてある携帯電話に疲れのためか手が伸びない。

いつまでも携帯電話が鳴り続けている。

ようやく手を伸ばし、手に取った。オサム・ウィリアムズと発信者の名前がディスプレイに表示されていた。

「寝ていましたか」

「ええ、まあ」曖昧な返事を返した。

「大至急、ホテルに来てくれますか。本社から連絡が入りました」

部屋の壁に掛けられている時計を見た。六時を回ったばかりだ。

「これからですか」

「そうです。空白の一ヶ月が判明しました」

「すぐに行きます」

バスルームに走り、顔を洗った。ようやく意識が鮮明になってきた。

蔵元は京王線笹塚駅の近くのマンションに住んでいる。この時間帯なら道路はまだ混んでいない。蔵元は甲州街道に出るとタクシーを拾った。二十分もあれば、サンルート東京には着く。

ホテルのエントランスにタクシーが乗り入れた。車を降りると同時にオサム・ウィリアムズの携帯電話を鳴らした。

「部屋で話しましょう」

九〇四号室だ。

ドアをノックするとすぐに開いた。少し広めのシングルだった。オサム・ウィリアムズは一睡もしていないのか、ベッドのシーツは乱れていない。その代わりベッドの上にはプリントしたコピーが並べられていた。朝の六時を待って、蔵元に電話したのだろう。

「これは……」

「本社からの報告です」

ベッドの端にオサム・ウィリアムズは腰を下ろし、蔵元は机の前に置かれた椅子に座った。

「河崎の空白期間がはっきりしたというのは本当ですか」

「その理由がここに記されています」

渡された報告書に目を通した。英語をもっと勉強しておけばと後悔した。

「わかりますか」

オサム・ウィリアムズの声も意識の中には入ってこない。一行一行、確かめるように読み進めた。

「Ｔｉａｎｊｉｎというのは……」

「天津のことです」

「日本人ＶＩＰ女性、中国名周佳雨(チョウジャユー)という女性ですが、この女性について、このまま信じても大丈夫な情報ですか」

「信じるにたる情報だから、当局もワシントンポストに情報をリークしたのだろうと、私は思います」

「これで点と点がはっきりとつながりました」

「河崎はトランプ支持に回る国会議員のリストから外れていました」

当然だろう。これでは習近平に首根っこを押さえられたようなものだ。

「これらの資料は渡しますから、報道の時期だけはワシントンポストと歩調を合わせてください」

資料を受け取り、自宅に戻ったがもはや眠ることなどできない。締め切り時間が迫り、睡魔と闘いながら原稿を書くために、カフェインの多く入ったドリンク剤をドラッグストアで買ってきてはよく飲んでいたが、その時の覚醒とはまったく違う。覚醒剤を使用したことなどないが、覚醒剤を体内に取りいれた時の感覚と似ているのではないかと思った。脳はもちろん手足の一本一本の毛細血管にまで、酸素を大量に含んだ血液が流れ込み、些細な刺激にも敏感に反応する。

蔵元は東洋女子医大の寺原教授を追いつめることができると確信した。それを足掛かりに、河崎の過去を明らかにすることができると、蔵元は思った。

それだけではない。政界に激震が走り、日本の政界の再編が進むのは間違いない。

オサム・ウィリアムズもそう考えているだろう。

蔵元もこれから起きる事態に心が震える思いだった。

17　対　決

河崎が待ち合わせ場所を指定してきた。日時は河崎議員から蜂須賀に電話があってからちょうど一週間後で、時間は夜十時だ。場所は神奈川県丹沢湖のダム広場駐車場。大磯町から北西方向に直線距離で約三十キロ離れている。河崎が考えに考えた交渉場所なのだろう。昼間でもそれほど観光客はいない。夜は駐車場も閉鎖されるが、駐車場に通じる道路は通行可能だ。

オサム・ウィリアムズは、その夜、蜂須賀に八人乗りのワンボックスカーを用意してもらった。ワンボックスカーに乗り込むのは、オサム・ウィリアムズ、蜂須賀、勢子、そしてヒロカズ・デービスの四人だ。交渉がうまく運べば、帰りは藤沢が加わる。

午後からサンルートホテルには勢子、そして前の晩、坂田真と同じ帝国ホテルに泊まったヒロカズ・デービスが集まった。ヒロカズ・デービスはジュラルミンのアタッシェケースをずっと離さない。最後にレンタカーを調達してきた蜂須賀が到着した。

全員そろったところでヴィラッツァで遅めの昼食を摂った。計画通りに運ぶのかどうかはわからない。しかし、藤沢の身柄を拘束しているのが、河崎議員の一味だというのは明白だ。ＩＣレコーダーには河崎が藤沢の誘拐、監禁に関与している事実が録音されている。今となっては、何もなかったことにして藤沢を解放しなければ、逆に自分の身が危うくなる。

オサム・ウィリアムズも当時のエリザベス・サンダース・ホームの子供たちに、河崎がどれほど差別的な発言をしてきたか、そんな記事は内心ではどうでもよかった。それが本当の目的ではないからだ。

アメリカ在住の三人は数年に一度は顔を合わせているが、勢子とだけは五十五年ぶりの再会になる。最初のうちは懐かしさに、ブラジルでの話に聞き入っていたが、それも長くは続かない。

藤沢の身に危険が及ぶことはまずないだろうと判断しているが、不安は心のどこかにへばりついている。勢子は怖気づいた顔をしている。四人の中で藤沢と頻繁に会っていたのは蜂須賀だ。

他のメンバーの緊張感を取り除こうとして蜂須賀が言った。

「譲治のことなら、そんなに心配する必要はない」

蜂須賀の声は確信に満ちている。

「あいつはヤクザの世界ではＢＪと呼ばれ、一目置かれている男なんだよ。河崎はそんなことも知らないから、あいつを人質に取るなんていうバカなことをしでかすんだ」

藤沢譲治がＢＪとかブラックジョーと呼ばれるようになった経緯を蜂須賀が説明し

た。外国人の女性をソープランドで安く働かせていたヤクザの経営者から、藤沢が未払いの報酬を出させる時の攻防を、まるでその場で目撃していたように語った。宗教家として長年布教活動をしてきたためだろう。蜂須賀の話にいつのまにか引き込まれ、聞き入ってしまう。

死をまったく恐れないＢＪの存在は闇の世界に広く伝わっていった。

「河崎が直接藤沢に手を出すなんていうことはない。そんな度胸はあいつにはない。どうせ子飼いのヤクザを使うだろうが、藤沢の正体を知れば、簡単には手出しができなくなる」

「どうして？」勢子が聞いた。

「ヤクザの掟を藤沢が破ったのならともかく、仁義を欠いているのは河崎の方だ。藤沢に万が一のことがあれば、藤沢を手にかけたやつが、今度は他のヤクザにつけ狙われることになる。そんな危険を冒してまで、河崎のために体を張るヤクザなんていない」

藤沢譲治はまさに一匹狼として日本で生きてきた。

希望は生きる勇気を与えてくれるが、絶望は生への執着を麻痺させ死へと誘う。アメリカにもブラジルにも移住する機会を失った藤沢は絶望と背中合わせの人生を送ってきたのだろう。その方向は真逆でも希望も絶望も人間を強くするようだ。

蜂須賀の話を表情一つ変えずに聞いていたのはヒロカズ・デービスだ。家庭ではよき夫であり、父親なのだろう。しかし、国境なき医師団の一人として、アフリカの内戦や中東の紛争地帯に入り、多くの負傷者の治療に当たり、そして死者を見てきた。ヒロカズ・デービスにも死への恐怖というものがないのかもしれない。ないというよりナイフを研ぎ続けた砥石が摩耗しひび割れ、最後には粉々に砕けてしまったように、恐怖感というものがヒロカズ・デービスの心から消失してしまっているのかもしれない。

落ち着き払っているヒロカズ・デービスに、蜂須賀が尋ねた。

「そのケースには何が入っているんだ」

ヒロカズ・デービスは食事をする時もずっとケースを膝に置き、体から離さない。

「重要なアイテムだ。これをアメリカに持ち帰るのが、武漢に入ったもう一つの任務だ」

その説明を聞き、それ以上は聞くべきではないと蜂須賀も判断したのか、黙りこくってジュラルミンのケースに目を遣った。

出発は少し時間に余裕を見て、午後六時にホテルを出発することにした。二時間もあれば、よほどの渋滞でもない限り丹沢湖のダム広場には到着する。首都高速の代々木インターから入り、東名高速を経由して大井松田まで一気に走り、あとは国道二四六号線を丹沢湖目指して北上するだけだ。時間の調整は大井松田インターを降りてから、適当なドライブインを見つけて、そこで休憩し、十時までに目的地に着けばいい。

「あの卑怯者のことだ。早く着いて、いろいろ準備をしているだろう」

オサム・ウィリアムズが吐き捨てるように言った。

「河崎のオフクロさんというのは、横浜を取り仕切っていたヤクザの娘なんでしょう。ヤバイ武器を持ってくるのと違うの」

勢子が不安そうに言った。

「大丈夫、心配はいらない。こっちには最高の武器がある」

ヒロカズ・デービスがジュラルミンのケースを右手で二、三度ほど軽く叩いた。


ゆっくり走ってきたが丹沢湖ダム広場には、結局九時半には着いてしまった。

駐車場の出入口にはチェーンが張られていて、中には入ることはできない。駐車場には一台の車もない。街灯はあるが、消されていて駐車場もそして駐車場に通じる道も真っ暗だ。

蜂須賀はエンジンをかけ、ヘッドライトをつけたまま、河崎が現れるのを待った。

「どこかで、こちらの様子をうかがっているのだろう」

と、言いながら助手席に座るすサム・ウィリアムズがワンボックスカーから降りた。

相手から見えやすいようにヘッドライトの前に立ち、周囲を見回してみた。ヘッドライトが届くあたりまでは見渡せても、それ以外の場所は駐車場もその周囲も静寂の闇につつまれている。

オサム・ウィリアムズはすぐにワンボックスカーに戻ってきて、助手席に座った。

「これであいつにも、俺がここにいるのがわかっただろう」

「今頃、闇にまぎれて、車の周囲を囲ませているに違いない」

蜂須賀も落ち着き払っている。

「私、怖くなってきたわ」勢子が言った。

「心配することはないさ」

最後部の席で、相変わらず膝の上にアタッシェケースを置くヒロカズ・デービスが、前方の暗闇に視線を遣ったまま言った。

「勢子はアマゾン奥地の入植地に入ったんだろう。そっちの方がずっと危険な気がするが」

オサム・ウィリアムズには不安をつのらせる勢子が意外だった。

「それはマラリアだの、得体のしれない風土病、毒蛇にサソリ、タランチュラ、本来は獣につくダニなど、あげればきりがないわ。でもね、そういったものは対処法さえ身に付けてしまえばそれほど怖くはないのよ。いちばん怖いのは人間のような気がするわ」

気を揉むだけの時間が過ぎていく。

「そろそろだな」

時計を見ながらオサム・ウィリアムズが言った。

午後十時。ヘッドライトの正面に人影が動くのが見えた。

「来た」蜂須賀が言った。

蜂須賀がドアを開けた。

「二人は後部座席で待っていてくれ」

オサム・ウィリアムズは勢子とヒロカズ・デービスには車内で待つように指示した。

オサム・ウィリアムズと蜂須賀は車のフロント前に立った。駐車場から車に向かって二人が近づいてくる。前を歩いているのはどうやら藤沢で、その後ろからついてくるのが河崎だった。

オサム・ウィリアムズと蜂須賀に気がついたのか、藤沢は白い歯をむき出しにして笑いながら近づいてくる。

「すまんな、こんな辺鄙な場所まで迎えにきてもらって。さあ帰ろうぜ」

藤沢は何も知らされていないのか、すぐにでも帰る気になっている様子だ。

「そういうわけにはいかないんだ」

河崎が上ずった声で言い放った。

オサム・ウィリアムズが一歩前に出た。

「あんたが俺たちにしてきた差別については、これ以上は書かない。それくらいは約束してやる。それで十分だろう」

「それでは困る。あんなでっち上げの捏造記事を書かれたら、政治生命が断たれてしまう」

「事実でないのなら、私やワシントンポストを訴えて、裁判に勝てば名誉は守れるだろう。裁判でシロクロ決着をつけるのが民主主義国家のルールだ」オサム・ウィリアムズは拒否の意思を示した。

「それにあんたが犯行現場から逃げていくのを目撃した者もいるんだ」

蜂須賀がいつもとはまったく違った形相で言い放った。これから人を刺すのではないかと思えるような顔つきで、宗教家の温厚な表情は微塵も感じられない。

「目撃者、そんな人間がいるなら連れてこい」

「そう言うと思った」

蜂須賀が待っていましたとばかりに答えた。

「おい、出てきてくれ」オサム・ウィリアムズが車内の二人に向かって声を張り上げる。

ヒロカズ・デービスと勢子の二人が車から降りてきた。

「久しぶりね。私たちを苛め抜いたあんたが国会議員というのだから、世も末だわ」

勢子は今にも河崎に唾を吐きかけそうだ。

ヒロカズ・デービスはアタッシェケースの取っ手を両手で握り締めている。

「お前を総理になんかさせてたまるか」

「こいつらが何を目撃したというのか」

ヘッドライトに浮かぶ河崎は、不安を掻き立てられるのか、唇がわなわなと震えている。

「亜矢子を殺したのはあなたよ」

「誰だ、お前は」

「新橋勢子よ、上杉亮とかいう記者に探りを入れさせたのはあんたでしょう」

勢子が積年の怒りを叩きつけるように怒鳴った。

「あの夜、俺と勢子はあんたが現場から逃げていくところを見ているんだ」

いつまで待っても戻らない相模亜矢子を探しに、エリザベス・サンダース・ホームの子供たちは、亜矢子が訪れそうな場所に、二、三人のグループに分かれて探し回った。一人で出かけなかったのは、一人になれば、まるで見世物のように人だかりができてしまうからだ。

「あんたが総理総裁になると聞いたので、そのお祝いにこうして五十五年ぶりに皆が集まったというわけだ」

蜂須賀が全員の再会は計画的だったことを明かした。

「ここにいるヒロカズ・デービスは今、世界中から注目されている医師だというのを知っているか」

オサム・ウィリアムズが挑発するように河崎に聞いた。

河崎は何もわからないのか、沈黙したままだ。

「新聞くらい読めよ」蜂須賀が嘲るように言った。「ＷＨＯがコロナウイルスの調査に武漢へ送った医師だ」

驚きのあまり、河崎が息をのみ込んだ。

「あんたにチビクロと呼ばれていた厚木広和だ。もっとも俺の顔など覚えてはいないだろうが」

「ああ、覚えているもんか。黒人の顔なんかみんな同じに見える」

そうだ。その調子だ。若い頃の河崎はそうやってエリザベス・サンダース・ホームの子供たちを差別し、けなしていたのだ。昔のように本性をさらしたらいい。オサム・ウィリアムズは心の中でほくそ笑んだ。

「私はこの二人の証言に基づいて、あんたが相模亜矢子をレイプし、殺したとワシントンポストに記事を送る。記事を差し止めたかったら、自ら過去の犯罪を明らかにし、政界から去ることだ。それ以外に方法はないぞ」

「身に覚えのないことをどうやって明らかにしろというのだ」

河崎は話にならないとでも言いたそうだ。

「亜矢子がつらいことがあって一人になりたくなると、こっそり出かける場所を知っていた。亜矢子がいなくなり、ヒロカズと二人でその場所に向かったのよ、あの晩」

「それで」河崎はふてくされた。

絞殺された相模亜矢子の第一発見者は勢子とヒロカズ・デービスだ。

「俺たちは山の坂道を駆け下るようにして走ってきた犯人の姿を見ているんだよ」

「それが俺だというのか、バカバカしい」

二人を小馬鹿にしたような不敵な顔つきだ。

そんな証言が証拠になるのかといわんばかりだ。

それくらいわかっている。明確な証拠があるから、五十六年が経過しても、こうして仲間が集まり、告発をしようとしているのだ。今にそれがわかる。オサム・ウィリアムズは落ち着き払って、河崎に好きなように言わせた。

「俺たちは助けてと叫ぶ亜矢子の声を聞いているんだ。その直後に、声のした方から走り下りてきたお前を見たんだ」

「あなたでないというのなら、左の耳を見せて。あなたの左耳は亜矢子ともみ合っているうちに引っ掛かれ、血だらけだった」

「わかった」

藤沢が嬉しそうに声を上げた。後ろを振り返ると、河崎の髪の毛をわしづかみにした。その手を河崎は必死に振り払った。

「何も左耳を見せるくらいかまわないだろう」

藤沢はなおも左耳を見ようとした。

「耳の傷で殺人犯にされてたまるか」

「だから最初から言っているだろう。記事を書くから、名誉棄損でもなんでも訴えればいいと。もし誤報なら、ワシントンポストも私も世界的な恥をかき、あんたは世界的にも有名な政治家ということになる。それでいいだろう」

河崎が何か言おうとしたが、それを制止するように藤沢が割って入る。

「もう話はいいだろう。そろそろ東京に帰ろうぜ」

藤沢は車に乗り込もうとした。

「記事にするのはよく考えるんだな」

河崎が掲載を断念するように執拗に迫ってくる。

「ここにいる全員を湖に沈めても、記事は出るようにすでに手配してある」

オサム・ウィリアムズは不掲載にするつもりは毛頭ない。

河崎は周囲の闇に目を配りながら、右手を挙げた。暗がりから五、六人の男たちが現れた。

「余計なことはしない方があんたのためだ」オサム・ウィリアムズが警告した。

「その言葉はそっくりそのままあんたに返す」

河崎は酒でも飲んだかのように急に痛快な声を上げた。

「これでも記事を出すのか」

河崎の声に、暗闇からさらに三人の男が出てきた。真ん中の男には、オサム・ウィリアムズには見覚えがあった。蔵元だ。

「すみません。ドジ踏んで……」

蔵元がオサム・ウィリアムズに詫びた。蔵元には河崎と決着をつけるからと場所と時間を告げ、遠くから成り行きを見ていろと言ってあった。蔵元の首には左側にいる男がナイフを突きつけている。

「俺のことを取材しているといろんなところから情報が寄せられた。調べたら週刊セクロの記者だったよ。あんたとも親しいようだから、二十四時間尾行させておいた」

「放してやれ」オサム・ウィリアムズの口調も自然と弱くなる。

予想外の展開だ。しかし、河崎の置かれている危機的状況は何一つとして変わってはいない。

「まったくいくつになってもお前の卑劣さは変わらないな」蜂須賀が呆れきった様子で言った。

「どこまでバカなんだ、お前は。亜矢子の件は時効ですむかもしれないが、ここでそいつを殺せば、今度こそ殺人犯だぞ」藤沢がなんとか思い止まらせようとした。

「バカはお前の方だろう。俺がいつ蔵元を殺すって言った。記事掲載をあきらめるまで、身柄を一時預かるだけさ。記事が掲載されたら、どうなるかは自分でよく考えろ。人のことを心配している暇があるなら、自分の娘のことを少しは考えたらどうだ」

河崎は藤沢の娘沙瑛も標的にしているとうそぶいた。

オサム・ウィリアムズもこのまま蔵元を残して引き揚げてもいいのか考えあぐねている。緊張した膠着状態が続く。

「帰ろう。そこにいるのはジャーナリストだ。彼も危険は覚悟の上で取材しているだろう」

突然、大声を張り上げたのはヒロカズ・デービスだった。

「私の正確な位置情報は、この中に入っている発信器からアメリカの情報機関に伝わっている。非常事態だと私がアメリカ大使館に連絡すれば、数分以内に米軍だけではなく、日本の警察にこの周辺は包囲される」

「なんでお前の位置情報をアメリカが追う必要があるんだ……」

　河崎はヒロカズ・デービスの任務は、ＷＨＯから依頼された武漢での調査だけだと思っているようだ。

「コロナウイルスは中国の細菌兵器ではないかとトランプ大統領は最初から疑っていた。そのサンプルを持ち出すように命令を受けている。そのサンプルがここにある。私の位置情報ではなく、このサンプルの位置情報が常に衛星で捉えられているということだ。私の身に何かあれば、トランプ大統領も黙ってはいまい。さあ帰ろう」

　ヒロカズ・デービスは車に乗り込むように促した。

「私のことはかまいませんから、引き揚げて」ナイフを突きつけられている蔵元が叫んだ。

　しかし、車に乗り込もうとしているのはヒロカズ・デービスだけで、他の四人はその場を動こうとしない。

「あんたにはもう逃げ場がないの。それくらいわかるでしょう。蔵元さんを放した方が罪は軽くなるって……」

　勢子が蔵元を自由にするように説得した。

「勢子の言う通りだ。放してやれ」

　藤沢が蔵元のところに歩み寄ろうとした。河崎の周囲にいた連中がそれを阻止しようと、蔵元の周囲を取り囲んだ。

その一瞬だった。オサム・ウィリアムズや蜂須賀の後方にいたヒロカズ・デービスがアタッシェケースを開錠した。開けると、中には家庭用消火器ほどのボンベが入っていた。

ヒロカズ・デービスはボンベに取り付けられている安全弁を外すと、河崎に目がけて放り投げた。ボンベからは真っ白な霧状のガスが勢いよく噴き出ている。放物線を描きながらオサム・ウィリアムズの頭上を越えて、河崎の足元に転がり落ち、白いガスが周辺を覆った。

河崎の配下は何が起きているのかわからずにうろたえている。

ヒロカズ・デービスはジャケットのポケットから錠剤の入ったケースを取り出し、掌にぶちまけると一錠をすぐに口に放り込んだ。

「お前もこれを飲め」

オサム・ウィリアムズも口に含んだ。

ケースをオサム・ウィリアムズに渡すと、河崎らに向かって怒鳴った。

「ガスの中に高濃度に培養されたコロナウイルスが混じっている。ガスを吸った者は全員感染した。私に非常事態が起きたとアメリカ当局も動き出す」

それを聞いて、悲鳴を上げたのは勢子だった。

「あなた、なんていうことをしてくれたのよ。感染したらブラジルに戻れないでしょう」

勢子には、トメアス移住地で帰りを待つ二人の子供と夫がいる。

「これを早く飲め。大丈夫だ、私たちは。薬はレムデシビルだ」

ヒロカズ・デービスは掌の錠剤を勢子と蜂須賀、藤沢に与えた。

アメリカの臨床試験では、重症患者百十三人を含む百二十五人のコロナ入院患者に投与したところ、一週間以内にほぼすべてが退院し、死亡したのは二人だけだった。

ボンベからはいまだにガスが噴き出ている。地面から積乱雲のように空気中に舞い上がり、周囲に拡散していく。

「君らも飲まないとひどい目に遭うぞ」ヒロカズ・デービスが叫んだ。

オサム・ウィリアムズが錠剤のケースを蔵元の喉にナイフを突きつけている男に投げつけた。それを取ろうとした瞬間、蔵元は男を突き飛ばし、オサム・ウィリアムズのところに駆け寄ってきた。

「君も飲みなさい」

ヒロカズ・デービスは手に持っていた一錠を蔵元に渡した。蔵元は即座に飲み込んだ。

「飲んだか」

「はい」

「これで大丈夫だ」

ケースにはそれほど錠剤は残っていない。男たちはそれを奪い合って河崎のことなど眼中にない様子だ。

「あんたも早く薬を飲まないと手遅れになるぞ。体力の衰えた老人、持病のある患者は感染すると劇症化することはわかっている。健康には自信があるのか」

ヒロカズ・デービスは、凍ってしまったように身動き一つしない河崎をからかうように聞いた。

「河崎議員、あなたは一刻も早く手当てをしないと大変なことになりますよ」

蔵元はそれまでナイフを突きつけられていたのに、河崎の身を案じた。

「簡単に死なれたのでは、記事の書きがいがなくなります。早く東京に戻って手当てをしてください」

ヘッドライトに浮かぶ河崎は唇を血が出るのではと思えるほど噛みしめている。

「そんなにヤバイのか」藤沢は楽しそうだ。

「それなら仕方ない。くれてやるから早く飲め」

ヒロカズ・デービスは掌に残っていた錠剤を河崎の顔に投げつけた。顔にあたって数錠が河崎の足元に落ちた。それを拾って河崎が口に運んだ。周囲に散乱する錠剤を、飲みはぐれた連中が奪い合っている。

「早く戻らないと、この一帯はすぐに警察に取り囲まれるぞ」

ヒロカズ・デービスが忠告した。

連中は河崎の両脇を抱えるようにして、暗闇の中に消えていく。

天気予報では、日付が変わる頃から関東地方の山沿いでは激しい雨に変わると伝えていた。予報通り雨が降り出した。

「車は東京に着くまで窓を開けっ放しにした方がいいぞ」

ヒロカズ・デービスが闇に向かって叫んだ。

オサム・ウィリアムズらもワンボックスカーに戻った。蜂須賀が運転席に座り、すべてのパワーウインドウを下げた。

「警察が来るんでしょう。待って、事情を説明した方がよくない」勢子が聞いた。

「警察なんか来るものか」オサム・ウィリアムズが答えた。

「窓を閉めてくれないか。雨が入り込んでくる」ヒロカズ・デービスが蜂須賀に頼んだ。

「だって感染する確率が高くなるんだろう」蜂須賀が恐る恐る尋ねた。

オサム・ウィリアムズもヒロカズ・デービスもこらえ切れずに笑い出した。

「感染は誰もしてない。早く閉めてくれ」

ヒロカズ・デービスの説明に、蜂須賀、藤沢、勢子が納得のいかない顔をしている。蜂須賀が窓を閉め、車を走らせた。

「ボンベから噴き出したのは、二酸化炭素ガス、つまりドライアイスだ。あれが勢いよく噴出するように特殊なガスを詰め込んだボンベだ。健康にもまったく無害だ」

「あなたたち、私たちを騙したのね」勢子が真顔で怒り出した。

仕掛けのことを知っていたのは、ヒロカズ・デービスとオサム・ウィリアムズの二人だけだ。

「で、あの薬は何なんだ」藤沢が笑いをこらえるようにして聞いた。

「私が毎日飲んでいるビタミンのサプリメント」ヒロカズ・デービスが答えた。

「では、GPSが組み込まれているというのも……」蔵元が確認を求めた。

「そんなもの付いているわけがない」オサム・ウィリアムズが答えた。

「でも、そういう計画なら、私や悟にひとことあってもよかったんじゃないの」勢子が不満をぶつけた。

「そうだ。その通りだ。私だってコロナと聞いた時には驚いた。これでしばらくは会員にも会えないし、家族ともどうなるか心配した」蜂須賀もハンドルを握りながら恨みを二人にぶつけた。

「だって知っていたら、『なんていうことしてくれたのよ』なんて迫真の演技はできなかっただろう」

ヒロカズ・デービスは真面目に答えてはいるが、口元には笑みがこぼれている。

「さて、これから待機中の坂田に電話する」

こう言ってオサム・ウィリアムズはことの一部始終を坂田真弁護士に報告した。

「記事は東京に戻りしだい送信する。記者会見の準備を頼む」

坂田は現場には立ち会わず、裁判に備え弁護団の結成と、マスコミに事実を伝えるために記者会見の準備をする計画になっていた。

「ドライブレコーダーの録画はどうだ」

オサム・ウィリアムズが聞くと、蜂須賀が事件現場の様子を再生した。すべて録画されていた。

「これを君に渡すから、好きなように使ってくれ」

オサム・ウィリアムズはＳＤカードを抜き取り、蔵元に渡した。

「ところで君はどこで拉致されたんだ」蜂須賀が聞いた。

「大井松田インターを降りて、近くのコンビニで買い物をして戻ってきたところでつかまりました」

「では最初にそこに行きましょう」

「ワシントンポストの記事には足元にも及びませんが、全力で記事を書きます」

こう言い残して蔵元は大井松田でワンボックスカーを降りた。しかし、念のために東京に戻るまで二台の車は一緒に走行した。

18　殺　人

　オサム・ウィリアムズはすでに用意してあった原稿に、丹沢湖での河崎の悪あがきを加筆して送信した。「次期総理候補の問われることのなかった殺人」というタイトルで、翌日にはワシントンポストに大きく掲載された。

　河崎晋之介が殺害したのは、エリザベス・サンダース・ホームで暮らしていた当時十八歳だった相模亜矢子だ。

　事件は一九六四年夏に起きた。その時の様子は昨日のことのように覚えている。何故なら、私も同じ施設で育ったからだ。

　プロローグをこんな書き出しで、オサム・ウィリアムズは記述した。

　父親は黒人米兵、母親は日本人、相模補給廠前に相模亜矢子は捨てられていた。成長するにつれて、亜矢子の美しさは際立った。当時の日本人はクロンボ（ｎｉｇｇｅｒ）という言葉を平然と使っていたが、亜矢子は、通り過ぎる人が足を止めるほど美しかった。

　エリザベス・サンダース・ホームを一歩出れば、どのような目に遭わされるかわかっている混血児たちは一人での外出は控えていた。彼女は好奇な視線にさらされるのをことのほか嫌って、外出を避けていた。そうした視線から解放され、自由に遊び回れるのは夏休みだった。エリザベス・サンダース・ホームの子供たちはいつも夏になると夜行列車で、園長の沢田美喜が所有していた鳥取の別荘に行くことになっていた。プライベートビーチで自由に飛び回り、泳ぐことができた。

事件はその直前だった。

ブラジル移住計画が着々と進んでいた。おそらく日本で過ごす最後の夏休みになるはずだった。

亜矢子は河崎晋之介と二人だけで会っていた。あれほど日本人の視線を嫌っていた亜矢子が何故、河崎と会ったのか。長い間、私にとっては謎だった。

河崎は亜矢子をレイプするために、彼女の両親を知っていると言って密かに呼び出していた。聡明な亜矢子がそんな誘いに乗るはずがないとずっと私は思っていた。しかし、彼女はその誘いに乗っていた。

河崎晋之介の母親は美津子で、美津子の父は港湾労働者の元締め。父親の栄之進は、母親美津子の実家の家業を引き継ぎ、横浜港に着いた米軍関係の荷役をも請け負い、米軍物資を相模補給廠へと輸送していた。

相模亜矢子の母親、財前明美は相模補給廠に所属する黒人兵の愛人だった。亜矢子はその黒人兵との間に生まれた。父親はその前にアメリカに戻り、母親は亜矢子を出産すると相模補給廠前に遺棄した。

その話を父親の河崎栄之進から聞いて晋之介は知っていた。亜矢子の父親はヘンリー・クラークで、母親の財前明美は亜矢子を出産した直後に自殺している。こうした事実を知っていたにもかかわらず、父親栄之進から詳しく聞き出してやると言って、亜矢子を誘き出したのだ。

目的はレイプだ。そしてその目的は達成された。それは明白だ。何故なら、亜矢子は妊娠していたからだ。

その秘密を知っていたのは親友の新橋勢子だった。二人は姉妹のように親密な関係にあった。亜矢子は勢子に妊娠の事実を告げ、どうしたらいいのか相談している。

胎内に宿った新たな生命を絶つ時間的な余裕は十分にあった。しかし、その選択肢は最初から亜矢子にはなかった。その命を奪うことは自分の命を絶つことにも等しいと考えたからだ。

わかってもらえるだろうか。エリザベス・サンダース・ホームで暮らしていた子供たちは、両親から遺棄された。生まれてくる子供にどのような視線が向けられるのか、亜矢子には十分にわかっていた。

「混血児は敗戦国日本の恥」

これが当時の日本人が私たちに向けてきた視線だ。

親には捨てられたが、日本人の母親たちは、私たちの命までは奪わなかった。だから私たちが誕生し、こうして生きているのだ。亜矢子も、彼女の母親が下したのと同じ決断をした。

日本で成長すれば、どのような扱いを受けるのか。それを知っていた亜矢子はブラジル移住を決意した。

亜矢子は出産し、ブラジルで育てると河崎晋之介に告げた夜、河崎に命を奪われた。亜矢子の帰りが遅いので、仲の良かった友人が探しに行った。そして変わり果てた亜矢子を発見したのだ。

殺害現場から逃げていく河崎の姿を二人の仲間が目撃している。河崎は左耳を手で覆い隠していた。左耳周辺も手も鮮血で染まり、左肩にかけて着衣も真っ赤に染まっていた。亜矢子には激しく抵抗した痕跡があり、両手は河崎が流した血でぬれていた。河崎晋之介は、亜矢子とそして胎内に宿った新たな生命を奪ったレーシストだ。その河崎が日本のリーダーとして名乗りを上げようとしている。

記事を差し止めようと、河崎は様々な圧力をかけ、妨害をしてきた。

河崎は私に訂正記事を書くように求めてきた。その代償に五百万円を提示してきた。この要求に応じれば、私は生涯で最高額の原稿料を手にしたことだろう。しかし、それは消すことのできない汚点を記者人生に残すことになり、多くの友人、そして読者を裏切ることになる。

この記事が金で私を籠絡しようとした河崎議員への回答だ。

河崎はそれが通じないとわかると、日本で暮らしていた私の友人、そしてその娘までも誘拐、監禁し、記事を断念するように脅迫してきた。それらのすべてが無駄に終わった。今後も圧力はあると思うが、亜矢子の死の真相を追及し続ける。

前回以上にこの記事の反響は大きかった。日本の各全国紙、有力地方紙、テレビ各局が報道した。当然、河崎議員のコメントを取ろうと、各社が押し寄せたが、河崎は姿を隠した。具体的な法的対応措置を取る準備を始めている、それが整い次第記者会見を行うと蓼科を通じて発表したに過ぎない。

しかし、記者会見を要求する声は日ごとに高まり、河崎を追及する声は野党だけではなく与党内からも上がってきた。離党届そして政界引退という筋書を予想するメディアもあったが、事実関係を曖昧なまま引退を許すといった雰囲気はまったくなかった。

報道から三日目の深夜、河崎は記者会見を翌朝、都内のホテルで開くと各社に連絡してきた。大規模な弁護団を組織したようだ。

マスコミ各社は日本に滞在しているオサム・ウィリアムズから直接取材したいと、

ワシントンポスト本社に取材依頼をしてきたが、本社は頑としてオサム・ウィリアムズの所在を明かさなかった。

ホテルオークラの記者会見会場には、全新聞社、通信社、テレビ各局が押し寄せていた。会場の後ろはすべてテレビ局のカメラで埋め尽くされ、最前列は音声のスタッフ、会場には三人用の会議机が何列にも並べられ、三人用の椅子には五人の記者が肘をぶつけ合うようにして陣取っていた。

記者会見は予定よりも二十分遅れで始まった。最初に会場に現れたのは秘書の蓼科で、その次に弁護士に伴われて河崎本人が入ってきた。その様子が実況放送された。オサム・ウィリアムズはその様子をビジネスホテルのベッドに横になりながら、サスペンス映画でも観るような気分で見ていた。

記者会見場に現れた弁護団だけでも八人もいる。中には無罪請負人とマスコミから呼ばれている著名な弁護士までいた。オサム・ウィリアムズはこれから名誉棄損で告発されるというのに、興奮して胸が躍るようで、早く記者会見が始まらないかとじりじりしていた。

記者会見の司会は蓼科が取り仕切っている。

「皆さん、お忙しい中、今日は河崎議員のために、記者会見においでいただき誠にありがとうございます。まず前回のレーシストと断罪された記事、そして今回の殺人犯の濡れ衣を着せられた報道について、河崎本人の口からご説明させていただきたいと思います。その後で、弁護団から今後の訴訟方針を説明してもらい、そして皆さんからの質問をお受けするという段取りで進行させていただきます。では早速議員本人からご説明させていただきます。お願いします」

こういって河崎議員にマイクを握るように促した。

一斉にストロボがたかれる。河崎の前には何本ものマイクが置かれ、ＩＣレコーダーが机の上に将棋の駒のように並べられている。河崎の前では床に座った音声スタッフがマイクのついた長いポールを河崎に向かって突き出した。

「ワシントンポストの一回目の記事は、私がまだ少年期の頃の話を断片的に取り上げて、レーシストだったと断罪しています。私の記憶も薄れているし、オサム・ウィリアムズ記者がエリザベス・サンダース・ホームからアメリカに養子として渡られた皆さんの取材を丹念にしたからといって、半世紀以上も前の私の子供の頃の発言をもとにレーシストと書くことが果たして正しいのか、アメリカのメディアとはいえ、告発し、裁判で争うことも、後援会、支持者とも相談、検討しました。

しかしアメリカでの訴訟となると、精神的、肉体的な負担は想像を絶するものがあり、訴訟を躊躇っていたというのが実情でございます。コロナ騒動で日本中が、いや世界中が騒然としている中で、たとえ微力であっても議員として残りの人生をすべて国民のためにと考えました。それで訴訟を断念しようと決断しました。

私の記憶にはありませんが、エリザベス・サンダース・ホームの皆さんが半世紀以上も前の私の発言を覚えていらっしゃるのだから、私がそうした差別発言をしていたのは事実なんでしょう。記事の通りレーシストかどうかは、私の政治家としての生きざまを国民の皆さんに見てもらえれば、はっきりするだろうと、それで訴訟を思い止まりました」

河崎は前の晩、弁護団と入念な打ち合わせをしたのだろう。国会での答弁のように滑らかな調子で説明が続く。

「しかし、その判断が誤りだったというのは、二回目の記事を見てはっきりわかりました。やはり最初の記事が掲載された時に訴訟を起こすべきだったと、今は後悔の気持ちでいっぱいです」

机には水の入ったコップと、三五〇ミリリットルのペットボトルが置かれている。ここまで話すと、河崎は喉が渇くのか、コップの水を飲みほした。

「まさか私がレーシストから、今度は殺人犯にされるとは思ってもみませんでした」

河崎は言いたい放題だ。

「私は、私が殺したとされる相模亜矢子なる女性を知らないし、第一エリザベス・サンダース・ホームで暮らしていた方と個人的な交流はまったくありませんでした。それがどこでどうなってこういう記事になるのか、見当もつきません。誤報というより悪意に満ちた捏造記事と言ってもいいでしょう」

　こんな取ってつけたような言い訳で、ワシントンポストの記事を否定し、本気で政治生命が維持できると考えているのか、河崎の知的レベルがもともとこの程度なのか、あるいは最後の悪あがきなのか、いずれにせよオサム・ウィリアムズには河崎の説明は断末魔の悲鳴のように思えた。

「最初の記事が報道された時、裁判に持ち込むよりは話し合いでと考えて、オサム・ウィリアムズ記者とお会いしたこともあるし、それ以降も何度かご説明をさせていただいてきたのですが、こうした記事を見るにつけ、すべてが徒労に終わったと残念な気持ちです。結論は、日本の弁護団、そしてアメリカでも同じように弁護団を組織し、ワシントンポスト社を名誉棄損で訴えるつもりです」

　こう述べた後はくどくどと自説の単一民族説を説明し、オサム・ウィリアムズはそれを曲解している。正しく理解しないままエリザベス・サンダース・ホームで育った子供たちへの差別発言とを強引に結び付けて河崎をレーシストに仕立て上げたと主張した。

　いくらでもウソを並べたらいいのだ。すべて一瞬で覆せる自信がオサム・ウィリアムズにはある。それをワシントンポスト編集部の幹部も知っているから記事を掲載したのだ。

河崎の説明が終わると、弁護団の代表が今後の手続きについて解説した。記事を詳細に検討し、事実誤認をしている箇所を正確に把握した上で、アメリカ側ですでに準備が進められている弁護団と協議の上、訴訟を提起する。

訴訟はアメリカで行われるが、すでに日本側でもセンセーショナルな報道が新聞各紙で行われている。今後、日本側のメディアにも河崎議員の名誉棄損にあたるものがあれば厳正に対処していくと、弁護団の使命と姿勢を表明した。

記者からの質問を期待していたが、とにかくつめかけた記者はワシントンポストの掲載された記事は読んでいるようだが、それ以上の情報を何も持っていない様子だ。エリザベス・サンダース・ホームについての歴史も、知識は何もないのに等しい。

終戦から七十五年、「あいの子」などという語句は差別用語とされ、新聞や週刊誌に載ることはまずない。エリザベス・サンダース・ホームについて、特別に関心でも持たない限り、調べることもないだろうし、知る必要もない。

「書いたオサム・ウィリアムズ氏は現在も日本に滞在しておられるようですが、所在は確認できません。何度も取材をお願いしていますが、いまだに取材には応じてもらえていません。この点について、もし河崎議員の方でご意見があれば聞かせてください」

質問というより、オサム・ウィリアムズを取材できない苛立ちをぶつけているようなものだった。

河崎は記者からの質問に水を得た魚のようだ。

「それはご本人に聞いてみないとなんとも答えようがありませんが、書きっぱなしで、その後の結果については知らない、裁判で白黒はっきりさせればいいという態度は、ジャーナリストとしていかがなものかと率直なところ思います」

記者たちは若いこともあって、戦後の混乱期の知識は皆無だった。ワシントンポスト報道後の河崎の一連の裏での動きも何一つとして取材していない。

記者からの質問を聞いている限りでは、河崎が日本のマスコミの追及から逃れられると思っても不思議ではないと、オサム・ウィリアムズも感じた。

ただ一人だけ、河崎がオサム・ウィリアムズに事実を説明したという点に触れた記者がいた。

「オサム・ウィリアムズ記者にどんな説明をして、その時の反応はどのようなものだったのでしょうか」

河崎が目の前のマイクを手にしようとした瞬間、弁護団の代表がそのマイクをいち早くつかみ、答えた。

「その点については、今後の裁判で明らかにしたい事実で、この場では証言を控えさせていただきます」

弁護団がどこまで事実を把握しているのかわからないが、オサム・ウィリアムズがいっさい聞く耳を持たないで、思い込みで第二弾の記事を書いたくらいの説明を河崎は弁護団にしているのだろう。

記者会見は続いていたが、番組はどのチャンネルも三十分程度で終了し、次のニュース映像に切り替わっていった。

終了と同時に、坂田真から電話が入った。

「見たか」

「ああ。あれで乗り切れると思っているのだから、私もワシントンポストも甘く見られたもんだ」

オサム・ウィリアムズの言葉は静かだが、抑えても激しい怒りがこみあげてきて、息遣いが荒々しくなる。それを感じたのだろう。坂田がなだめるように言ってくる。

「まあ、言わせておけ。あと二、三日のしんぼうだ。週刊セクロの発売はいつなんだ」

「来週の火曜日だ」

「こちらの記者会見もその日にやることにする」

坂田はワシントンポスト側の弁護団の代表に就くとすでに決定している。しかし、実際に裁判になるかどうかはまだはっきりしていない。坂田は訴訟に至る前に河崎は失脚するし、司直の手が伸びると判断していた。国会はすでに閉幕している。国会議員の不逮捕特権は適用されない。

「記者会見は外国人記者クラブでやる。部屋を確保する」

坂田はこう言って電話を切った。

蔵元が丹沢湖から戻り、自宅に帰った時にはすでに夜が明けていた。もはや眠ることなどできないと思った。河崎取材の経過報告をした段階で、ページを割くと吉田編集長から確約をもらっている。少しでも寝て体を休め、執筆に備えなければとベッドに身を横たえた。

目をつぶるが頭は冴えていくばかりだ。九時半を過ぎた頃だ。眠ることをあきらめてバスルームに入った。顔を洗い、目を覚まして十時に吉田編集長に連絡を入れようと思った。バスルームで顔を洗い終えた時だった。玄関のチャイムが鳴った。

昨晩のことがあったので緊張した。安アパートで管理人もいない。外からそのままアパートに入って来られる。インターホンを取った。

「すみません、朝早くから」

「どなたですか」

「フリーライターの上杉亮といいます。お話があって来ました」

玄関のドアスコープを覗いた。紙袋を持った男が一人立っていた。しかし、ドアから離れたところに誰かいても、ドアスコープでは確認できない。蔵元はドアチェーンをつけたまま扉を開けた。

「週刊セクロの蔵元さんですね」

「そうだが……」

蔵元本人だと確認すると、

「河崎議員から届けてほしいと頼まれたものをお持ちしました」

と、紙袋の上に中身を隠すように置いてあった新聞紙を取り、預かったものを蔵元に見せた。帯封をしたままの一万円札の束がはみ出さんばかりに詰め込まれていた。

「ドアを開けてもらえませんか」

わずかに開いた隙間からでは紙袋は入りそうにもない。

昨晩の出来事を口封じするために、銀行が開くのと同時に用意させた金を上杉が運んできたのだろう。

「帰れ」

蔵元は強引にドアを閉めようとした。反射的に上杉が右足を隙間に差し込んできた。

「強がるなよ。原稿書いても本を書いても、一千万円なんていう大金、転がり込んじゃ来ねえぞ。さっさともらって楽しく使ったらどうだ」

玄関に入っている上杉のつま先を思い切り踏んづけた。上杉が顔を歪め、足を引いた瞬間にドアを閉めた。

二日酔いの酒が喉にまで逆流してきたような気分だ。

まだ十時前だが、携帯電話で吉田編集長に電話を入れた。すぐに編集部で打ち合わせをしようということになった。

吉田編集長、デスクの石塚、そして蔵元の三人だけの会議だった。河崎議員の首をはねる独占スクープだ。情報が外部にいっさい漏れないようにしなければならない。

午前中の編集部にはまだ誰も出社していない。編集部の隅の方に五、六人も入れば一杯になってしまう会議室がある。そこで会議を始めた。

蔵元は佐藤から引き継いだノートから河崎の取材を始めた経緯を説明し、昨晩の出来事から一時間前に上杉亮が一千万円を持ってきたことまでを伝えた。

「拒否したことで、お前の身に何か起きるか。身の安全も考えなければならないな」

吉田編集長が言った。

「タコ部屋を用意するしかないでしょう」石塚が提案した。

「タコ部屋ですか……」蔵元が訝る顔をして聞いた。

吉田編集長は、「タコ部屋」の説明をせずに、

「タコ部屋一つだと問題が起きてもわからないから、コネクティングルームを用意さ

せる」

と返事した。

コネクティングルームは内部で隣の部屋とつながる部屋だ。この打ち合わせが終わった後、石塚と自宅に戻り、一週間分の着替えを持ってくるように言われた。

「しばらくはホテルの部屋からどこにも出られなくなる。覚悟してくれ。隣の部屋には、誰か編集部員を必ず泊まらせる」

石塚が説明した。吉田編集長は蔵元をホテルの一室に閉じ込め、外界と遮断し、原稿を書かせるつもりなのだ。

「お前の原稿、どんな風にまとめるのか、今は概略でいいから説明してくれ」吉田編集長が言った。

「まず二点に焦点を絞って書くつもりです」

一点目は、河崎晋之介が未成年の頃、相模亜矢子を殺害している可能性が極めて高いこと。何故ならその事実を隠蔽しようと、エリザベス・サンダース・ホーム出身の藤沢譲治の娘沙瑛を誘拐し、藤沢譲治は娘を自由にしてもらう代わりに、自分が人質になっていた。

藤沢の解放を条件に、河崎本人自らオサム・ウィリアムズに報道を止めるように迫っている。その交渉現場の日時をオサム・ウィリアムズから知らされ、蔵元は遠くから取材していたが、行動を察知されていたために河崎の一味に拘束されてしまった。

「その交渉の様子と私が自由になるまでの経緯は、このカードに記録されています」

「何だ、それは」石塚が聞いた。

会議室の机の上には古いパソコンが一台置かれている。すぐに起動し、蔵元はＳＤカードをメモリースロットに差し込んだ。

「丹沢湖のダム広場駐車場に通じる道で、オサム・ウィリアムズさんが乗っていた車から撮影されたドライブレコーダーの映像です」

吉田編集長と石塚は、蔵元をどかして、自分たちがパソコン画面をいちばん見やすい場所に椅子を移動させた。

交渉の時間は約三十分。二人は無言のまま見つめている。

「よくこんなものを入手できたな」

吉田編集長は眼球が飛び出てきそうな顔をして驚いている。

「オサム・ウィリアムズさんから使っていいと渡されたオリジナルのＳＤカードです」

「紙媒体の記事と同時に、インターネット版セクロに、これは載せられますね」

石塚は早くも記事掲載と、インターネット版セクロの誌面構成を考えていた。

「二点目は何を？」石塚が襲い掛かってきそうな勢いで聞いてくる。

「あいつの中国での動きです。ワシントンポストがどのような方法で入手したのかはわかりませんが、これはアメリカ国務省の極秘情報で、河崎の昨年の八月十五日から九月二十日までの行動が記載されています。これが出てきたということはトランプ大統領からも完全に見限られたということでしょう」

蔵元がオサム・ウィリアムズに呼ばれて、新宿のビジネスホテルで話した時、本人から手渡されたＵＳＢメモリーだ。

ＵＳＢメモリーをＵＳＢポートに差し込む。ＰＤＦの資料で表紙には「United States Department Of State」（国務省）と記載されている。一ページ目には、「河崎晋之介議員が仲介した中国・天津における日本人ＶＩＰ女性、中国名周佳雨の肝臓移植について」と記載されている。

「何故、国務省がそれほど力もあると思えない河崎議員のこんな詳細なレポートをする必要があるんだ」

吉田編集長の疑問は当然だ。蔵元が国務省のレポートについて説明した。

「河崎に関心を寄せているのではなく、目的は中東諸国の要人の移植手術です」

「中東？」石塚が頓狂な声をあげた。

中国は表向きには国際的に批判の多い死刑囚の臓器を使った移植手術を否定している。しかし、実際には親米派の中東諸国とアメリカの間に楔を打ち込み、親中派に引き込むために、イスラム教では禁止されている臓器移植を天津の病院で行っているのだ。

そこで移植を受けた中東諸国の要人は、もはや中国のいいなりになるしかなく、アメリカはあらゆる情報網を使って調査している。

「その中に河崎議員がひっかかってきたということです。結果的に、河崎議員が移植の仲介をした周佳雨という女が浮上してきた。このＶＩＰの正体を知ってアメリカ側も驚いたことでょう」

「誰なんだ、この女性は」

吉田編集長が聞いた。

蔵元はパソコンのモニター画面を吉田の方に向けた。国務省レポートを読み進めると吉田の顔色が変わっていく。

「周佳雨という名前は、本人の素性を隠すための暗号名でしょう。これなら天津の病院からまかり間違っても、正体が漏れる心配はない」

「この移植の仲介を河崎が請け負ったということか」

「そうです」

「これであいつの総裁選に向けての自信がどこからきていたものなのか、はっきりしたな。とにかくお前はホテルの部屋に入って、原稿を書きまくってくれ」

吉田編集長は、石塚に蔵元と一緒にアパートに戻るように指示し、戻るまでにはホテルを手配しておくと言った。

その日の夕方には、会社からそれほど遠くないホテル椿山荘に、二人とも偽名でチェックインした。吉田編集長は著名人との対談でそのホテルのスイートルームをよく利用していた。支配人とも親しく、事情を説明して外部からの電話はいっさい取り次がないように頼み込んだ。

隣の部屋とのドアは常に開けられていて、蔵元が一人になることはなかった。

原稿を書き始めた。食事はすべてルームサービスか、石塚の交代が隣の部屋に入る時、コンビニの弁当や食べたいサラダ、フルーツが運ばれてきた。最初はホテルで原稿を書くことにベストセラー作家になったような気分でいたが、部屋から一歩も出られない環境は、やはりタコ部屋だった。

吉田編集長から河崎が記者会見を開くことになったと連絡があった。記者会見には別の記者を送り、蔵元は部屋で記者会見の様子をテレビで見ることにした。その前の晩はデスクの石塚が隣の部屋に泊まった。

二人でテレビを見た。蔵元はすぐに違和感を覚えた。河崎がウソをつきまくるのはわかっていた。それよりも丹沢湖でのかけひきがまったくなかったような調子で、好き勝手な主張をしている。

河崎の発言を聞きながら、蔵元は目の前に落雷が落ちたような衝撃を受けた。

「上杉亮って記者と会ったことはありますか」

「昔、何かの企画を売り込みにきたことがあったが、しかし、セクロに書いたことはないと思うが……」

「あいつが今、どうしているか、探ってみてくれますか」

蔵元は自分の部屋に戻り原稿を書き始めた。

隣の部屋から石塚が知り合いの編集者に電話をかけまくっている。一時間もかからなかった。石塚が部屋に入ってきた。

「わかったぞ」

「どこにいるんですか」

「二日前、『週刊実話スクープ』の編集部に顔を出して、しばらく日本を離れて充電してくると言ってたそうだ」

「どこに行ったんでしょうか」

「渡航先まで言わなかったが、最近、フィリピンパブに通いまくっていたから、マニラにでも行ったんではないかと、知り合いの編集者は言ってたが……」

上杉は、河崎には蔵元が金を受け取ったとでも報告し、一千万円を持ってマニラに逃亡したのだろうと、蔵元は想像した。

そうとでも考えなければ、丹沢湖の一件についてまったくしらを切るような記者会見はできないだろう。

もしかしたら藤沢譲治、沙瑛のところにも同じように金を運んで行ったかもしれない。蔵元は藤沢譲治に連絡を入れた。藤沢譲治のところには現れていない。沙瑛に確認してもらうようにした。藤沢からすぐに返事があった。

「娘のところにも一千万持ってきたそうだ。すぐに追い返したと言っていた。紙袋を二つ持っていて、片方は俺に渡すような口ぶりだったようだ」

上杉は三千万円を持って海外に逃亡した。しかし、河崎は蔵元の口も、藤沢父娘の口も塞ぐことに成功したと思って記者会見に臨んでいるようだ。

すべての事実が暴かれるのは来週の火曜日だ。

19 続報

毎週火曜日発売の週刊セクロは、月曜日の午後には同業他社の編集部に届けられる。月曜日の夜、隣の部屋に泊まる編集部員が見本刷りの週刊セクロを持ってきてくれた。もちろんPDFで送られてくるゲラ刷りをメールで受信し、部屋に持ち込んだプリンターで印刷し校正している。しかし、記事が掲載された週刊誌の実物を手にしてみると、胸に迫ってくるものがある。

「編集部には、新聞社、他誌からの問い合わせの電話が鳴りっぱなしで、テレビ局からは明日のワイドショーに蔵元さんにゲスト出演してほしいという依頼が、吉田編集長のところに引っ切りなしにきています」

交代の編集部員、山川によると、明日の午前五時以降、週刊セクロのクレジットを必ず入れることを条件に、番組での記事の引用を認め、午前零時に週刊セクロのWebページで、記事の冒頭部分と丹沢湖の駐車場前で録画されたドライブレコーダーの一部を公開すると伝えているようだ。

記事全文とすべての映像は有料会員だけが午前五時以降、見られるようになっている。

「編集長は、蔵元さんの安全が確保できないうちは、いっさい取材に応じないと返事しています」

発売される週刊セクロの総ページは二百十三、その内グラビア三ページ、記事十ページを河崎報道にあてていた。グラビアは見開き二ページで、ワンボックスカーの前で背中を向けてオサム・ウィリアムズ、蜂須賀静怒、小栗勢子、そしてヒロカズ・デービスの四人が映っている。その先には藤沢譲治と河崎が並んでいる。ドライブレコーダーの映像からコピーされた一シーンだ。背を向けて立つ四人の顔はわからなくても、河崎、藤沢の写真は鮮明だ。

三ページ目は記者の蔵元が両側から拘束され、首にナイフを突きつけられている写真だ。

記事は丹沢湖の駐車場前で繰り広げられた河崎と四人のバトルの模様が、実況中継のように詳細に記載されている。

河崎はオサム・ウィリアムズの記事は悪意に満ちた捏造だと、記者会見で発表している。蔵元の記事にも同じような対応をすることも予想されるが、ドライブレコーダーの映像を突きつけられれば、もはや言い訳はできないだろう。

早刷りの週刊セクロは新宿のサンルートに宿泊しているオサム・ウィリアムズにも届けられている。午後四時過ぎに、オサム・ウィリアムズから蔵元のところに電話があった。

「明日、外国人記者クラブで私も記者会見を開く。君に送った資料も公表する」

蔵元は相模亜矢子を殺害したのは河崎晋之介だと、ワシントンポストと同じように断定した記事を書いた。吉田編集長も石塚も、蔵元がナイフで脅迫された状況から判断すれば、相模亜矢子殺人も河崎の犯行だと思われるが、断定的に書くには状況証拠しかないと、一歩引いていた。しかし、蔵元は河崎が殺人犯だと断定した。犯人だとする証拠の公表を、オサム・ウィリアムズの記者会見まで控えるという条件で資料提供を受けていた。

ワシントンポスト本社には各メディアからの取材依頼が殺到していた。決定的証拠を一社だけに開示するのは、不公平だという本社の意向もあり、記者会見まで内容の公表は各社と足並みをそろえることにしたのだ。しかし、その証拠を読めば、犯人は河崎であるのは明白で、蔵元は確信を持って、河崎が犯人だと断罪する記事が書けたのだ。

また、オサム・ウィリアムズ、蜂須賀静怒、小栗勢子、ヒロカズ・デービス、藤沢譲治の五十六年間、心に沈殿していた相模亜矢子への思いや、今まで真実を明らかにできなかった悔しさを記事の中に入れた。

月曜日夕方までにはすべてのメディアに週刊セクロが渡り、六時のテレビニュースでは大磯町にある河崎の自宅に各社が押し掛ける様子が、映像で流れる結果となった。

おそらく記事の内容を河崎議員本人は、番記者から聞いているか、あるいは密かにコピーを送ってもらい読んでいる可能性もある。自宅周辺はマスコミに包囲され、外に出ることは不可能だ。

秘書の蓼科を通じて三千万円を上杉亮に渡し、口封じを画策したが、それがまったく効果がなかったことを今頃は思い知らされているはずだ。事実を確認しようにも、上杉はフィリピンに金を持ち逃げしてしまった。

その夜は、吉田編集長がホテルの支配人に特別に依頼し、閉店間際の午後十一時少し前にホテル内にある和食レストランの個室に入り、石塚デスク、山川、そして蔵元の四人で、祝杯を挙げることにした。

すべての客が帰り、誰もいなくなったと支配人から吉田編集長に連絡が入り、レストランに移動した。

一時間ほど個室で食事をした。

久しぶりに緊張から解き放たれて美味い食事と酒を味わうことができた。

「明日のオサム・ウィリアムズ記者の会見は石塚に行ってもらうことにした」

オサム・ウィリアムズから新たな事実を聞き出すというより、各社がどんな質問をするのか、それを取材するためだ。

吉田編集長はこう言い残し、石塚デスクと二人で帰っていった。

部屋に戻り、蔵元は宿泊当番の山川と一緒に週刊セクロのＷｅｂページにアクセスしてみた。アクセス数がすごい勢いで跳ね上がっていく。

次期総裁選に出馬、総理の座を射止めるのではないかと言われた河崎が、エリザベス・サンダース・ホーム出身五人を脅迫し、蔵元にナイフを突きつけている映像が、再現ドラマではなく、実際の映像が五分程度に編集され流れている。

「前代未聞ですね、こんな映像」

山川も初めて見る映像に高圧電流に感電したような驚きぶりだ。

今頃、河崎はどんな顔をしてこの映像を見ているのかと思うと、ナイフを突きつけられた恐怖感や恨みも、霧が風に流されたように消えていくのを感じる。しかし、エリザベス・サンダース・ホーム出身の彼らはそうはいかないだろう。

「これから河崎はどうするつもりだろうか」

蔵元は独り言のように呟いた。

「ここからはお決まりのコースですよ」

年齢的には蔵元より、二、三歳年下の山川が言った。

「緊急入院で、面会謝絶。そうやって時間稼ぎをして騒ぎが治まるのを待って、次の手を考える。私もドライブレコーダーを全部見させてもらっているわけではありませんが、蔵元さんの記事では、ドライアイスを吹きかけて、コロナウイルスに感染したと言って、あいつらを東京に追い返しているんでしょう。コロナに感染したと、どこかの隔離病棟にでも入院する気ですよ、きっと」

吉田編集長の情報管理は徹底していた。編集部のスタッフにもドライブレコーダーの映像は公開していないようだ。それほど河崎関連のニュースは慎重に、そして蔵元の身の安全を図る必要があると考えているのだろう。記事を担当するのは、吉田編集長と石塚デスクの二人で、それ以外の部員は、通常の業務だけで、河崎関連のニュースにはほとんどかかわることがないようだ。

それでも山川は的確に先を読んでいた。ヒロカズ・デービスの話を本気にすれば、確かにコロナウイルスに感染したと思うに違いない。しかし、あの場に居合わせた者の中で、発熱した者など誰一人として出てこなければ、診察した医師は感染だけでなく、コロナウイルスの混入ガスそのものを疑うだろう。

その晩、酒を飲んだこともあって熟睡した。

翌朝、山川の呼ぶ声で目を覚ました。

「蔵元さん、起きてテレビをつけてください」

山川は自分の部屋で早くから起きてテレビを見ていたようだ。蔵元はベッドの中で寝ころんだままリモコンでテレビをつけた。

午前五時から全映像が有料会員に公開され、メディアにも週刊セクロのクレジット入りで、いくつかのシーンの使用許可を出したようで、それがテレビに流れている。河崎の音声は聞き取りにくい部分もあるが、テレビ局は字幕スーパーを入れて映像を流している。

「入りますよ」と言って、山川が部屋に入ってきた。「ドライブレコーダーの全映像を見ました」

「どうだった?」

「危険な取材をよく一人で成し遂げたものだと、改めて蔵元さんを尊敬するし、まだスタートしたばかりの編集人生ですが、一生心に残る記事で、こうして蔵元さんと一緒にいられることを光栄に思っています」

蔵元はチャンネルを替えてみたが、どの局も解禁になった映像を流し、河崎議員の五十六年前の相模亜矢子の殺人疑惑、そしてその隠蔽工作を追及している。

顔を洗い、いつものようにルームサービスで朝食を摂ろうと思った。山川が気を利かしてルームサービスを頼んでくれた。朝食は山川の部屋に二人分が届けられるようになっている。

すぐにルームサービスが運ばれてきた。その間、蔵元は自分の部屋にいて、ホテルのスタッフにも顔を見せないようにした。

「朝食が届きました」

山川が自分の部屋に来るように言った。

注文していないのにフルーツの豪華な盛り合わせが付いていた。新聞も全国紙三紙の他に日本経済新聞も添えられていた。

「支配人が気をきかせてくれたのでしょう」

吉田編集長が支配人にだけは事情を説明していた。今朝のニュースを見て、どれほどの危険を冒して蔵元が記事を書いたのかを知って、気遣いをしてくれたのだろう。

食事を早々とすませ、新聞に目を通すと山川と今週入稿の記事の打ち合わせをした。

「次は河崎が中国で移植を仲介した日本人女性ＶＩＰについて書くことになっているけど、編集部の方で取材してほしい医師がいるんだ」

「誰ですか」

「東洋女子医大の寺原慧士郎医師だ。事実が明らかになれば、その女性が逃げ込む病院は東洋女子医大だと思う。寺原医師のコメントを取るのと、河崎の入院に備えて病院を張り込んでほしいんだ」

山川が怪訝な表情を見せる。

国務省リポートは、河崎を追及している蔵元だけに提供された資料だ。他のメディアが寺原を追及するとは思えない。寺原は国務省レポートを突きつけられれば、事実を証言せざるをえない立場に追い込まれる。

蔵元の携帯電話が鳴った。吉田編集長からだ。

「公開した映像を見て、検察が動き出すという情報が入った。雲隠れしようにも河崎は動きが取れないでいる。女性ＶＩＰの亭主にもいずれ捜査の手が伸びる。今頃は二人とも大慌てで弁護士と打ち合わせをしているだろう。オサム・ウィリアムズの記者会見は弁護士と一緒に午後四時からだそうだ」

「今、山川さんと話をしていたのですが、寺原のコメントを取ってもらえますか」

電話を山川に代わるように言われた。

山川は「はい」と何度も答え頷いている。

「わかりました」

と答えて電話を切った。

「編集長から、寺原教授のコメント取りを任されました」

山川に初めて任された大きな仕事だ。

「俺の部屋に来てくれますか」

蔵元のノートパソコンにオサム・ウィリアムズから送信されてきた国務省レポートが保存されている。それを開き、山川に読ませた。

山川はバケツの水でも頭からかけられたように、目を見開いて蔵元を見た。

「女性ＶＩＰが天津で移植を受けたのはわかりましたが、何故、河崎は頻繁に東洋女子医大の寺原のところに行くのでしょうか」

日本移植学会は、臓器売買が疑われるレシピエントの治療には慎重な態度を取っている。

世界各国で移植用の臓器は不足している。そのために二〇〇八年の国際移植学会で「移植が必要な患者の命は自国で救えるように努力をする」という内容のイスタンブール宣言を採択している。

イスタンブール宣言は、海外での移植は貧困層や弱者層をドナーソースにするために禁止されるべきである、とした。

しかし、現実的には海外で移植手術を受ける日本人の患者は少なくない。

「海外で移植を受けた患者が、術後のケアを求めて日本移植学会に加盟している医師のところに行くと、警察に通報すると告げられ、現実的には診療拒否に遭う」

蔵元が山川に説明した。

「でも女性ＶＩＰの治療を拒否するわけにはいかないでしょう。いくら移植学会の理事長とはいえ」

「中国での移植、帰国後のケアが順調に進んだのも、シクロスポリン、タクロリムスに次ぐ第三の免疫抑制剤開発に成功した日本の製薬会社と河崎は密接な関係があり、その製薬会社は中国にも現地工場を持ち、免疫抑制剤を生産している。当然、その製薬会社は中国の移植事情を知っている。その情報が河崎にも流れたと思われる」

「一人でよく取材しましたね」

「いや、一人ではない。河崎をずっと取材していた亡くなった佐藤さんのノートがなければ、ここまでは調べられなかった」

蔵元は佐藤から取材ノートを託された経緯を山川に説明した。

「寺原教授のコメントは必ず取ってくるようにします」

「コメントがあれば、河崎のすべてを暴くことができる。よろしくお願いします」

中国の臓器移植は、ドナーソースに問題があると国際的な批判が相次いでいた。ドナーソースが死刑囚だからだ。摘出された臓器は、国内だけではなく日本を含む外国人レシピエントに高額な価格で取り引きされ、移植されていた。その数は年間移植件数六万件から十万件で、多くは反政府運動の活動家、つまり良心の囚人が臓器源とみられる。

女性ＶＩＰに移植された肝臓はこうした臓器の一つと考えられる。

中国での臓器移植は、出国から帰国まで一、二ヶ月という短期間で可能だ。何故なら、日本出国前にレシピエントの血液型、ＨＬＡ（Human Leukocyte Antigen＝ヒト白血球抗原）のタイピングデータがあらかじめ中国側の移植病院に送られるからだ。

レシピエントに最も適合する死刑囚が選ばれ、刑が執行され、臓器が摘出されるのだ。日本人ＶＩＰ女性、中国名周佳雨はその臓器を使った移植手術を天津で受けていた。

「周佳雨が移植手術を受けたという事実は、もしかしたら良心の囚人が一人処刑されたということですか」

山川が確認を求めてきた。

「その通りだ。河崎も、それどころか女性ＶＩＰの夫はもはや中国政府に弱みを完全に握られてしまった。河崎議員は表向きには単一民族国家だ、外国人移民受け入れに反対だのと唱えているが、中国が技能実習生をもっと受け入れろと言えば、真っ先に賛成するだろう。それでトランプ大統領は親米派議員のリストから外したのだと思う。でも、アメリカにとっては河崎などどうでもよくて、今や隠れ親中派の女性ＶＩＰの夫が悩みの種だろう」

「もはや中国の操り人形、恐ろしい話です」

山川が溜息を漏らした。

その日の交代の編集部員が来るまで、蔵元は山川に臓器移植の日本の現状と、国際的に問題になっている中国での移植、そしてレシピエントは移植後の抗体反応を抑えるために免疫抑制剤を服用しなければならないことや、免疫抑制剤の製薬会社から河崎議員が多額の献金を受けている事実を説明した。

蔵元は寺原教授の取材を山川に任せたが、改めてもう一人取材したい相手がいた。内川均だ。取材というより、確認したいことがあったのだ。

外国人記者クラブの記者会見に臨む前に、オサム・ウィリアムズは坂田真弁護士が宿泊している部屋で事前の打ち合わせをした。週刊セクロの記事はすでに読んでいる。どんな懐柔策、脅迫があったのかは出席するメディアは承知している。

「丹沢湖での一部始終はセクロの報道で、それほど多くの質問は出てこないだろう」

坂田真弁護士は、日本の記者からの質問をいろいろと想定していた。

「亜矢子を殺したのが河崎だという根拠は、今の段階では血を流して逃げて行った河崎を勢子とヒロカズの二人が目撃したという証言だけだ。客観的な証拠があるのかどうか、それを求めてくるのははっきりしている」

「週刊セクロの記事は私も見たが、あの資料については何も触れていなかったが……」

「あの資料については、一社に提供するのではなく取材を求めているすべてのメディアに出した方がいいという本社の意向もある。私と坂田と二人で入手に至る経緯を説明した方が、日本のメディアも納得するだろうし、何より亜矢子もそれを望んでいるような気がするんだ」

「そうだな」

坂田も納得したようだ。

帝国ホテルから外国人記者クラブが入っている丸の内二重橋ビルまで徒歩で十分もかからない。梅雨はまだ開けていない。空はいつ雨が降り出してもおかしくないほどどんよりしていたが、二人は爽快な気分を楽しむかのようにゆっくりとした歩調で外国人記者クラブに向かった。

外国人記者クラブは五階にある。すでに会場には入りきれないほどの取材陣で埋め尽くされていた。中には海外のメディアも取材に来ていた。オサム・ウィリアムズは用意してきたUSBメモリーを外国人記者クラブの事務局に渡し、中に保存されているデータを百部ほどプリントするように依頼した。

二人が会場に入ると一瞬にして静まり返った。事務局には二人が座れるように椅子とマイクを用意するように頼んでおいた。オサム・ウィリアムズ、そして坂田真の順に座った。二人とも日本人の面影を残しているものの、オサム・ウィリアムズの肌は白人そのもので、坂田は黒人と言ってもいいくらいだ。

事務局が会場に入り、資料を配布した。

「では始めましょうか」オサム・ウィリアムズが会場を見回しながら言った。

「私がワシントンポストのコラムを担当しているオサム・ウィリアムズです。以前は横田修という名前で、アメリカに移住し、ウィリアムズ家の養子となってからは、今の名前を名乗っています」

目で合図を坂田に送った。

「坂田真です。以前は館林真という名前でした。私は日米の弁護士資格を持っています。河崎議員がワシントンポストとオサム・ウィリアムズを訴えるというので、オサム・ウィリアムズの弁護を引き受けることにしました。ついでに申し上げておきますと、オサムとは子供の頃から兄弟の付き合いをしてきた仲で、私もエリザベス・サンダース・ホームの出身です」

会場がどよめく。

「今回の一連の報道で皆さんからワシントンポスト本社に取材の依頼があったようですが、河崎議員からの抗議というか、妨害、圧力もあり今日までお受けすることができませんでした。ここで改めてお詫びするのと同時に、記事掲載にいたるまでの経緯をご説明したいと思います」

日本で育ったのだから、日本語を話すのは当たり前だが、どちらかと言えば、白人、黒人の特徴を強く持っている二人のシニアが日本語を流暢に話すことに違和感を覚えている様子だ。

「エリザベス・サンダース・ホームから十人がブラジルを目指したのは、相模亜矢子が殺された一年後でした」

オサム・ウィリアムズはエリザベス・サンダース・ホームのすべての子供が河崎と河崎が率いる少年たちから差別された経験があると改めて語った。父親が黒人の亜矢子も同じように汚い言葉で罵られた。

「私たちから見ても、亜矢子は本当に美しい女性で、サンダース・ホームで暮らしていたすべての児童の憧れの的であり、慕われていました。そんな彼女があの夜、何故、よりによって河崎と会い、殺されたのか、しばらくの間、私たちにとっても謎でした」

しかし、殺害現場から逃亡を図った河崎は、小栗勢子、ヒロカズ・デービスによって目撃された。

「週刊セクロによって、その事実は明らかになっています。蔵元記者は実はずっと河崎の健康問題を追及されていて、その取材過程で河崎の殺人の事実まで突き止めてしまいました」

オサム・ウィリアムズは蔵元にだけ特別に情報を提供していたわけではないと経緯を説明した。

相模亜矢子が殺され、現場から逃亡していく河崎を二人が目撃していたことを知ると、沢田美喜は大磯警察署に河崎晋之介を逮捕するように求めた。沢田の要請を受けて、大磯警察署は新橋勢子、そして厚木広和から事情を聴取している。しかし、河崎本人に捜査の手が伸びることはなかった。

「その当時はわかりませんでしたが、河崎晋之介の父親、栄之進は国会議員として大きな権力を握り、アメリカの政府高官、米軍関係者とも太いパイプを持っていました」

沢田美喜も警察当局に強く訴えていた。いずれ河崎は逮捕されるだろうと思って、差別のないブラジルを目指し、さんとす丸に乗船した。

船内で新橋勢子から亜矢子の妊娠の事実を知らされた。父親は河崎晋之介だと亜矢子本人が勢子に告白していた。その子供の出産を決意したことで、河崎から殺されたのだろうと勢子は思っていた。妊娠の事実を知っていたのは、勢子と一部の関係者だけだった。

勢子は亜矢子のプライバシーを守るためにずっと秘密にしていた。亜矢子からも堅く口止めされていたのだ。河崎が逮捕されないまま勢子は横浜港を離れた。秘密を守り続けることが苦しくなり、四人にだけは真実を打ち明けたのだ。

さんとす丸には沢田美喜も乗船していた。それを沢田本人に問いただすと、妊娠は事実だと答えた。

エリザベス・サンダース・ホームで暮らす児童の健康診断は、誰もが敬遠する中で、大磯町で開業していた内川一医師が担当してくれた。妊娠しているのではと思った亜矢子は職員に伴われて、内川医師の診察を受け、妊娠の事実を知った。

「こうした事実は沢田園長が警察に伝えている。しかし、警察は動かなかった」

沢田園長自身にもその理由はわからなかった。

さんとす丸がパナマ運河を通過し、食糧、水を補給するためにキュラソー島に寄港すると、サンパウロの日系人の一部がエリザベス・サンダース・ホーム移民の受け入れに反対しているという情報が届いた。キュラソーでさんとす丸は一週間の停泊を余儀なくされた。それを知り、沢田美喜の友人でもあったパール・バックがチャーター機を仕立ててキュラソーにやってきた。

「アメリカに移住を希望するなら、移住できるようにすると言ってくれた。それで四人がチャーター機でアメリカに向かった」

横田修は後にオサム・ウィリアムズとなり、ワシントンポストの記者となった。館林真は日系三世の坂田ミラと結婚し、坂田真として日米の弁護士資格を取得し、法律家として活躍している。厚木広和は医師の道を選び、黒人医師と結婚。ヒロカズ・デービスとなり国境なき医師団の医師としてその活躍は広く知られ、WHOの要請を受けて武漢にも派遣された。入間悟は蜂須賀家の養子となり、蜂須賀静怒を名乗って世界霊命教会の僧侶として日米の橋渡しをしている。

「アマゾンに入植し、結婚した小栗勢子、そして日本に残った藤沢譲治、私たちキュラソー組は特に亜矢子と親しかった。移住後も河崎がいつ逮捕されるか、ずっと気にしていたが、河崎が逮捕されることはなかった」

亜矢子のことを一日たりとも忘れた日はない。しかし、それぞれが自分の生活に追われた。河崎の様子は、日本に残った藤沢からの手紙で知っていた。

「国会議員になったと知り、どうしてあいつが逮捕されずに、のうのうと国会議員になれたのか、真実を調べなければ亜矢子に申し訳ないと思った。われわれ六人もなんとか生活を確立し、行動を起こせる立場になっていた」

亜矢子は生前、自分の父親について調査できないか、パール・バックに手紙を書いていた。父親の名前も、そして母親の名前も亜矢子は知っていた。

「亜矢子がそれを知ったのは河崎晋之介から聞かされたからです。何故、河崎が亜矢子の両親について知っていたのか、その経緯を亜矢子はパール・バックに手紙で知らせ、父親を探してほしいと依頼の手紙を書いていたのです」

亜矢子が書いた手紙はパール・バック財団に今も大切に保管されている。

「その内容を説明します。父親はヘンリー・クラークで、相模補給廠に所属していた軍人、母親は財前明美。母親は生まれたばかりの亜矢子を補給廠のゲート前に遺棄した後、自殺していた。こうした事実を河崎晋之介は父親の栄之進から聞いて知っていた。それを材料に亜矢子を誘き出し、彼女をレイプし、最後には殺害したのです。亜矢子は妊娠した事実もパール・バックに伝え、日本では育てられないので、ブラジルに移住すると手紙で伝えていました」

その手紙がパール・バックに届いた頃には、亜矢子はすでに殺されていたのだ。パール・バックは亜矢子が殺されたのを知らなかった。さんとす丸に亜矢子と生まれたばかりの子供もいると思っていたようだ。亜矢子が望むのであれば、母子ともにアメリカに連れて行く気持ちでいたことが、当時の関係者の口から語られた。

しかし財団に残されていた手紙だけで、五十六年も前の犯罪で河崎を有罪に持ち込むには無理がある。

「何故、亜矢子を殺したのが河崎だと断定した記事を書いたのか、そのことについては、坂田弁護士の方から報告してもらうことにします」

オサム・ウィリアムズは自分の前に置かれたマイクを坂田弁護士の前に差し出した。

「河崎議員はオサム・ウィリアムズが書いた記事は捏造で、名誉棄損で訴えると表明しているようです。裁判の場で争えば、真実だと判断できる十分な証拠、証言に基づいているのは明白で、日本、アメリカ双方の法律に照らしても、ワシントンポストに非があるとは思えません。それを私の方から説明させていただきます、事務局の方で配ってもらった資料を元に説明したいと思います」

坂田は何度も記者会見を経験しているのだろう。流れがスムーズだ。

「何故、相模亜矢子の死が闇に葬り去られたのか、当時の日米関係、アジア情勢が関係していたのは明らかです」

アメリカの外交文書は、記録作成から三十年以内に機密指定を解除され国務省から公開される。しかし、「サガミアヤコ・ファイル」は三十年以上が経過しても、機密解除にはならなかった。何故、相模亜矢子の死についてのレポートが外交文書の中に含まれるのか、それ自体が謎だった。

「手元の資料が機密扱いから公開されたのは半世紀も経過した二〇一五年でした」

その資料が記者たちに配布されている。アメリカ側の外交文書は当然英語で記されている。

公開された外交文書によると、河崎晋之介の父親、当時、衆議院議員だった栄之進から相模補給廠のトップに、晋之介のアメリカ留学が可能になるように大使館、領事館に働きかけてほしいという要請が、一九六四年八月に出されている。

「息子晋之介が犯した殺人を知り、アメリカへ逃亡させようと画策したのでしょう。しかし、事情がわからない補給廠のトップは、当時の大使に留学を打診します。国会議員の息子とはいえ、何故相模補給廠のトップが便宜供与を図るのか。そこには国際情勢が反映しています」

坂田が解説した。

留学の要請が出されたのと同じ八月、日本政府は南ベトナムに総額百五十万ドルの緊急援助を決定し、アメリカのベトナム軍事介入を支援した。

九月には原潜寄港に反対して横須賀市では八万人もの反対集会が開かれていた。アメリカに対する風当たりは強くなる一方だった。

日本政府から南ベトナムへの援助物資、相模補給廠から運び出されるベトナム駐留米軍への軍事物資を横浜港に移送するのは、河崎グループの輸送会社が一手に握っていた。滞ることなくベトナムに物資を輸送し、国内で高まる反米気運を抑える、特に横須賀、厚木基地を抱える神奈川県ではその役目が河崎栄之進議員に託されていた。

十月に新幹線が開通し、東京オリンピックが開催された。しかし、日本を取り巻くアジアの情勢は緊迫していた。一九六五年二月には米軍は北爆を開始した。韓国は国内世論を抑えて日韓条約を結んだ。

「留学の理由は、米軍の物資を円滑に輸送するために、アメリカの事情を理解し、有能な通訳を育成したいというものだった。このもっともらしい理由を付けた協力要請がアメリカ大使に届いた頃、実は沢田美喜から、アメリカ人の子供でもある相模亜矢子の死の真相を究明するように、日本の警察当局に圧力をかけてほしいと要請が出ていました」

そうした要請文が時系列に並んでいる。

資料に目を通す限り河崎晋之介の留学は難なく実現しそうな調子で進んでいた。それにストップがかかるのは六四年の年末だった。アメリカの当時の大使は、沢田美喜の要請に応えて相模亜矢子の捜査状況の報告を警察庁から受けていた。大使が警察庁から提供された二通のカルテを目にした時から、相模亜矢子の殺人は思わぬ方向へと展開していった。

殺人事件が起きた夜、大磯町の開業医、内川一のところに河崎晋之介が治療に訪れている。内川の専門は内科だが、田舎町のことで小さなケガの治療も引き受けていた。河崎晋之介は左耳を負傷し、三針縫うほどの裂傷を負っていた。河崎は不良とケンカになり、左耳を鋭い刃物で切られたと説明していた。

「当時のカルテ、これはおそらくカルテを写真に撮ったものだと思いますが、それが資料として残されていました。これにはご覧の通り傷の状態が書かれています」

記者に渡されたカルテの備考欄には左耳の裂傷状態がイラストで描かれている。そして、その下に傷口から取り出されたモノについても記述してあった。

〈黒人の皮膚片が付着した指の爪の一部〉

普通なら傷口の汚れや血を拭き取った脱脂綿と一緒に捨ててしまうものだが、河崎晋之介がエリザベス・サンダース・ホームの児童に対してしていたことを知る内川医師は、皮膚片の付いた爪をシャーレの中に保管した。

その翌日の夜、内川医師は大磯警察署に呼ばれた。当時はまだ検視官なども少なく、遺体の検視を一般の医師が行っていた。

「河崎を治療した内川医師が相模亜矢子の検視を担当し、その検視報告書も機密指定を解かれ、資料の中に含まれていました」

前頸部に犯人の爪痕が残り、強く首を絞めた部分には犯人の指の痕が皮下出血となって残っていた。それがやはり手書きの人体図に残されていた。

「内川の検視報告には注目すべき点が二つあります」

一つは被害者の右手人差し指の形状を記していることだ。相模亜矢子の人差し指は激しく争った結果、爪の一部がめくられるようにして折れ、皮膚の一部と一緒に削ぎ落とされていた。

「前の晩、河崎の治療をしていた内川医師は、誰が犯人なのかすぐにわかっただろうと思います。その証拠にシャーレに保存していた爪を大磯警察署に提出しています」

そして、内川医師は殺人の動機にも気づいていたと思われる。

検視報告書には相模亜矢子の妊娠についても記述されていた。

「実は殺される二ヶ月前に、亜矢子は内川医師に妊娠していないか、診察を受けていたのです」

内川医師はエリザベス・サンダース・ホーム児童の健康診断を創立当初から引き受けていた。婦人科を訪れて周囲の好奇な視線にさらされるのを嫌った亜矢子は、子供の頃から診察を受けていた内川医師を頼ったのだ。

「これほど証拠が揃っていたのに、何故、河崎は逮捕されなかったのか。事実を知った当時のアメリカ大使が、別の犯人がいるような情報を神奈川県警に伝えたからです」

海兵隊の兵士が、大磯町で若い黒人女性を殺したと仲間に自慢げに話していたという虚偽情報を意図的に流した。その海兵隊員は急きょ、アメリカ本土へ転属命令が出て帰国したことになっていた。

何故、こんな偽情報を流したのか。

「アメリカ側は、ベトナムへの物資の輸送、横須賀基地への原潜寄港をトラブルなく進めるには、河崎栄之進の協力が不可欠だと判断し、河崎晋之介の逮捕で、父親が政界から追われるのを恐れ、留学は断ったものの、河崎以外に犯人がいるような偽情報を流したと、推測されます」

結局、大磯警察署は、確かな証拠を与えられていたにもかかわらず、米軍兵士の可能性もあるという情報に、河崎晋之介への捜査に及び腰になった。河崎栄之進議員の子供だったということも、捜査に消極的になった理由だろう。

こうして相模亜矢子の殺人は闇に葬り去られたのだ。

坂田弁護士の話が終わると、記者たちはオサム・ウィリアムズ、坂田への質問時間を用意していたにもかかわらず、会場を飛び出していった。

河崎議員が相模亜矢子殺しの犯人だとする客観的な証拠となる「サガミアヤコ・ファイル」が提供された。彼らの関心は大磯町の自宅にいると思われる河崎議員に集中した。

日本では最高刑が死刑の殺人や強盗殺人の時効は、二〇〇四年に刑事訴訟法が改正され、十五年から二十五年に延長された。この改正では施行後の事件を対象とし、〇四年までの事件は従来の時効を維持した。しかし、一〇年の改正で時効は廃止となった。

法的には五十六年前の犯行でも、時効は成立しないことにはなるが……。

坂田弁護士にも、河崎議員の犯行を法的に問うことができるのか、正確なところはわからないようだ。それよりもオサム・ウィリアムズには、日本国民が河崎をどう裁くのかに関心があった。それをワシントンポストに書くつもりだ。

蔵元は大磯町の町議会議員の内川均に連絡を取った。

「週刊セクロの蔵元ですが……」

と言いかけたところで、内川の弾む声がした。

「読んだぞ。ようやく真実が明らかにされたな」

蔵元は河崎に関する一連の報道すべてに目を通していた。

「一つ教えてください」

「何だ」

蔵元は「サガミアヤコ・ファイル」の存在を告げた。

「その中に内川一という大磯町の医師が出てくるのですが」

「俺の親父だ」

「やはり、そうでしたか」

手書きのカルテが残されていたと説明すると、ひと段落した後でいいからコピーがほしいと内川が言った。蔵元はコピーを送る約束をして電話を切った。

20　怒れる六人

歳月がどれほど流れようとも、決して色あせることのない記憶というものが、人にはあるようだ。風化するどころか年齢を重ねるごとにより鮮明になっていく記憶もあるというのを、蜂須賀静怒は悟った。

それはオサム・ウィリアムズも、ヒロカズ・デービス、坂田真、ブラジルに移住した小栗勢子、日本に残った藤沢譲治も変わりはなかった。その記憶とはエリザベス・サンダース・ホームで仲の良かった相模亜矢子が殺された事件だ。

自分たち自身が生きていくのに精いっぱいだった時期もある。しかし、何とか生きる術を確立、結婚し子供も生まれ平和な家庭を築くに至った。静かな水面に油を一滴垂らしたように、心の中に幸福だという思いが広がる。真冬の寒い夜に、昼間太陽に干した布団にくるまれたような安らぎを感じた。

その一方で、亜矢子も同じような幸せな日々を送っていたかもしれないという思いが、岩の裂け目から湧水が染み出てくるように、蜂須賀の心に広がる。それは他の連中も同じだろう。

亜矢子のつらい記憶は、同時に何故、自分たちはエリザベス・サンダース・ホームに預けられたのかという疑問と一緒に縄のようになわれて、心を締め付けた。自分の子供を育ててみてわかったのは、親は子供に無条件に愛を注ぐということだ。日本人は目に入れても痛くないほどかわいいという表現を使うが、その通りだと思う。

——それなのに自分たちの親はどうして子供を捨てたのか。捨てることができたのか。

これはエリザベス・サンダース・ホームで育った多くの者が、死ぬまで心に抱くわだかまりではないだろうか。

オサム・ウィリアムズは六歳まで親と暮らしていた。その後、様々な事情でエリザベス・サンダース・ホームに預けられた。その事実はオサムを生涯苦しめ、両親への不信感を払拭することができずに独身で過ごしてきた。

「亜矢子が生きていたら、どんな家庭を築いていたのかなあ」

オサムとニューヨークのバーで飲んだ時、まるで自分の妹を案ずるような口調で呟いた。

七人はいつも一緒で、職員からは兄弟姉妹のように思われていた。それほど仲がよかった。

オサム・ウィリアムズは高名なジャーナリストとなった。そして、何故、あれほど犯人がはっきりしているのに、河崎は逮捕されないのか、自分で調べ始めていたのだ。

生前、沢田美喜が言っていた。

「私もアメリカの大使に、犯人を絶対に逮捕するよう日本の警察に働きかけてほしいと手紙を書いたのよ」

それを覚えていたオサム・ウィリアムズは、在日アメリカ大使館と本国との間で交わされた文書記録、膨大な日米の外交文書を調べ始めたのだ。そしてようやく「サガミアヤコ・ファイル」が存在するのを突き止めた。

しかし、そのファイルは三十年以上も経過しているのに、極秘扱いで開示されていなかった。オサム・ウィリアムズは新聞社で培ってきた人脈を使ってようやく開示へ持ち込んだ。アメリカにとって都合の悪い部分は、相模補給廠から横浜港への輸送物資の中にはベトナム戦争で使用する兵器類も含まれていたことだ。それを極秘裡に輸送するために、河崎栄之進の会社を利用し、それを引き受けさせる代わりに、相模亜矢子の殺人は、海兵隊員の仕業だという虚偽の情報を流し、結果的には大磯警察署の捜査を打ち切らせた。

オサム・ウィリアムズが「サガミアヤコ・ファイル」を開示させようと、各界の有力者に働きかけていた頃、坂田真弁護士は、自分の親を探そうとあらゆる手を尽くしていた。全米でも指折りの法律事務所を運営し、経済的には六人の中では最も恵まれている。

坂田は群馬県館林市の公園に遺棄されていた。一九四七年九月生まれの坂田は、一九四五年の終戦から一九四六年末までキャンプドルーに駐留した黒人米兵の行方を探せば、その中に父親がいるだろうと考えた。

しかし、兵士の数も多い上に、異動も少なくはなかった。それにキャンプドルーに駐留していた兵士の中に父親がいるというのは、坂田の思い込みでしかない。横田、座間、厚木、相模原、横須賀にはアメリカ軍の基地があり、兵士だって憂さ晴らしに東京、横浜に出ることもあれば、地方の基地を訪ねることもあるだろう。結局、父親を探すには黒人米兵すべてを確かめなくてはならないという結論に至った。

沢田美喜とパール・バックがいつから交流があったのかはわからないが、エリザベス・サンダース・ホーム建設には、パール・バックの支援があった。沢田は折に触れて、父親がわかりそうな園児については、遺棄された時の状況を可能な限り詳細に記して、父親探しをパール・バックに手紙で頼み込んでいた。

そうした手紙の中に手がかりがあるかもしれないと、坂田はパール・バック財団を訪ねた。坂田の父親探しの手がかりとなるものはなかった。しかし、坂田はとんでもない手紙を手にした。相模亜矢子が書き送った手紙が財団に保管されていたのだ。

それには亜矢子が、河崎晋之介から聞き出した情報が記載され、その情報を頼りに、父親を探してほしいとパール・バックに懇願する手紙だった。

その手紙には父親はヘンリー・クラークで、母親の名前は財前明美だということが記されていた。河崎晋之介は亜矢子の両親の名前を、父親の栄之進から聞いたと伝えている。

財前明美については、沢田美喜がいろいろ調べ、実在することを突き止めたが、亜矢子を出産した直後に自殺していたことがわかった。

ヘンリー・クラークについては、ミシシッピ州ジャクソン出身で、相模補給廠に勤務した経験のある黒人をパール・バックは見つけ出している。ヘンリー・クラークは亜矢子からの手紙の通り、彼女が生まれる一ヶ月前にアメリカ本土に転属になっていた。それを伝えようとキュラソーに向かったが、さんとす丸船上で再会した沢田美喜から相模亜矢子の死を告げられた。

結局、それ以上の調査は行われていない。

パール・バック財団に残されていた手紙の内容は、坂田からオサム・ウィリアムズ、ヒロカズ・デービス、そして蜂須賀にも伝えられたが、それ以上の情報は確かめようがなかった。

その後のヘンリー・クラークの消息がわかったのは、偶然としか言えない出会いだった。蜂須賀は布教のために全米を回った。それほど多くの支部があったわけでもなく、地元の数人の会員が小さな会場を借りて、そこで教義を説くというよりも、何故、世界霊命教会に出会ったのかについて話をした。

ミシシッピ州ジャクソンでの集会には二十人ほどが集まった。ジャクソンの会員は五人で、その五人が友人、知人に声をかけて集めてくれたのだ。その中に六十代と思われる黒人男性がいた。

蜂須賀の話が終わり、ささやかな懇親会が開かれた。その黒人男性が蜂須賀に話しかけてきたのだ。

「プロテスタントを信仰しています。父親が牧師をしていました」

イーサン・クラークと名乗った黒人は穏やかな口調だ。世界霊命教会への批判が始まるのかと思った。布教活動ではよくあることで、蜂須賀も心得ていた。しかし、イーサン・クラークはそうではなかった。

「友人からあなたがエリザベス・サンダース・ホーム出身だとお聞きしたので、当時の話を是非聞かせてほしいと思って、この集会に参加させてもらいました」

蜂須賀は一九六五年からアメリカで暮らしてきたが、エリザベス・サンダース・ホームの存在を知っているアメリカ人は、パール・バックと会員以外にはイーサン・クラークが初めてだった。

「知っていることであれば……」

そう答えると、イーサン・クラークは自分の父親について話し始めた。

「父親のヘンリーは戦後間もない頃、日本に駐留し、大きな過ちを犯したと亡くなる直前に告白しました」

蜂須賀の心は激しくざわついた。これから何が話されるのか。参加者はコーヒーと手作りのクッキーやパイを食べながら、少し離れたところで談笑している。そうした声も蜂須賀の耳には届かなくなっていた。会場にはイーサン・クラークと蜂須賀しかいない、そんな錯覚にとらわれた。

アメリカ南部の黒人差別の厳しい地区で生まれ育ち、ヘンリー・クラークは何度も警察に逮捕された。やがて徴兵され、日本へ派遣された。

「相模補給廠でアメリカから送られてきた物資の管理をしていたそうです」

米軍の中でも当然黒人への差別は横行していた。しかし、虐げられるだけの青春を送ってきたヘンリーには、戦後間もない頃の日本は別世界だった。

「蜂須賀さんにはもうおわかりだと思いますが、父は日本で手当たり次第に女性をもてあそんでいたようです」

それればかりではない。物資の一部を日本人と組んで横流しをして金を儲けていた。

「父ににじり寄ってきた日本人がいて、その日本人に女をあてがわれ、たばこと酒を横流ししたのが最初だったそうです」

一度、横流しに手を染めると、次第にその量も増えていった。闇業者の言いなりだった。業者はヘンリー・クラークを操るために、それまでは一夜限りの女をあてがっていたのを、家を借りそこに女を住まわせた。いわゆる「オンリー」と呼ばれた女性をヘンリー・クラークに与えたのだ。

「すでに結婚された方のようでしたが、夫が戦死し、年老いた母親を抱えて生活に困窮し、それで仕方なく父の相手をしていたらしい。その女性は教養もあり、父に慈悲深く接してくれたそうです」

　ヘンリー・クラークはその女性のやさしさと美しさに心惹かれ、心から愛するようになった。ヘンリーには物資の横流しで得た金があった。除隊を待って、故郷ジャクソンに戻り二人で生活しないかと、結婚を持ちかけた。

　彼女の方は年老いた母親が亡くなるまでは日本を離れられないが、その後であればアメリカに同行すると、ヘンリーのプロポーズを承諾した。

「二人は真実の愛を育んでいたと私は信じています」

　女性はヘンリー・クラークの子供を身ごもった。結婚し、正式に夫婦となり、出産するつもりでいた。しかし、結婚は破局を迎える。

「戦死したと告げられていた彼女の夫が復員してくることがわかったのです」

　終戦直後の混乱期にはそうしたことは珍しくなかった。その女性の夫の戦死の知らせは、日本が敗戦濃厚だと知り、いち早く日本に戻ってきていた上官によって妻にもたらされた。

「夫が生還してくると知らされ、愛していた日本人女性から父は別れ話を切り出されたそうです」

しかし、生存していた夫が日本に戻る頃、女性は臨月を迎えていた。生まれてくる子供をどうするのか。

「どんなことがあっても生まれてくる子供は育てる。だから結婚はあきらめてほしいと言われたそうです」

「日本人女性とその子供はどうなったのでしょうか」

蜂須賀の予感はすでに確信に変わっていたが、それでも確かめなければならない。

女性が出産する前、ヘンリー・クラークは日本にいるのに耐えきれず、転属願いを出してアメリカに帰国していた。

「女性が女の子を産んだことも、出産直後に母親が死んだことも父はしばらくの間知りませんでした」

ヘンリー・クラークがすべての事実を知ったのは、ジャクソンに戻ってから三年が経過した頃だった。除隊になりアメリカに帰国したジャクソン出身の兵士から、その後の出来事を知らされた。

女性の夫は、復員してきてすべての事実を知った。戦死だと告げたかつての上官に何故妻にウソを告げたのかを迫った。

「その上官というのが、物資を横流しすれば金が儲かると、父を悪の道へ引きずり込み、日本人女性を与えていた張本人だった」

ヘンリー・クラークが結婚を真剣に考えた女性は、高等教育を受け、英語も話せた。上官は最初通訳として女性を使っていたが、横流しを拡大するために、ヘンリー・クラークの「オンリー」にさせたのだ。そのために戦死の情報を女性に伝えた。

「アメリカに戻った友人から聞かされたのは、彼女の夫は上官を問い詰め、刺し違えるつもりで上官に挑みかかったが、結局、横浜のヤクザの元締めでもあった上官の返り討ちに遭い、遺体が東京湾に浮いたそうです。それを知った彼女は、子供を出産し、ヘンリー・クラークがまだ相模補給廠にいると思って、ヘンリー・クラーク宛に『育てて』と短い手紙を添えて新生児を基地の近くに遺棄し、自分はその直後に自殺してしまった」

ヘンリー・クラークへの手紙があったにもかかわらず、米軍当局から本人にいっさいの連絡はなかった。当時、そうした子供が次々に生まれていた。米軍当局も取り扱いに苦慮していたが、結局、日本側に押し付けるだけで、特別な援助もまったくなかった。

ジャクソンに戻った友人から父はその話を聞かされた。

「いろいろ思うことがあったのでしょう。父はその後、大学まで進み、牧師の道を歩んできました」

日本人女性との間に生まれた子供のことを、ヘンリー・クラークは生涯思い続けていた。

「エリザベス・サンダース・ホームに引き取られた異母姉に会う機会があれば、父が心から謝罪していたことを伝えてほしいのです。それで蜂須賀さんなら、異母姉の消息を知っているのではないかと思い、この集会に参加させていただきました」

イーサン・クラークの話を聞き、今度は蜂須賀が尋ねた。

「日本人女性の名前はわかりますか」

イーサン・クラークは、古いノートを取り出した。それを見ながら答えた。

「ザイゼンアケミ」

ノートを見せてほしいと頼んだ。渡されたノートは戦後直後のもので、藁半紙を綴じたようなノートだった。一行目に「ざいぜんあけみ」と平仮名で書かれ、その横に「ZAIZEN AKEMI」と記載されていた。その下には小学生が初めて書いたような平仮名がいくつも並ぶ。ヘンリー・クラークが練習したのだろう。

「あなたのお父さんに物資の横流しをさせた日本人の名前はわかりますか」

イーサン・クラークは正確かどうかわからないと言ってから答えた。

「確かカワサキ……」

「カワサキ」の名前はオートバイメーカーとしても知られる。イーサン・クラークの口から「カワサキ」の名前はすぐに出た。しかし、名前が思い出せないようだ。

「カワサキ・エイノシンではないですか」

イーサン・クラークはしばらく考え込んでいた。

「多分、そんな名前だったような気がする」

イーサン・クラークの証言からすれば、財前明美に夫の戦死を告げたのは河崎栄之進に間違いないだろう。だからこそ河崎栄之進から事実を聞き出した河崎晋之介は、相模亜矢子が捨てられた状況も知っていたし、両親の名前もわかっていたのだ。

「あなたの異母姉は私たちと一緒にホームで育ってきた」

そう答えた瞬間、蜂須賀の話を途中で遮って、イーサン・クラークが言葉をかぶせてくる。

「彼女はどこにいるのでしょうか」

蜂須賀の声は萎縮したように暗く沈んだ。

「それが……」

イーサン・クラークにしてみれば、父親が生涯案じ続けていた異母姉の消息がわかるのだ。高圧ヘリウムガスで一瞬にして膨らんだ風船のように期待で心が満たされていくのが、その表情からうかがえる。

それまでイーサン・クラークの目を見て話していた蜂須賀の視線が、彼から視線をそらすように下を向いてしまう。

「どんな情報でもいいですから教えてください。もし会えないような特別な事情があるのであれば、会えなくてもかまいません。亡き父に元気で生きていると報告だけでもしてやりたいのです」

なおさら蜂須賀は答えられなくなってしまった。しかし、答えないわけにはいかない。喉から絞り出すような低く、くぐもる声で言った。

「驚かないでくださいね」

イーサン・クラークの表情に恐れが浮かぶ。

「実は、私たちはブラジルへ移住することになっていました。その直前、彼女は何者かによって殺され、いまだに犯人は逮捕されていません」

蜂須賀はさんとす丸に乗り込む一年前から、今日に至るまでの経緯を説明した。

イーサン・クラークは時には涙を拭いながら、蜂須賀の話に耳を傾けていた。

「今日のお話は父にも報告します。皆さんの思いはよくわかりました。私に協力できることがあれば、言ってください。弟としてできる限りのことはします」

「いずれ真実が報道された時には、ヘンリー・クラークがどんな思いで亡くなっていったのか、それをジャーナリストに証言してください」

イーサン・クラークはワシントンポストの愛読者で、オサム・ウィリアムズを知っていた。

「彼の取材を受けられるのを光栄に思っていると、そう伝えてほしい」

二人の会話が終わった頃には、地元の会員が数名残っているだけで、集会に参加したものはほとんどが帰宅していた。


キュラソー組からの情報はアマゾンのトメアス移住地で暮らす小栗勢子のところにも届けられた。

日本では藤沢譲治が河崎晋之介の人気が高まり、このままだと本当に総理総裁の座についてしまうと危機感をつのらせていた。

キュラソー組と違って勢子には、日本はまだまだ遠い国だった。トメアス移住地がピメンタ（胡椒）景気に沸いた頃は、落穂拾いならぬピメンタ拾いで、畑に落ちていたものを集めただけで日本までのチケットが買えたという移民もいた。そんな華やかな時代もあったが、それも遠い過去の話だ。

日本が急に身近に感じられるようになったのは、一九九〇年に入管法が改正され、日系人三世にまで就労可能な査証が発給されるようになってからだ。いわゆるデカセギで、訪日する日系人が増えたのだ。

小栗一家はデカセギに行かなければならないほど生活が困窮していたわけではない。二人の子供を大学で学ばせようと、小栗夫婦は必死に働いていた。夫婦二人だけでは管理できないほどの土地も所有し、使用人も雇っていた。しかし、農学部を卒業した二人の息子は大規模な熱帯農業を進めるための資金稼ぎに来日し、勢子も二人の身の回りの世話をするという名目で日本にやってきた。

日本を離れて五十年以上の歳月が流れていた。そんな彼女にとってもっとも訪れたい場所はエリザベス・サンダース・ホームだった。しかし、そこを訪れれば楽しい思い出と同時に悲しみや怒りが交錯する。二人の子供にはいずれ連れて行くからと言っていたが、結局、二人は現在のエリザベス・サンダース・ホームを見学することもなくブラジルへ帰国した。

勢子自身は来日した直後、一人で大磯町を訪れていた。大磯駅を下りたらエリザベス・サンダース・ホームはすぐだ。しかし、彼女はそこへは向かわなかった。訪ねたのは元警察官だった葛西京介の家だった。

エリザベス・サンダース・ホームの十人が日本を離れる日、葛西は夫婦二人で横浜港に見送りに来てくれた。訪ねたのはそれだけが理由ではない。

エリザベス・サンダース・ホームの児童が、悪童にからかわれたり不良連中に絡まれたりしていると、駐在所からすぐに駆けつけてきて、窮地を救ってくれた。葛西は山形県出身で東北訛りが残っていた。

相模亜矢子が殺された夜、刑事から勢子らが事情聴取を受けた時、親しくしていたからと同席してくれた。警察の仕組みなど知らない勢子は、横浜港を離れるまで、葛西に犯人は河崎晋之介だと訴え続けた。

「今捜査中だ」

と答えるだけで、捜査状況などはいっさい教えてはくれなかった。駐在所勤務だった葛西は実際の捜査の進展状況は本当に何も知らなかったのかもしれない。

「犯人が逮捕されたら真っ先に君たちに連絡する」

葛西はそう約束してくれた。

移住した後、勢子は結婚したことを葛西に手紙で報告した。しかし、返信はまったくなかった。

差出人葛西みなみと記された手紙が届いたのは、勢子が来日を決意する三年ほど前だっただろうか。葛西みなみは長女だが、子供のできなかった夫婦は乳児院から当時二歳だったみなみを養子として迎えていた。

養母は十年前に胃がんで亡くなり、養父が老衰で他界してから数ヶ月後に届いた葛西みなみからの手紙は、葛西夫婦が亡くなったことを知らせる内容だった。手紙には葛西京介が死ぬ間際までエリザベス・サンダース・ホームからブラジルに渡った連中に、相模亜矢子の殺害犯人を逮捕できなかったことを申し訳なく思っていたとも記されていた。

勢子がブラジル移住を決意したのは、もちろん沢田美喜からブラジルには差別がないと聞かされていたことも理由の一つだが、どこで生きても孤独感からは逃れられないだろうと思っていたからだ。両親を突き止めることなど、勢子は最初から諦めていた。万が一、わかったところでどうなるものでもない。

どんな事情があろうと、娘を捨てた親なのだ。元の親子関係に戻れるはずがない。エリザベス・サンダース・ホームの子供の中には、母親が名乗りを上げて再会を果たした者もいる。しかし、すぐに施設に舞い戻ってくるケースがほとんどだった。

勢子が会いたいと思う人は、エリザベス・サンダース・ホーム関係者以外では、葛西京介しかいない。葛西が死ぬまで自分たちのことを気にかけていてくれたのを知り、せめて仏壇に手を合わせ、家庭を築くことができたことだけでも報告したいと思ったのだ。

訪ねたのはのどかな春の日曜日だった。町の風景はまったく変わってしまった。葛西の家も建て替わってはいたが以前と同じ場所にあり、「葛西」と表札がかかっていた。こぢんまりとした家のたたずまいと、小さな庭には色とりどりのチューリップやバラが咲き、昔の名残を留めているように勢子には感じられた。

呼び鈴を押すと、すぐに女性の声がした。

「私、ブラジルの……」

「まさか」

応答は途中で切れてすぐにドアが開いた。

「トメアスの小栗さんですか」応対に出た女性が言った。

勢子は戸惑いながら「そうです」と頷いた。

「上がってください。私、娘のみなみです」

小さな玄関を上がると、廊下を挟んで左手にキッチン、右手は応接室、突き当りの部屋が葛西夫婦の寝室で、二階にみなみの部屋がある。

応接室に通された。

「何の連絡もしないでお邪魔して申し訳ありません」

勢子が突然の訪問を詫びると、みなみは首を振った。

「ブラジルに渡られた十人の方の名前はお聞きしています。皆さんが戻られた時は、自分のうちだと思って泊まるように言っていたと、そう伝えるように生前の父から何度も聞かされていました」

勢子は手土産に自分の土地で栽培した胡椒と、サンパウロ産のコーヒーを持参した。

「葛西さんに、私たちはどれほど助けられたかわかりません。遅くなってしまいましたが、なんとか家庭を築き、平和に暮らしていることをご報告したいのですが」

勢子は仏壇に手を合わせたいと思った。ソファに座るまもなく、仏壇のある夫婦の寝室に通してもらった。和室で壁際に仏壇が置かれていた。

「両親が生きていた頃と、ほとんど何も変わっていません」

もう一つの壁には本棚が置かれ、勢子が手にしたことのないような法律関係の書籍が並んでいた。窓際には小さな机が置かれ、机の上はチリひとつなく整理整頓されていた。

みなみは押入れから座布団を取り出し、仏壇の前に置いた。それに座り、胡椒とコーヒーを供えて手を合わせた。

「両親も喜んでいると思います」みなみが言った。

応接室に移ろうとみなみが誘ったが、仏壇の前にもう少しいたいと、その部屋で話を続けた。

「父は皆さんに申し訳ないとずっと言い続けて亡くなりました。相模亜矢子さんの件は心底悔しがっていました」

みなみが「相模亜矢子」の名前を口にしたことに違和感を覚えた。

「仕事上のことはいっさい家では口にしなかった父ですが、退職後は亜矢子さんを殺した犯人には見当がついていたのか、絶対に許せないと、ある議員の名前を口にしていました」

「河崎晋之介ですね」勢子が確かめた。

みなみは黙って頷いた。

葛西京介はエリザベス・サンダース・ホームの子供たちの事情聴取に立ち会っている。内川一医師とも顔なじみだった。誰が犯人なのか確信を持っていたのだろう。葛西京介は自分で調べた事実や大磯警察署の捜査資料を自分のノートに書き写していた。退職後も、葛西はそのノートを頼りに一人捜査を続け、疑問点をそのノートに書き記していた。それらすべてをみなみに託していた。

みなみの話を聞き、今度はキャラソー組が調査中の事実を勢子が告げた。それを聞き終えると、みなみは唐突に言った。

「私、実は今の仕事を辞めようと思っていたんです」

みなみは大学で社会福祉を学び、結婚もせずに養護施設の職員として働いていた。しかし、子供たちを救うには社会そのものを変革していかなければと考えるようになった。

「今からでも遅くないと思っているんです、政治家を目指そうって」

葛西夫婦の寝室で気がつけば三時間もみなみと話し込んでいた。大泉町に戻った頃には、二人の子供はすでに自宅に戻り、自分たちで食事をすませていた。

それからしばらくして、みなみから電話をもらった。

「父の思いを無駄にしたくないんです。どこまで力になれるかわかりませんが……」

葛西みなみはどうやったのか、河崎晋之介の秘書になっていた。

21　自滅

　オサム・ウィリアムズ、坂田真弁護士の記者会見の後、東京地検が動くのではと、一部のマスコミは報道したが、動く気配はまったく見られなかった。坂田自身、多分東京地検は動かないだろうと予想していた。事件から五十六年も経過している。記者会見で明らかにした数々の証拠と証言も状況証拠でしかない。それはオサム・ウィリアムズも十分に理解している。

　しかし、河崎晋之介が相模亜矢子を殺したのは事実で、その河崎が国会議員の職に就き、総理総裁の座を狙っているという現実が国民に伝わった。河崎が訴訟を起こせば、法廷に引きずり出すことも可能だ。そうなることを坂田もオサム・ウィリアムズも望んでいた。

　河崎は自宅にいると思われるが姿をいっさい見せない。河崎の自宅前には二十四時間マスコミが常駐し、家から一歩も外出できない状態が続いている。

「これからどうなるのか。後は日本人と日本のマスコミが、河崎をどう追いつめていくかだな」

　オサム・ウィリアムズは可能な限りの追及を行い、事実を明らかにすることができたと、内心では納得していた。

「時効が廃止になったとはいえ、国会議員を逮捕し、証拠不十分で不起訴にでもなれば、検察は窮地に立たされる。慎重にならざるをえないだろう」

坂田は最初から逮捕はないと踏んでいた。

蔵元はホテルの部屋から一歩も出ないで、河崎議員を追及する第二弾の原稿を書いた。この記事でどこまで追いつめられるか。オサム・ウィリアムズの記事、彼と坂田弁護士の記者会見での発表があっても、検察は動いていない。

しかし、蔵元は脅迫を受け、ナイフを突きつけられていた。殺人未遂、傷害未遂、脅迫罪で刑事告発可能だ。週刊セクロの吉田編集長は会社の顧問弁護士とすでに告発の準備を進めていた。顧問弁護士との打ち合わせは、第二弾の記事が掲載された後にする予定が組まれていた。

アメリカ国務省は中国天津で河崎晋之介が仲介し、日本人の女性ＶＩＰが肝臓移植を受けた事実を把握していると、東洋女子医大の消化器外科の寺原慧士郎教授に山川が告げた。するとあっけなく免疫抑制剤を投与している事実を認めた。

「オサム・ウィリアムズ、坂田弁護士の外国人記者クラブでの記者会見、蔵元さんの記事が掲載され、大騒動になっているさなかに、中国で移植を受けたレシピエントの治療に関与している事実を隠すようなことをすれば、世間の非難から免れないし、自分も河崎と一緒に破滅すると思って、そうなる前にすべてを明らかにした方が得策だと判断したのでしょう。河崎からレシピエントと彼女の夫の名前を聞き、断り切れなかったと証言しました」

寺原教授を取材した山川が取材データをまとめ、蔵元に報告した。第二弾は、河崎議員が仲介した天津での肝臓移植と、レシピエントについて詳細にレポートした。

去年の終戦記念日から九月二十日までの河崎のスケジュールを追うことはできなかった。しかし、アメリカの国務省は天津第一中央医院東方臓器移植センターに河崎が出入りしているのをつきとめていた。

佐藤が残してくれた資料の中にあった臓器斡旋組織を蔵元が取材すると、中国のドナーソースは死刑囚で、死刑囚の遺族には日本人レシピエントが移植費用として支払った二千五百万円の中から五十万円が支払われていることがわかった。

河崎議員が仲介した日本人女性は臓器売買による移植を受けて健康を回復した。その女性は移植に先立つ二ヶ月前に東洋女子医大でＨＬＡ検査を受け、そのデータは臓器斡旋組織によって天津の病院に送られている。

女性とＨＬＡのタイピングが最適な死刑囚が選ばれ、死刑が執行された。肝臓が摘出され、日本人女性に移植された。死刑執行の命令を下したのは河崎晋之介だともいえる。

蔵元は強い言葉で河崎議員を非難した。

河崎は外国人移民の受け入れは反対だと表明しているが、外国人労働者の受け入れにはむしろ積極的だ。河崎晋之介のファミリー企業には多くの中国人技能実習生が採用され、低賃金で働いている。

河崎は親米派で、トランプ大統領を支持しているが、実態は習近平主席に取り込まれ、これからは中国に批判的な言動も、中国と対立するような政策の立案も、もはや河崎には不可能だ。それをすれば中国政府は、河崎が日本人ＶＩＰの移植手術に関与していることを公表し、河崎の政治生命を断つことができると考えているからだ。

アメリカの情報機関が、ワシントンポストにリークしたのは、それを明らかにさせるのが目的だとは思えなかった。

中国側も肝臓移植を受けた日本人女性の名前を周佳雨として入院手続きを行っていた。周佳雨の本名は三階堂千代子だ。彼女の夫は三階堂豪、民主連合党で第四の派閥勢力を持つ三階堂派の総帥だ。

三階堂本人は総理の座に就くことはできなかったが、民主連合党内での影響力は大きい。三階堂の動きによって民主連合党内の勢力図が変わると、政界では囁かれていた。三階堂は県会議員、国会議員と地道に議員への道を歩んできた政治家として知られている。

落選の憂き目にも遭っている。その間の三階堂を支えてきたのが千代子で、糟糠の妻として政界では有名だ。その十代子がC型肝炎から肝硬変を発症し、移植しなければ余命は一年と宣告された。三階堂本人も七十代後半、年齢的にもドナーになるのは困難で、ＨＬＡにも問題があった。

その情報を聞きつけた河崎は、一時は厳しい言葉を投げつけてきた三階堂にすり寄っていった。

河崎議員が日本は単一民族国家だと発言し、物議をかもした。河崎議員に眉をひそめた民主連合党内の大物議員は三階堂だと思われた。しかし、三階堂は表立って河崎を批判することは避けた。

党内では河崎のアルコール依存症は一部の議員には知られていた。いずれ近いうちに退くと思われ、ことさら問題にする必要もないだろうと党内では暗黙の了解事項だった。

その河崎が去年の秋から息を吹き返したように元気を回復し、総裁選に臨むと言い始めたのだ。河崎派の議員は少数だが、三階堂派を味方につければ総裁選に勝目が出てくる。

三階堂豪は中国の覇権主義を厳しく批判し、中国国内での人権問題にも精通していた。中国側にしてみれば、三階堂千代子は超ＶＩＰ待遇で迎えるべきレシピエントで、肝臓移植を成功させるのは習近平の至上命令だっただろう。移植を成功させることで、中国側はやっかいな三階堂の口を封じることもできるし、あわよくば次期総理の河崎も自由に操ることできる。

河崎のアルコール依存症が回復し、アルコール性肝硬変が治癒したのかどうかはわからない。しかし、河崎のアルコール摂取量が減ったのは明らかだ。それが劇的な健康回復につながったと思われる。周囲が目を見張るほどの回復の背景には、三階堂派の支持が得られたという確信が河崎の中にはあったのだろう。

河崎は自宅に閉じこもったまま、記者会見さえ開こうとしない。今も総理総裁への椅子に座ろうと、海が見える自宅でそのチャンスをうかがっているのだろうか。

火曜日発売の週刊セクロは書店や駅の売店に並んだ瞬間に売り切れとなった。

その日の午後、東洋女子医大病院に東京地検が家宅捜索に入り、寺原慧士郎教授は任意で事情聴取を受けることになった。その様子が午後のワイドショーで実況中継された。

どこまで渡航移植に関与しているのか。寺原教授も場合によっては「臓器の移植に関する法律」、いわゆる改正臓器移植法で逮捕される可能性が出てきた。河崎議員が東洋女子医大で治療を受けていた形跡はない。いつから、どのような経緯を辿って寺原教授との関係ができたのか。

続々と東洋女子医大病院に入っていく東京地検特捜部の映像が流れている。その様子をホテルの部屋で見ながら、今頃河崎は何をしているのだろうかと、蔵元は思った。

「これで東洋女子医大にも逃げ込むことができなくなりましたね」

その夜、ホテルに泊まり込む予定になっている山川が言った。

夕方からは吉田編集長、会社の顧問弁護士を交えて、蔵元は被害届の提出と、今後三階堂豪に対する取材をどのように進めるのかについて打ち合わせをした。

被害届は翌朝、弁護士、吉田編集長の立ち合いで、会社近くにある大塚警察署に証拠となる映像も添えて提出した。そのニュースはテレビに速報として流れた。

週刊セクロ発売の二日目、水曜日。売り切れの販売店、書店が続出し、十万部さらに増刷した。

情報機関レポートに記載されている周佳雨の日本名は、三階堂千代子と記載されている。蔵元も記事の中で、千代子は三階堂豪の妻だと記述した。月曜日午後か夕方には、三階堂豪本人も記事を読んだ可能性が高い。しかし、発売二日目になっても、三階堂側から編集部あてにいっさいの抗議はなかった。

また被害届を出したものの、河崎議員の身辺には何も起きなかった。

五十六年前の殺人容疑、それを追及する日米のジャーナリストへの隠蔽工作と妨害、蔵元へのナイフを突きつけての脅迫、そして中国での臓器売買による肝臓移植への河崎の関与。河崎に対する非難は高まり、民主連合党の中からも離党勧告を出すべきだという意見が噴出した。野党からは即刻議員辞職すべきだと厳しい意見が出されていた。

しかし、三階堂豪への言及は党内からは何もなかった。突然のニュースに党内も混乱しているのだろう。大手マスコミも沈黙したままだ。事実関係の確認に手間取っているのか、腰が引けているのか、週刊セクロの報道を引用し、流す程度に終始している。

その一方で、マスコミはすべてといってもいいほど各社、各局が河崎議員の家を取り囲んでいた。河崎議員の釈明を求めるのと同時に、東京地検特捜部がいつ乗り込んできてもおかしくない状況で、その瞬間を取材するためだ。逮捕するとしたら、容疑は何なのか。「犯罪の卸売業者」「犯罪の総合商社」と書き立てるメディアも出てきた。

河崎の自宅周辺は報道陣で溢れかえり、一般の通行に支障をきたすような状態で、交通整理のために警察が出動した。

河崎は離党届を秘書の蓼科を通じて提出したが、議員辞職をするつもりはないらしい。スキャンダルまみれになりながら任期を全うする気なのか。

オサム・ウィリアムズも報道すべき事実は報道したと思っているのか、ワシントンポストの続報はなく、日本の状況は共同通信の記事を掲載していた。そのオサム・ウィリアムズから蔵元のところへ連絡があった。

「私たち二人で直接、河崎議員の家に取材に行ってみないか」

現在の河崎を取材したいと思うのは、蔵元も同じだが、二人で河崎の家に行けば大混乱が起きるだろう。河崎がたとえ取材に応じるからと、一歩でも家から出れば、追跡する車でそれ以上の騒ぎになる。

「あれだけの証拠と記事が流れれば、もう破滅だというのは河崎にもわかるだろう。亜矢子に対する謝罪の気持ちはあるのか、エリザベス・サンダース・ホーム出身者と同じように二つの国にルーツを持っている人間は、昔以上に生まれてきている。そういう人たちに対しても、同じように排斥の気持ちがあるのか、私は確かめてみたい」

それを聞き、蔵元の決断も一瞬だった。

「会えるかどうかわかりませんが、行ってみましょう」

吉田編集長にそれを告げると、週刊セクロで大磯までのハイヤーを用意するということになった。河崎に直接会うのは二人だけにするが、安全のために吉田編集長も同行する。

蔵元は蓼科に木曜日の午前三時前後に、オサム・ウィリアムズと蔵元が自宅を訪れるので、起きているようにと伝えただけで、取材の諾否の回答は求めなかった。早い話が出たとこ勝負だ。午前三時なら、張り込んでいる記者もホテルで眠りこけているか、それ以外の記者も車の中で仮眠を取っているはずだ。

午前一時に新宿にあるサンルートホテルでオサム・ウィリアムズと合流した。車はハイヤーではなく、八人乗りのワンボックスカーで、三人がゆったりと座れる車を吉田編集長が用意した。テレビ局がタレントの移動に使うロケ車で、スモークウィンドウで外からは中の様子が見えない。

いつも扉を開けているのか、あるいは二人が来るのを知って開けているのかはわからないが、河崎の家は門扉が開いたままになっていた。門を通り玄関まで続くアプローチを進んだ。ワンボックスカーが入っていったのに気づいた記者もいたようだが、門を入って玄関まで来る気配はない。午前三時にはまだ十分以上あった。こんな時間に門をくぐれば、不法侵入で訴えられる可能性もある。記者たちはそのあたりは心得ていて慎重だ。

車は玄関前に横付けし、車の中から誰が出てくるのかは門からは見えない。最初に吉田編集長が一人で出てインターホンを押さずに控えめにドアをノックした。すぐにドアが開いた。蔵元とオサム・ウィリアムズはすぐに家の中に入り、吉田がドアを閉めた。

応接室に通された。待っていたのは河崎議員と秘書の蓼科だった。二人はソファに深々と腰を下ろしていた。深夜だというのに、河崎も蓼科もスーツ姿だ。しかし、二人ともやつれているのは明らかだ。河崎は頬骨の輪郭がはっきりするほどやせ細り、目は落ちくぼんでいた。

「この期に及んでまだ聞きたいことがあるようだが、何を聞きたいんだ」

今にも消え入りそうな声だ。しかし、悔しいのだろう。寝不足の充血した目で二人を睨みつける視線は鋭い。蔵元とオサム・ウィリアムズは、センターテーブルを挟んで向かい合うように座った。河崎の前には氷だけになったタンブラーグラスが置いてある。それまで酒を飲んでいたのだろう。

「あなたが亜矢子を殺したかどうか、事実を認めようが認めまいが、それを争う気はない。あなたが私たちに向けてきた差別を、今次々に生まれている二つの国にルーツを持つ人間にもする気なのかどうかだけを聞かせてほしい」

口火を切ったのはオサム・ウィリアムズだった。

「日本の国旗が何故日の丸なのかわかるか」

河崎はオサム・ウィリアムズの質問とはまったく異なる話を始めた。追いつめられて、心を病んでしまったのかと蔵元は思った。オサム・ウィリアムズも河崎の真意を図りかねている様子だ。

「日本人の心は純白だ。何の穢れもなく純粋だ。それが大和民族で、そうした人間が天皇を中心に集まり、心を一つにした状態を真っ赤な日の丸が象徴しているんだ」

河崎は国会の答弁のように熱のこもった調子で言った。

「私の聞いているのはそんなことではない」

オサム・ウィリアムズが苛立った様子で河崎に返事を促した。

「純白の下地の上に黒い墨汁を垂らしてみろ。それはもはや純白でも、純粋でもない。混濁だ。そんな日本に俺はしたくないだけだ。それが俺の回答だ」

いつも冷徹なオサム・ウィリアムだが、膝に置いた拳が青白くなるほど力をこめて握り締めていた。

「だから相模亜矢子と、その胎内にいた自分の子供を殺したのか」

「それがどうしたというのだ。不幸になるだけの人間を生まれる前に処分しただけだろう。それが罪となるのか」

蔵元でさえも殺意を覚えるような言葉を河崎は言ってのけた。亜矢子殺しは自分だと自白しているようなものだ。

「いいか。ブラックマーケット、ブラックリストとブラックの付く言葉にはろくなものがない。俺が子供の頃に言った言葉を差別だ、なんだかんだいう前にとっととアメリカに戻り、アメリカの差別を問題にしろ」

河崎はオサム・ウィリアムズに向かって怒鳴り声を上げた。

「そんなことはあなたに言われるまでもなくアメリカ人は、Black lives matter とはっきり人種差別には抗議行動を起こしている」

「あんたらは差別が無くなると思っているようだが、肌の色が違う人種、言葉の異なる民族がいる限り、差別なんかなくなるもんか」

「だから虱を一匹一匹ひねりつぶしていくように、差別をなくしていこうと考えている。この予防接種を受ければ、差別をしないようになるというワクチンでもあれば、真っ先にあなたに打ってやりたいが、残念ながらそんな特効薬はどこにもない」

オサム・ウィリアムズは内臓が裂けるような怒りを感じているのだろう。顔は蒼白だ。

「この俺を虱扱いか。ふざけるのもいい加減にしろ。日本の恥辱と言われたお前たちが、ジャーナリストや弁護士、宗教家だというから笑わせてくれる。あのチビクロがWHOも信頼する医者になったというのだから驚きだ」

ヒロカズ・デービス医師は平均的な日本人よりも身長は低い。子供の頃は「チビクロ」とからかわれていた。

もはや破滅しかないというのがわかっているせいか、河崎は言いたい放題だ。オサム・ウィリアムズは反省の弁を河崎が述べることなどありえないと判断したのだろう。

目で蔵元に合図を送ってきた。軽く頷き、蔵元が今度は河崎に尋ねた。

「あなたは今期で引退と政界では囁かれていた。まさか中国で移植の斡旋をしていたとは想像もしていなかった。移植のルートをどうやって見つけたのか聞かせてほしい」

「そんなことか」

河崎は、蔵元の鼻先を指先ではじくような調子で言った。

「俺の主治医からこのままでは肝臓移植が必要になるのも時間の問題だとずっと脅かされてきた。おかげで酒量は増える一方だったよ。そんな俺を心配して製薬会社が中国での外国人向けの移植情報を提供してくれたんだ」

河崎が多額の政治献金を受けている製薬会社は中国で免疫抑制剤を生産していた。その製薬会社から中国では外国人に移植を行っている事実を知らされた。紹介された中国人医師から寺原教授の名前を聞かされた。

「寺原に相談したら、本当に移植が必要になればすぐに手続きを進めると言われた」

万が一の時は、中国で移植を受けられると知った河崎は安心感からか酒量が減った。アルコール依存症が治ったと思えるほど、河崎が健康を回復したのは、三階堂豪議員の妻が肝臓移植をしなければならない状態だと知った時からだった。河崎は三階堂豪に接近し、妻への肝臓移植は可能だと囁いた。

「三階堂の妻というのは、中国にとってもメリットのあるＶＩＰ患者で、最適な死刑囚を見つけて、その肝臓を移植してもらった。俺は通常の何倍もの金が死刑囚の遺族に渡るようにしてもらった。十年間くらい何もしないで遺族が食っていける金だ。どうせ死刑になる人間だ。それだけしてやれば十分だろう」

三階堂千代子の肝臓移植手術は成功した。その代償として、河崎は総裁選での三階堂派の協力を取り付けたのだ。

「当然だろう。わざわざ中国にまで行って話をつけてやったんだから」

その後も河崎は寺原と月に一度の割合で会っていた。自分の肝機能のデータを見せて、順調に回復しているか、移植が必要なのか、それを確かめていた。

イスタンブール宣言も、非人道的な死刑囚からの臓器摘出、移植手術を説明しても河崎には無意味だ。こんな無教養の塊の男が何期にもわたって国会議員をしていたことに、背筋が凍る思いだ。

河崎と話をしても、後悔や謝罪の言葉など聞けるはずもない。蔵元もオサム・ウィリアムズも東京に戻ろうと思った。帰ろうとすると、河崎がオサム・ウィリアムズに聞いた。

「俺もお前らに聞きたいことがある。俺を罠にはめるために、あいの子が寄ってたかって牙をむいてきた。いつから俺を罠にはめようと思ったんだ」

「罠にはめただなんて人聞きの悪いことを言うな。こうなったのを日本語では自業自得っていうんだ」

オサム・ウィリアムズが侮蔑の笑みを浮かべながら答えた。

河崎の怒りの矛先は蔵元にも向けられた。

「おい、アッパラパーのパ翼の記者、おとなしく俺の言うことを聞いていれば、一千万でも二千万円でもくれてやったのに、俺の過去をあいの子の記者と組んで暴いて、それでいくらもらっているんだ」

「原稿料一枚五千円だ。それでもこの出版不況では破格の原稿料だ」

「お前、それは本当かよ」

河崎は頓狂な声を上げた。河崎には冗談にしか聞こえないのだろう。

「ああ、本当だ」

「総理総裁に就く千載一遇のチャンスだったのに、まさか一枚五千円の原稿にすべてを奪われるとは……」

「千載一遇が聞いてあきれる。そんなもんは愚直に生きている人間にだけ、神様の気まぐれで一生に一度転がり込んでくるかどうかの話だ。お前みたいな人間は絶対に手にすることができない。これ以上話しても無駄なようだ。この話は来週の号で紹介する。楽しみに待っていてくれ」

蔵元は嘔吐物を投げつけるように言い放った。

「残念だが、それを読めるかどうかわからん」

「はぁ？」蔵元が溜め息交じりに疑問を吐き出した。

「もう少しここにいたら、五千円の原稿料がもっと稼げるぞ」

河崎は自嘲気味に笑っている。

「何故だ」蔵元が確かめた。

それまで黙り込んでいた蓼科が河崎の代わりに答えた。

「特捜が五時に来ます」

午前四時四十五分。もうすぐだ。

「容疑は？」

間髪入れずにオサム・ウィリアムズが聞いた。

「知るもんか」

特捜から逮捕容疑は聞かされていないのだろう。

「犯罪の卸売業者っていわれているくらいだから、何で逮捕されても同じだ。どっちにしても死ぬまでムショ暮らしだ」

河崎は逮捕されれば、もはや生きて一般社会に戻ってくるのは無理だと自分でも判断しているのだろう。

「それなら亜矢子殺しの犯人が自滅する瞬間まで目撃させてもらうことにする」

オサム・ウィリアムズは深々とソファに座りなおした。ソファに座りながら携帯電話を操作している。

「明日の新聞にあんたの逮捕の様子を書くので、本社にスペースを開けておくように今から連絡しておく」

インターホンが鳴った。ちょうど午前五時だ。

捜査員がなだれ込んでくる。お手伝いさんが、四人がいる応接室に案内してきた。ドアを開け、オサム・ウィリアムズや蔵元がいるのを見て一瞬驚いていたが、逮捕状を読み上げた。

蔵元もオサム・ウィリアムズも逮捕容疑を聞き漏らすまいと、逮捕状を読み上げる捜査員の声に耳を澄ませた。

「河崎晋之介、証人買収罪容疑で逮捕する」

「なんだ、それ」

思わず声を張り上げたのは河崎本人だった。

蔵元にも意外だった。

証人買収罪は二〇一七年の改正組織犯罪処罰法に盛り込まれた。それまでは証人を威嚇したり脅迫したりして、偽証をさせようとする行為に対する刑罰はあったが、金銭を伴う証人買収罪はなかった。法廷で虚偽の証言をさせようとしたり、証拠の偽造を求めて、金銭などを提供すると二年以下の懲役または三十万円以下の罰金が科せられる。実際に金銭が渡らなくとも、申し込んだだけでも罰せられる。

「蓼科にも同じ容疑で逮捕状が出ている」

捜査員が告げた。

「あのクソ女が」

叫んだのは蓼科だった。

議員会館にはもう一人女性の秘書がいた。丹沢湖での「交渉」の翌朝、蓼科は葛西みなみに現金三千万円を渡し、上杉亮を通じて蔵元、藤沢譲治、沙瑛に配るように指示を出していた。その情報が東京地検特捜部に流れたのだろう。

「政治家を志す葛西さんのお嬢さんが内部告発したのでしょう」

オサム・ウィリアムズがそっと蔵元に耳打ちした。オサム・ウィリアムズは勢子から葛西京介の家を訪問した時の様子も聞いていた。葛西みなみは、養父の思いをかなえるために、河崎の秘書として働き、内部の様子を探っていたようだ。

「あいつは最初から得体が知れない女だった」

蓼科は糸が切れた操り人形のように膝から崩れ落ちた。

二人は抵抗することなく逮捕された。同時に家宅捜索も行われた。蔵元もオサム・ウィリアムズも退去するように求められた。

玄関を出ると、ワンボックスカーの後ろには東京地検の車が何台も止まっていた。乗り込むと同時に吉田編集長が言った。

「特捜が入っていく映像を撮影できた」

オサム・ウィリアムズと蔵元の二人から中の様子を取材しようとする報道陣を振り切るようにして東京に戻った。

オサム・ウィリアムズを新宿のホテルで降ろし、吉田編集長と蔵元はホテル椿山荘に戻った。

夜が明けようとしていた頃、特捜が河崎の自宅に踏み込んでいく様子や、河崎議員と蓼科が別々の車に乗せられ、東京に向かうシーンがテレビでは流れていた。

家宅捜索は今も続いているようで、自宅前からの中継では段ボールに詰められた証拠品が特捜の車に次々に積み込まれていた。

突然、映像が中断し、キャスターが映し出された。

「ここで臨時ニュースが入りました。三階堂豪議員が辞職届を提出し、政界からの引退を表明しました。繰り返します。三階堂議員が突然辞職届を提出、引退を表明しました。このニュースは続報が入り次第お伝えしたいと思います」

映像は元の河崎議員宅前に切り替わった。

一方、寺原教授に対しては任意の事情聴取が行われていたが、寺原の聴取から長峰裕が浮上してきた。海外渡航移植インターナショナルサービス社という渡航斡旋組織代表で、長峰裕は中国だけではなくフィリピン、ベトナム、カンボジア、パキスタンで臓器売買による違法な移植を二千万円から三千万円で斡旋、暴利をむさぼっていた。長峰裕が改正臓器移植法違反で逮捕された。

寺原は日本での移植を諦めて、海外での移植を望む患者に長峰を紹介、その度に長峰からキックバックを受け取っていた。それを裏付ける証拠が、東洋女子医大、海外渡航移植インターナショナルサービス社からも見つかり、寺原教授も逮捕された。

三階堂も長峰を通じて中国で死刑囚の遺族に金銭を支払っている。改正臓器移植法違反で逮捕される可能性が高い。

河崎のお堀は一つ一つ埋められていく。それだけではない。河崎の政治資金規正法違反を視野に入れて、東京地検が捜査を進めているという情報が、一部マスコミには流れ始めていた。

河崎は多数のグループ企業を背景に潤沢な資金があると見られていた。しかし、リーマンショック以降は業績が振るわず、右肩下がりにどの会社も売上は落ちていた。その落ち込みを止めるために、外国人技能実習制度をフル活用していたという実態が東洋経済新聞によって暴露された。

製薬会社と透析病院からの資金援助は政治資金規正法に則って収支報告は出されて

いる。しかし、外国人技能実習制度を利用したいという企業から不正な金を受け取り、便宜供与していたのではという疑惑が出てきた。

不正な資金はそればかりではない。長峰裕は中国での移植を推進するために、河崎の紹介状を持って、中国共産党の幹部、医師らに接近していた。その見返りとして、河崎は長峰からも不正な金を受け取っていた疑いが濃厚だ。

藤沢譲治や娘の沙瑛に対する誘拐、監禁、オサム・ウィリアムズへの脅迫行為、蔵元へナイフを突きつけてまで報道を止めさせようとした一連の犯罪で、河崎は再逮捕されるだろう。しかし、本丸とでもいうべき相模亜矢子殺人で河崎を逮捕起訴できるのか。

――河崎晋之介の犯罪を放置し、河崎を政治家にまでして自由にさせてきたのは日本人です。裁くのも裁かれるのも日本人自身です。

逮捕直前の河崎を自宅で取材し、東京に戻り別れ際、オサム・ウィリアムズはこう言い残して車を降りた。

蔵元にはオサム・ウィリアムズの真意が理解できなかった。

――何故日本人が裁かれなければならないのか。

翌週の記事は逮捕直前の河崎の言い分と、東京地検特捜部に逮捕される様子を、蔵元は書いた。

相模亜矢子殺人についてどこまで特捜が調べ上げているのか情報は洩れてはこなかった。オサム・ウィリアムズ、坂田真弁護士、ヒロカズ・デービス医師も、真実を明らかにしたことで、近々アメリカに戻る予定でフライトを探しているようだ。

世界霊命教会の蜂須賀静怒だけはもう少し日本に滞在し、末松会長とともに河崎議員の不支持を表明するまでの経緯を会員に説明し、記者会見も開くと言っていた。

蜂須賀静怒が直接関わっていただけに、会員への説明には末松会長だけではなく、蜂須賀が同席すれば説得力もあるのだろう。

世界霊命教会の記者会見を蔵元は取材したが、終始マイクを握り、説明をしていたのは蜂須賀だった。

「私はアメリカで、あらゆる人種、民族、宗教、国家間の対立を否定し、共生を目指すという世界霊命教会の教義に共感して入信しました。アメリカの会員も、日系人だけに限らず黒人、ヒスパニック系の者も多数います。その教義とはまったく反対の考え方をする河崎議員の発言に、私自身も、そしてアメリカの会員からも疑問の声が出ていました。それを末松会長に進言してまいりました。今回の一連の事件で、河崎議員の真の姿が明らかになり、世界霊命教会としても遺憾ながら、これ以上の支持は無理と判断して、支援を打ち切らせてもらうということになりました」

河崎議員を長年にわたって支えてきたことで社会的に批判されると末松会長は覚悟

していたようだが、事件が起きる前から末松会長は河崎不支持の方針を打ち出していた事実が、蜂須賀の口から語られたことで、大きな混乱は起きなかった。

小栗勢子は八月になってもブラジルへの帰国の目処が立たなかった。ブラジルはアメリカに次いで感染者が二番目に多い国だ。小栗勢子は大泉町に戻り、小さな町工場でパートタイマーとして働いていた。

「大泉町にいるとさ、なんだかブラジルに戻った気分になれるんだよ」

利根川を渡ると埼玉県熊谷市で、日本一暑い町だ。

「気候もトメアスと同じように暑いけど、涼しくなる頃には帰国できるでしょう」

何事につけても悠長に構える小栗勢子は、まるでブラジル人のように、蔵元には思えた。彼女にとってブラジルはまさに新天地だったのだろう。

藤沢譲治は沙瑛が小学生の頃に離婚した。時折、沙瑛と会っていたが、自分の差別体験、ブラジル移住の夢を沙瑛に詳細に話す機会はなかった。

香山沙瑛は両親の離婚には理解を示していたが、学生時代に父親を非難したことがあった。

「パパの両親がパパにしたのと同じことを私にしているのよ」

藤沢譲治はデカセギ外国人のために体を張って、ヤクザと対峙し、外国籍の風俗嬢を守ってきた。

「自分の娘には何にもしないくせしてさ、よくそんなことができるね」

学生時代、沙瑛には恋人がいた。その恋人の家に招かれた。沙瑛は詳しくは藤沢にも話さなかったが、肌の色で不快な思いをしたらしい。その恋人とはすぐに別れた。苦しい時に不在だった父親を激しくなじったようだ。

しかし、河崎が逮捕された後、蜂須賀から、何故沙瑛が解放され、藤沢が人質に取られたのか、その理由を聞かされた。

沙瑛にとっては、育児を放棄した父親だったようだが、命がけで救出に向かったことで、長年のわだかまりが溶けた、そんな風に蔵元には感じられた。

エピローグ――外国人墓地

中国での臓器売買による日本人患者への移植の実態が明らかになっていった。しかし、事実の解明にはまだ時間がかかりそうだ。

日本では臓器提供が極めて少ない。移植を望む患者から多額の金を受け取り渡航移植を斡旋していた長峰裕。

海外で移植を受けた患者の術後ケアは敬遠される。渡航移植を継続して行うために、長峰は移植学会トップの寺原慧士郎に接近した。東洋女子医大で渡航移植患者のケアにあたることはできない。寺原は自分の子飼いの移植医が勤務する病院に患者を回し、免疫抑制剤を投与させていた。

河崎議員と寺原との関係がどのようにして作られたのか。まだ解明は進んでいない。二人に共通しているのは免疫抑制剤を製造している製薬会社から、河崎は多額の政治献金を受け取り、寺原は研究のための寄付金を得ていたという事実だ。製薬会社を通じて二人は親密な関係を築いたと考えられる。

政界引退寸前だった河崎から中国での渡航移植の可能性を聞き、三階堂豪は、妻の命を救うために、移植に飛びついてしまったのだろう。その代償はあまりにも大きいものだった。

コロナとそして移植をめぐる民主連合党内の混乱で、安川総理は健康を理由についに退陣し、安川の下で官房長官を務めてきた平山慎太郎が総理大臣の座に就いた。日本の政況はますます混沌としていた。

例年になく暑い夏だったが、どこに行ってもコロナの感染を恐れて行きかう人は汗を流しながらマスクをしていた。

エリザベス・サンダース・ホームを六人で訪れるが同行しないかと、蔵元も誘われた。

その日も朝から気温はうなぎのぼりで、大磯町でも三十五度を超えていた。蔵元は週刊セクロのカメラマンにも同行してもらった。

大磯駅で午後三時に待ち合わせた。何もしていないのに汗が噴き出てくる。最後にやってきたのは蜂須賀だった。

「ごめん、ちょっと寄り道してきたので」と言った。

六人はそれぞれ花束を手にしていた。真っ先にエリザベス・サンダース・ホームを訪れるのかと思ったら、最初に相模亜矢子が殺されていた現場に向かった。小さな山の斜面から見える風景は五十六年前とはまったく違っているようだ。以前は水平線が広がり、行きかう船が見えたらしい。今はビルとビルの間に切り取られた海しか見えない。

しかし、六人はあまりの変わりように驚きとも溜め息ともつかない声を上げた。

「確かこのあたりよね？」

死体の第一発見者となった小栗勢子が一緒にいたヒロカズ・デービスに確認を求めた。

「そのあたりだったと思う」

二人は自分たちが立つ場所とそこから見える海の風景を何度も確認していた。

「ずいぶん時間がかかってしまったが、皆で真実を明らかにしたからな」オサム・ウィリアムズがこう言って自分の胸に十字を切り、花束を一つ置いた。

「これで安らかに眠れるだろう」坂田真弁護士も花束を置いた。

「亜矢子、私ね、結婚して二人子供産んでさ、旦那と一緒にアマゾンで頑張ってるんだ。一緒に移住できればよかったのにね……」

小栗は涙声になっていた。

「亜矢子姉さん、約束通り、私は医者になりました。譲治から河崎の話を聞き、武漢からコロナウイルスを持ち込み、河崎に感染させて殺そうと思いました。でも、そんなことをしても亜矢子は喜ばないと仲間から諭され、真実を明らかにしようと決意しました。これでよかったのでしょうか。安らかに眠ってください」

ヒロカズ・デービスは家族のことを思い、計画への参加には一瞬躊躇いがあったようだ。しかし、内心では刺し違えてでも河崎を殺したいと憎悪をたぎらせていた。

藤沢は娘沙瑛と一緒に花束を手向けた。

「亜矢子、見えるか。俺の娘だ。俺に似て美人だろう」

その横で沙瑛は両手を合わせて、肩を震わせていた。沙瑛も父親とその友人らがどんな人生を歩んできたのか、今は理解しているのだろう。

最後に花を置いたのは蜂須賀だった。蜂須賀はかがみこんで土を一つかみ手ですくうとジッパー付きのビニール袋に入れた。

「この土とこの石は、ジャクソンにいる君の弟に届ける。やっとお父さんに会えるな」

蜂須賀はもう一袋、小石がやはり一つかみほど入った袋を持っていた。

「それは？」思わず蔵元が聞いた。

「亜矢子の墓地に敷き詰められていた敷石です」

その後、六人と沙瑛はエリザベス・サンダース・ホームをスタッフの案内で見学し、東京に帰っていった。

帰り際、蔵元は蜂須賀に尋ねた。

「亜矢子さんの墓地はどこにあるのですか」

「横浜の外国人墓地です」

沢田美喜が日本では受け入れられなかった相模亜矢子のために、外国人墓地に墓を造ったようだ。

「皆さんは墓地には行かないのですか」

「まあ、あそこには……、行くのには皆抵抗があって……」

蜂須賀は言葉を濁して、はっきりとした理由は答えてくれなかった。

後日、蔵元は横浜市根岸にある外国人墓地を訪ねた。

中には墓石もなにもなく、ただ遺骨、遺体が埋葬されただけの墓地もあった。以前はそこに小さな木の十字架が立てられていたらしい。

その近くに相模亜矢子の墓地があった。ひときわ大きな墓石で、墓の手入れも行き届いていた。

墓を管理していたスタッフによると、以前、木の十字架が立てられていた場所には、嬰児が埋葬されていたと教えてくれた。

「嬰児ですか」

「詳しいことは私もよく知りませんが、駐留軍兵士と日本人女性の間に生まれた子供八百人以上が埋葬されていると聞いています」

エリザベス・サンダース・ホームの六人が、相模亜矢子の墓があるにもかかわらず、この墓地に来たくない理由が蔵元にもわかった。

そして、もう一つ、オサム・ウィリアムズの言葉が、木刀で頭を一撃されたように蘇った。

〈裁くのも裁かれるのも日本人自身です〉

オサム・ウィリアムズは相模亜矢子を殺害した河崎だけではなく、二千人以上も混血児をアメリカやオーストラリア、そしてブラジルにまで追いやり、そして八百人もの子供の命を奪ったのは誰なのか、それを問いかけていたのだろうと、蔵元は思った。

あとがきに代えて

神奈川県相模原市にアメリカ陸軍相模総合補給廠がある。

小学校に入学する前だ。私は母親に手を引かれてしばしば相模総合補給廠へ入った。母親のいとこがアメリカ兵と結婚し、補給廠内の米軍ハウスで暮らしていた。アメリカ兵と母のいとことの間には、私と同じくらいの女の子がいて、遊んだ思い出がある。おそらく私が生まれて初めて出会った「ハーフ」だと思う。その頃はもちろん「ハーフ」などという言葉なく、「あいの子」と呼んでいた。

相模補給廠を訪れては、当時は珍しかったチョコレートやウィスキーなど、アメリカの食料品を抱えきれないほどもらって帰宅した。その後、父親の転勤で私たち一家は相模原市を離れ、母親のいとこはアメリカに渡った。

思うことがあって大学を卒業すると、私はブラジルに移住し、サンパウロで発行されていた日系人向けの新聞社で、記者として働いた。様々な移民を取材した。その中には、エリザベス・サンダース・ホームからアマゾンに移り住んだ混血児たちもいる。

その後、私は帰国し、生活の基盤を日本に移した。それからも何度となく日本とブラジルの往復を繰り返してきた。

ホーム出身の移民を取材してから、私は母親のいとこを訪ねてみたいと思うようになった。トランジットのためにロサンゼルス、ニューヨーク、マイアミに滞在することもあり、母親にいとこの長兄から住所を聞き出すように頼んだ。

長兄は当時まだ健在で、当然住所はわかっていたはずだが、結局母親はいとこの住所を聞き出すことができなかった。

「これ以上聞くと、親戚関係がおかしくなるから……」

母親からそう連絡があった。

ホーム出身の移民の取材をしていたので、長兄がアメリカで暮らす妹の住所を教えたくない理由はすぐにわかった。

「パンパン」、アメリカ軍の将兵を相手にした街娼を指す蔑称だ。事実はどうであれ、母親のいとこもそう呼ばれていたことは想像に難くない。本人だけではなく、一家にもそうした言葉が投げつけられ、アメリカに渡った身内については、たとえ親戚であろうと触れられたくなかったのだろう。

結局、私は母のいとこ、子供の頃遊んだ「ハーフ」とも再会することもなく今日に至っている。

ホーム出身の移民の中には、私のように生活基盤を日本に置くようになった者もいる。彼らの体験に耳を傾け、再会を果たすことのできなかった母親のいとこの件もあり、それらがモチーフとなって、『ハーフ・ブラッドの沸点』を書きあげた。

ハーフ・ブラッド（half blood）には、混血児、異父（母）兄弟（姉妹）の他に雑種の動物の意味もあるが、混血児の意味としてタイトルに使用した。

文中には「クロンボ」「あいの子」など蔑称を記述しているが、当時の日本人の意識を表現する上では欠かせないと考え、あえて用いたことを付記しておきたい。

本作品は当文庫のための書き下ろしです。

本作品には一部実在の人物、施設が登場しますが、ストーリーを含めすべてフィクションであり、実在の個人、実際の団体などとは一切関係がありません。

文芸社文庫

ハーフ・ブラッドの沸点

二〇二三年二月十五日　初版第一刷発行

著　者　麻野涼
発行者　瓜谷綱延
発行所　株式会社　文芸社
〒一六〇－〇〇二二
東京都新宿区新宿一－一〇－一
電話　〇三－五三六九－三〇六〇（代表）
〇三－五三六九－二二九九（販売）

印刷所　図書印刷株式会社

装幀者　三村淳

ISBN978-4-286-24000-8